KB003310

두근두근
방과후에는

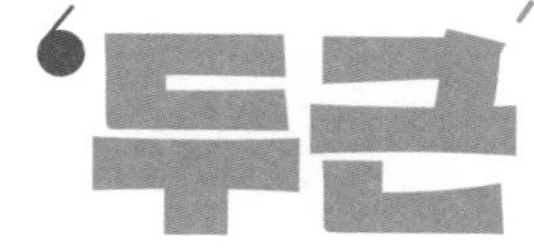

‘두근 두근’이 있다

바가지·모아 지음

“우리에게 노는 일은 숨 쉬고
밥 먹고 자는 것만큼 당연한 일이에요.”

"6년을 놀다보니 각자의 개성을 살려가며
노는 전문가(?)들이 되었어요."

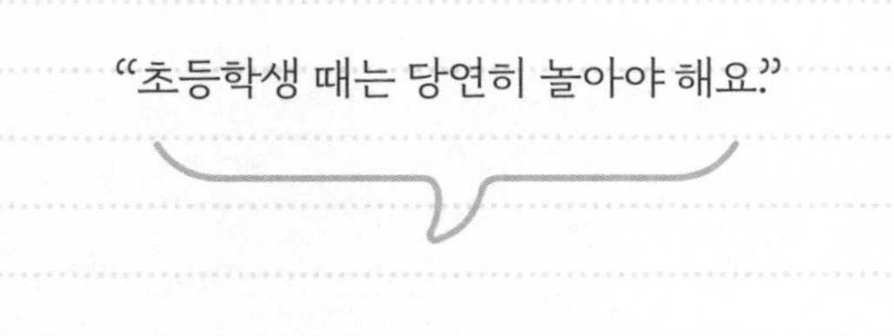
“초등학생 때는 당연히 놀아야 해요.”

심판

“어른들도 놀면 좋아요. 놀아야지 청춘이에요.”

불을 내겠다고 아이들을 끌어 모아서
지하실로 내려간 것이 겨울이었는데,

불을 내고 지하실 연구소에서 올라오니

밖에는 봄이 오고 있었다.

아이들은 배웠을 것이다. 무엇을 가르치기 위해서는

더 많이 배워야 한다는 것을,

가르칠 때 가장 많이 배운다는 것을!

그리고 또 하나,
무엇을 배운다는 것은 그것으로부터
자유로워졌다는 것을!

두근두근에서 교사는 목표점을 찍고 아이들을 줄 세워 안내하는
가이드의 역할을 하지 않아도 좋다.
함께 눈을 빛내며 나도 모르고 너도 모르는
세계로 호기롭게 나아가는 탐험가가 될 수 있다.
두근두근에는 프로그램이 없다.
두근두근에는 진짜 '두근두근'이 있다.

국가는 더 다양한 돌봄의 공간을 상상해 보길 바란다.
학교가 끝난 후 아이들의 삶이 각 지역에 따라
운영하는 주체에 따라, 더 다양한 방식으로
더 다채롭게 존재할 수 있도록 인정해주길 바란다.

두근살이 좋았나요?

아님 완전 꽝이었나요?

어떤 다짐을 또 어떤 바람을 마음에 안고 살아왔나요?

방모임 총회교육 주말청소 아마활동 이것도 힘든데

날벼락 터전 사태 게다가 신천지 누명

두근살이 6년 두 번째 마이너스 통장

출자금 교육비 연말엔 엔빵

영어교육, 커리큘럼 그런 것들은 없어요.

놀고 싸우다 얻은 것 인생친구 그리고 추억

두근두근방과후

3.5층 : 옥상(고양이 놀이터/옥상텃밭)

3층 : 하늘정원(화단, 쉼터)

2.5층 : 룰루랄라(연극놀이/음악활동 공간)
사부작사부작(책방/미술활동 공간)

2층 : 뚝딱뚝딱(목공/공작활동)

1.5층 : 뒹글뒹글(실내놀이 공간/탁구시설)

1층 : 어서와(아이들 학교 가방 보관/부모 커뮤니티 공간)

지하 0.5층 : 다모여(강당/식당)

지하 1층 : 작당모의(곤충 기르는 방/동아리방)

학교에서 터전까지 오는 과정은

그 자체가 놀이고 나들이다.

관계와 소통의 시작이고 해소와 이완이다.

두근두근 방과후에는 '두근두근'이 있다

참고

아동복지법 제44조의 2항 "다함께 돌봄센터"

① 시·도지사 및 시장·군수·구청장은 초등학교의 정규교육 이외의 시간 동안 다음 각 호의 돌봄서비스(이하 "방과 후 돌봄서비스"라 한다)를 실시하기 위하여 다함께돌봄센터를 설치·운영할 수 있다.

② 시·도지사 및 시장·군수·구청장은 다함께돌봄센터의 설치·운영을 보건복지부장관이 정하는 법인 또는 단체에 위탁할 수 있다.

③ 국가는 다함께돌봄센터의 설치·운영에 필요한 비용의 일부를 지방자치단체에 지원할 수 있다.

④ 다함께돌봄센터의 장은 시·도지사 및 시장·군수·구청장이 정하는 바에 따라 아동의 보호자에게 제1항 각 호의 방과 후 돌봄서비스 제공에 필요한 비용의 일부를 부담하게 할 수 있다.

⑤ 다함께돌봄센터의 설치기준과 운영, 종사자의 자격 등에 관한 사항은 보건복지부령으로 정한다.

용어 정리와 일러두기

- 이 책에 언급된 두근두근과 두근은 사회적협동조합 두근두근방과후 교육공동체를 지칭한다. 가슴이 뛰는 소리 또는 그 모양을 뜻할 때는 '두근두근', '두근'으로 표기했다.
- 아마 : 아마란 아빠, 엄마의 줄임말로 공동육아에서 부모일일교사를 지칭하는 표현이다. 그후 의미가 확대되어서 기존의 학부모를 대체하는 표현으로 사용되고 있다.
- 공동육아 : '어울려 함께 세상을 살아가기'를 목표로, '내 아이'의 돌봄을 맡기거나, '남의 아이'를 돌봐주는 것을 넘어서 '우리 아이들'을 '함께' 키우자는 의미. 아이를 키우기 위해 한 마을이 필요하다는 말을 실천하는 개념이다.
- 터전 : 방과후 아이들과 선생님이 늘 만나는 장소를 터전이라 부른다.
- 방모임 : 한 달에 한 번 한 학년에 소속된 아이들의 부모들과 교사가 만나 교육에 대해 이야기를 나눈다.
- 조합원 : 공동육아 사회적협동조합에 출자금을 내고 아이를 보내는 부모를 말한다.
- 운영위 : 협동조합의 운영을 맡는 실행기구로 조합원의 추천을 받아 선출된 위원장과 재정, 기획, 홍보, 교육, 대외협력위, 생활위 각각의 위원들, 교사회의 대표로 선출된 대표교사로 구성된다.
- 총회 : 조합의 최고의결기구로 모든 조합원이 모이는 모임. 정기적으로 일 년에 두 번 열리며 사안에 따라 임시총회가 열리기도 한다.
- 마실 : 다른 조합원의 가정으로 놀러 가는 것을 말함. 마실은 총회, 방모임과는 달리 비공식적인 모임이자, 일정한 형식 없이 자연스럽게 이뤄지는 조합원들간의 만남이다.
- 들살이 : 야외에서 숙식을 하며 함께 지내는 것을 말한다.
- 본문에 나오는 아이들의 이름은 모두 가명이다.

시 작 하 는 글

2019년 4월 16일, 드디어 아동복지법 제44조의 2항이 신설되었습니다. 이러한 법적 근거를 토대로 정부와 전국 지방자치단체가 나서서 '다함께 돌봄센터'의 문을 열고 있습니다.

'지역아동센터'나 초등학교 내에서 이루어지고 있던 '초등돌봄교실'이 아닌, 내가 사는 동네에서 일반 아동들이 다닐 수 있는 돌봄교실이 생겨나고 있다는 뜻입니다.

대한민국 초등생이면 당연히 학교가 끝나고 집에 가기 전에 학원에 가서 공부를 하거나, 필요한 예체능 학원 몇 개를 돌기 마련입니다.

엄마 아빠가 퇴근해서 돌아오기까지, 그 고단한 하루의 대가로 그들에게 주어지는 자유시간마저도 휴대폰이나 게임이 장악한 지 오래되었습니다.

방과후에 우리 아이들에게 필요한 것은 안정된 쉼이나 돌봄, 건전한 자유놀이나 또래문화입니다. 인지교육이 아닌 체험형 활동을 원하는 부모의 바람은 세상 물정이 어떻게 돌아가는지 모르는 순박하고 무모한 부모의 객기(!) 정도로 치부되었습니다. 그동안 이렇게 사교육 시장에 맡겨졌던 아이들의 방과후 시간을 국가가 교육의 일환으로, 복지의 일환으로 책임져 나가겠다고 팔을 걷어붙이고 나선 것입니다. 너무도 반가운 일이 아닐 수 없습니다.

처음에 두근두근방과후에 들어왔을 때에는 산으로 들로 열심히 아이들과 뛰어다니며 놀기만 하면 되는지 알았습니다. 시간이 지날수록 국가에서 마련한 최소한의 법적 근거 위에 우리를 놓아두지 못한다면, 우리가 우리 아이들을 제대로 보호하지 못한다는 것, 이렇게 살아가는 우리의 삶 또한 송두리째 실의에 빠뜨리게 할 수 있다는 것을 경험을 통해서 알고 있습니다. 현재 국가가 나서고 있는 초등돌봄의 확대는 매우 환영할 만한 일입니다.

물론 첫술에 배부를 수 없습니다. 두근두근방과후와 같은 협동조합형 방과후가 앞으로 그동안의 축적된 경험과 지식들을 어떻게 돌봄 관계자들과 나누며, 반대로 우리가 가지고 있었던 한계와 단점들을 어떻게 극복해나갈 것인가의 문제는 여전히 숙제로 남아 있습니다.

다만 이 책이 다양한 곳에서 방과후 초등생들을 만나는 선생님들과 부모들에게 작은 영감이 되었으면 하는 바람입니다. 대한민국 초등생들과 어른들이 무엇인가 새로운 것에 도전할 때, 작게나마 이 책의 한 구절이 아이디어로 쓰인다면 더 바랄 것이 없겠습니다.

이 책에 글을 쓴 바가지, 모아가 특별해서도, 두근두근 방과후 아이들이 특별해서도 아닙니다. 우리 부모들이 어린 시절에 그렇게 자랐듯이, 원래 아이들은 스스로 배울 줄 아는 능력이 있고 서로를 돌보며 살고 싶어 합니다.

아이들에게 특별한 것을 주려고 노력하는 것보다, 원래 아이들이 어떤 능력들을 가지고 있는지 발견해 나가기를 원하는 사람들에게 작게나마 도움이 되었으면 하는 마음으로 글을 썼습니다.

두근두근방과후 교육 공동체 대표 교사 바가지 씀

차 례

바가지 글, 모아의 글

1 놀이, 어디까지 가봤니?

2 놀이, 기술 감염 프로젝트

3
관계는 어떻게 배우는 걸까

4
조합살이 어떤가요?

1
놀이, 어디까지 가봤니?

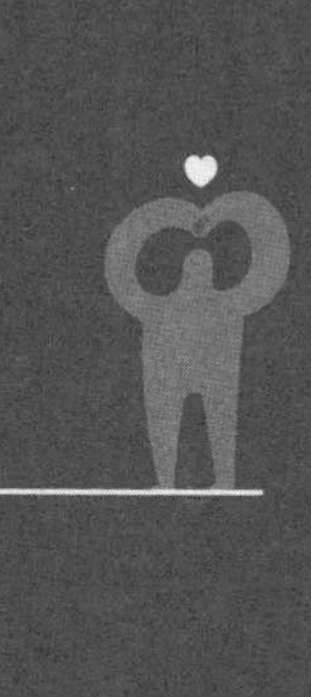

과천의 김병만이 아니고 바.가.지

나는 이것저것 뚝딱 만드는 걸 좋아한다. 벽난로에 고구마를 구워 먹을 때 쓸 땔감을 실어 나를 지게를 만들기도 하고, 마당놀이 라인을 그을 때 무거운 주전자를 옮기는 대신 자전거에 페트병을 붙여 자동 선긋는 자전거를 만들기도 했다. 고학년과 저학년이 같이 타면 재밌을 것 같아 자전거 튜닝에도 도전한다. 주말에 혼자 작업실에 나와 용접기를 들고 수제 2인용 자전거를 만들기도 한다.

이렇게 뚝딱 만들어내고 나면 아이들도 좋아하고 부모들도 신기해한다. 무인도에 떨어뜨려도 살아남을 사람이라고 추켜세워 주기도 하고 '과천의 김병만'이라는 타이틀을 붙여주기도 한다. 하지만 그 어떤 수식어보다 아이들과 아마들이 불러주는 단순한 별명이 나에게는 가장 애착이 가고 특별하다.

'바가지'

두근에 처음 왔을 때, 한 여자아이가 본명인 방극조와 바가지가 초성이 같다고 해서 내게 붙여준 별명이다. 그런데 이른바 나의 '팬'들은 뭔가 드라마틱한 스토리를 기대하고 있는 듯 신학기만 되면 물어본다.

"왜 바가지는 바가지예요?"

"바가지는 언제부터 바가지였어요?"

글쎄, 하고 많은 별명 중에 나는 왜 바가지였을까? 이름은 정체성이라고 하는데 아이들만 바라본 바가지의 정체성은 무엇일까? 포장하고 예쁘게 꾸미지 못하는 내 성격상, 무엇 하나에 큰 의미를 부여하는 건 무척 낯간지러운 일이긴 하다. 하지만 매일 '바가지'란 이름으로 불리면서 어느 순간 나는 무언가를 끊임없이 만들고 넉넉하게 퍼줌으로써 기쁨을 느끼는 존재가 되어버린 것은 부인할 수 없는 사실이다.

전라도 남원의 시골 동네엔 물을 긷는 우물이 있었다. 여름철에 한참 동안 바가지로 물을 긷다 보면 냉장고에 넣어둔 듯 시원한 물이 따라 올라왔다. 그때에는 물도 쌀도 바가지로 펐고, 콩이나 보리는 물론이고 집집마다 돌아다니는 시주스님에게도 바가지로 공양을 드리곤 했다. 어릴 적 내가 느낀 바가지는 무엇이든 담아서 줄 수 있고, 건네준 이상으로 보답을 받아오는 도깨비 방망이였다.

어느 순간 세상은 너무 빨리 돌아가고 있고, 아이들에게도 빨리 배우기를 종용한다. 초등학교 3~4학년만 되어도 영자신문의 에세이를 출력해서 읽고 토론하는 학원수업이 있다고 하니 참 많이 달라지긴 달라졌다. 요즘 아이들은 집집마다 정수기가 있으니 얼마나 편리한가. 어릴 적 숙제를 하다가도 바가지로 물 한번 먹으러 다녀온다는 핑계로 잠시 쉴 수 있었는데, 그러고 보면 요즘 아이들은 참 안됐다.

학원수업으로 빵빵이 돌지 않고 비움으로 자신의 놀이를 찾아가는 두근두근 아이들에게 내가 해줄 수 있는 것은 유일하다. 아이들의 머릿속에 떠오른 재미있는 상상들을 펼치기에 아낌없이 퍼주는 바가지가 되는 것이다.

아이들은 자판기가 아니다

두근두근에 오기 전에 나는 학원 선생님이었다. 학원은 아파트단지 바로 옆 거대한 복합상가 건물 4층에 있었다.

이 건물에는 세상 모든 종류의 학원이 다 있는 것 같았다. 아이들은 학교가 끝나고 이 건물로 들어와 해가 질 때까지 건물을 벗어나지 못했다.

피아노가 끝나면 보습학원, 보습학원이 끝나면 태권도 학원. 학원과 학원 사이의 틈이 나면 1층에 있는 분식집이나 편의점에서 간식을 사 먹고, 학원 로비에서 잠깐 게임을 하거나 친구와 장난을 치는 것이 놀이의 전부이다.

나는 그 많은 학원 중에서 그림책 만드는 학원에서 일했다. 미술선생님이 세 명 있었고, 나는 글쓰기 선생님이었다. 아이들은 나를 '글쌤'이라고 불렀고, 5세부터 중학생까지 다양한 아이들을 만났다.

이 건물 안에서 다람쥐 쳇바퀴 돌 듯 다니는 아이들이라도 꺼내놓는 이야기는 모두 다 달랐다. 나이와 외모, 성격 등 비슷하게 분류해볼 수 있겠지만 가만히 들여다보면 볼수록 모두 다 다르다. 모든 아이들은 어딘가 좀 특이하고 별난 구석을 갖고 있다.

전쟁, 무기, 싸움이 없는 이야기는 시시하다고 주장하던 아이도 있고, 아무런 사건사고도 일어나지 않고 모두가 사이좋고 재밌게 놀아야만 하는 평화주의자인 아이도 있다.

언제나 긴 생머리를 늘어뜨리고 단정한 원피스를 입던 여자아이의 꿈은 공주님이었다. 늘 완벽한 공주님을 꿈꾸는 아이라, 본인의 그림과 글을 마음에 들어 하지 않았다. 늘 고치고 또 고치고, 바꿔도 성에 차지 않아 괴로워하던 아이가 있는가 하면, 늘 휘리릭휘리릭 그려버려서 조금 더 꼼꼼히 색칠해보자고 하면 '일부러' 그렇게 한 것이니 간섭하지 말라던 작가정신이 투철한 아이도 있다.

이렇게 모두 다 다른 아이들과 열두 장 내외의 글과 그림을 묶어 한 권의 책을 만드는 과정은 우여곡절의 연속이며 한 치 앞도 알 수 없는 미지의 모험 같았다.

아이들의 세계는 늘 내가 상상한 그 너머의 것임을 알아가는 그 시간은 흥미진진했다. 하지만 이 즐거운 이야기 여행에서도 괴로운 순간은 찾아왔다. 아이가 절반도 넘게 작업한 이야기를 처음부터 다시 시작하겠다고 고집을 피우거나, 유행하는 책이나 이야기를 그대로 모방하려는 그런 순간은 아니다. 아이들과 부딪히는 일은 당혹스럽지만 괴롭지는 않았다. 내가 괴로웠던 순간들은 아이가 풀어놓은 자신만의 이야기를 온전히 지켜주지 못할 때였다. 아이의 책 작업이 진행되는 동안 정기적으로 부모에게 그 과정을 설명하는 시간이 있었다. 대부분의 부모들은 내 아이의 이야기와 그림에 순순히 즐거워했지만, 어떤 부모들은 부정하기도 했다.

"집에서 하는 얘기랑 똑같네요. 다른 거 없어요?"

"그림이 늘지 않은 것 같아요. 형태가 너무 단순해요."

"결말이 좀 이상한데 다르게 바꾸면 좋겠어요."

아이를 작가로서 존중하는 독자가 되기보다, 부모의 잣대로 평가한다. 무엇이 부족하고 보완되어야 하는지를 분석하는 편집자가 되길 원하는 부모 앞에서 나는 늘 무기력할 수밖에 없었다.

어느 날 원장실로 불려가 옆 학원의 아이들이 공모전에서 단체로 입상한 이야기를 들으며, 각종 공모전 일정을 전달 받았다. 공모전 주제를 이해하지도 못하는 아이를 붙들고 '이건 이렇게 그려라, 색은 이렇게 칠하면 좋겠다. 구도를 바꿔보자.' 종용한다.

"근데 이거 왜 하는 거예요?"라고 묻는 아이에게 설명할 말이 없어 얼굴이 확확했던 날.

운 좋게 입상한 아이의 부모가 학원 선생님들께 고맙다며 음료수를 돌리고, 또 다른 공모전 종이를 아이 손에 들려 보내던 날들.

'나는 계속 아이들을 만날 수 있을까?' 고민했다.

어떤 공간에 있더라도 내가 아이들을 진심으로 대하면 그것으로 충분히 의미 있다고 생각했다. 하지만 학원이라는 시스템 안에서 '진심'만으로 할 수 있는 일은 많지 않았다.

부모들은 학원이라는 곳에 돈을 내고, 그 돈에 걸맞은 결과물을 원했다. 그 결과물로 수익이 좌우되는 입장에서는 아이의 손을 빌려서라도 그럴듯해 보이는 결과가 필요했고, 그 과정에서 아이의 개별적인 욕구나 개성은 다듬고 다듬어져 본래의 색은 잊혀진다.

아이들은 자판기가 아니다. 적당한 돈을 넣고 원하는 버튼을 누르면 만족스러운 결과물을 토해내는 기계가 아니다. 부족하고 준비가 덜 된 어른의 축소판이 아니라, 어른들이 잊어버린, 혹은 알아보지 못하는 원석의 아름다움을 간직한, 지금 그대로 넘치게 충분한 존재다.

나는 계속 아이들을 만나고 싶었다. 다만, 지금까지와는 다른 방식으로 만나고 싶었다. 나의 진심이, 나의 가치관이, 나의 힘이 될 수 있는 공간에서. 어떠한 결과나 목표에 좌우되지 않고 온전히 아이와 만날 수 있길 바랐다.

그게 가능할까?

몇 개월 동안 어린이잡지, 교육서적 등을 보던 중 운명 같은 글을 봤다. 공동육아어린이집 아이들의 의견을 모아, 교사가 정리한 '어린이 행복선언'이다. 이 짧은 선언문에 감동하여 공동육아를 탐색하던 중 두근두근방과후에서 교사를 구하는 글을 보게 됐다.

'두근두근'거리는 마음으로 이력서를 쓰고, 세 장에 달하는 자기소개서를 썼다. 전화가 왔다. 면접 전에 하루 참관을 했으면 좋겠단다. 처음으로 발 디딘 8월의 과천은 초록이었다. 지하철 출구에서 늘어선 가로수를 보며 설렜다. 하얀 벽돌색 2층 단독주택의 대문을 열자 마당에서 소꿉

놀이를 하던 까무잡잡한 아이들이 날 보며 물었다.

"아마예요?"

응? 아마가 뭐지.

"별명이 뭐예요?"

이름을 묻는 것도 아니고, 다짜고짜 별명이라니.

어색하게 웃는 나를 끌고 아이들이 '바가지' 하며 다른 교사를 불렀다. 짧은 인사를 나누고 내부를 함께 둘러본 후 '바가지'라는 교사는 어느새 다른 아이들 속으로 바삐 사라졌다.

내 주변에 호기심 가득한 눈을 빛내는 아이들만 남았다. 아이들이 내게 물었다.

"같이 놀래요?"

"모아,
이따 같이
놀래요?"

열두어 명의 아이들을 데리고 터전으로 가는 길, 저만치 뒤떨어져 사색을 즐기는 한 아이가 있다. 슬쩍 다가가 무슨 생각을 하냐고 물으니, 이따 뭐하고 놀지 생각 중이란다. "아, 그래?" 하는 나를 빤히 보던 아이가 묻는다.

"모아, 이따 같이 놀래요?"

이런 제안은 기분이 좋다. 특히나 좀처럼 자신의 곁을 잘 내어주지 않던 아이라 더 반갑다.

"뭐하고 놀 건데?"

"음… 인어놀이?"

두근두근 7년차에 처음 들어보는 놀이다.

"그건 어떻게 하는 건데?"

자신이 개발한 놀이란다. 열심히 설명하지만 잘 이해가 되지 않는다. 그래도 고개를 끄덕이고 적절한 질문을 던져가며 이해하려 애쓴다. 아이의 설명 중에 내가 이해한 부분은 10%에 지나지 않겠지만 상관없다. 일단 놀다 보면 알겠지.

"그럼 이따 간식 먹고 피아노 방에서 만나자."

아이와 약속한 시간이 됐다. 방에는 1~2학년 여아들이 모여 있다. 자기들은 인어란다. 인어 중에서도 언니, 동생이 있고 각자 다 사연이 있다. 의자를 구석에 몰아놓고 거기가 인어들의 집이란다. 아, 그래서 인어놀이였구나. 이 놀이에 나를 끼워준 것은 인어들을 방해할 악당이 필요했다는 것을 감지했다.

"그럼 난 어부할게. 어부는 인어를 잡아서 부자가 되는 게 꿈이야."

나는 그물을 짜야 한다며 색색깔의 천이 든 가방을 가져온다. 내가 그물을 만들기도 전에 아이들은 천을 허리에 두르며 인어 꼬리를 만든다. 나도 열심히 천을 이리 묶고 저리 묶어 보자기 형태의 그물을 만들었다. 그리고 책상 하나를 뒤집어 배라고 했다.

"여기는 내 배야. 나는 배 위에서 먹고 잘 거야."

그리고 각종 반짝이는 것들을 뱃머리 위에 늘어놓는다. 인어들을 유인하기 위한 미끼다.

인어가 된 아이들은 호들갑을 떨며 저런 것들을 조심해야 한다며 서로를 단속시키지만, 불을 끄고 어부가 잠들면 서로 반짝이는 것들을 가지려고 모여든다.

"드르렁. 쿨쿨. 음냐음냐. 인어고기를 냠냠 쩝쩝."

살금살금 다가오던 인어들이 나의 잠꼬대에 화들짝 놀란다. 가장 어린 인어가 화를 낸다.

"인어는 먹는 거 아니에요."

"먹고 싶을 수도 있잖아."

"아녜요. 그냥 잡아만 가는 거예요."

아이들이 모두 어린 인어의 편을 든다. 어부는 나 혼자라 어쩔 수가 없다.

"알겠어. 그럼 인어는 노래를 잘한다니까, 인어를 잡아서 노래시킬 거야. 괜찮지?"

모두가 찬성해서, 다시 놀이 시작. 어부는 그물을 던져 가장 큰 인어를 잡았다. 그리고 피아노 방에 있는 기타를 가져와 연주를 하며 인어에게 노래를 가르친다. 잡혀온 인어는 신이 나서 노래를 부른다. 그러자 아직 잡혀오지 않은 인어들이 모두 노래를 따라 부른다. 신나게 노래를 부르자 밤이 된다. 어부는 다시 잠에 들어야 한다.

그때 한 아이가 제안한다.

"난 강아지 할래. 어부가 잠들었을 때 지키는 강아지 할 거야. 멍멍! 짖어서 알려서 깨워주고."

"그럼 인어들이 너무 금방 잡히잖아."

인어들이 항의한다. 강아지를 하고 싶은 아이도 고집을 부린다. 어부의 지혜가 필요하다.

"그럼 내가 강아지를 묶어놓을게. 강아지는 여기서 이만큼까지밖에 못 움직여. 대신 멍멍! 짖을 수는 있어."

모두 찬성이다. 다시 놀이가 시작된다. 강아지가 멍멍 짖어도 어부는 깰 듯 말 듯 자는 척한다. 강아지는 애가 타고 인어들은 조마조마하다. 강아지는 어부의 팔을 콱 물어버린다. 안 일어날 수가 없다.

도망가는 인어들을 그물로 잡아 올린다. 어라, 인어들이 제 발로 잡혀오는 건 기분 탓일까? 금방 잡힐까봐 걱정하던 인어들이 어느새 날아오는 천으로 온몸을 던지며 자발적으로 포위된다. 깔깔깔, 웃음도 터져나온다.

불을 켜고 날이 밝았다 하며 확인해보니 다 잡히고 혼자만 도망간 인어가 있다. 혼자 도망친 인어는 저를 배신한

다른 인어들 때문에 속상하다. 이렇게 놀이를 마무리하면 안 될 것 같다.

급하게 뒷 이야기를 만든다. 어부는 인어들을 많이 잡아서 사람들이 사는 마을로 돌아간다. 그리고 인어들의 노래 콘서트를 연다. 관객들을 부르고 어부가 사회자가 되어 인어들을 잡아온 무용담을 떠벌린다.

곧이어 인어들이 나와서 노래를 한다. 어부는 신이 나서 기타를 치고 인어들은 춤도 춘다. 콘서트가 절정에 이르던 그때 갑자기 불이 꺼진다. 혼자 남은 인어가 인어들을 구출하러 온 것이다. 인어들이 콘서트 한다는 소식을 듣고 멀리서 헤엄쳐 온 것이다. (아니 근데 어떻게 사람으로 변장한 거지?)

인어들은 모두 도망가고, 관객들은 항의하여 어부는 빈털털이가 된다. 집으로 돌아간 인어들은 저희들끼리 행복하게 살았다면서 이 놀이는 끝났다. 한바탕 모험이 펼쳐진 후 아이들의 얼굴에는 땀이 송골송골하다. 시간이 어떻게 흐르는지도 모르게 지나갔다. 창밖은 이미 어둑어둑하다.

아이들에게서 자주 새로운 놀이를 제안 받는다. 이런이런 놀이를 만들었단다. 듣다 보면 이해 안 되는 게 많지만 일단 해본다. 한 번 시작한 놀이는 곧 삐걱대기도 하지만 어떻게든 굴러간다. 어디로 굴러갈지, 어떻게 끝날지도 모르지만 우리 모두 놀이에 흠뻑 빠진다.

다음날, 아이들이 은밀히 내게 다가온다.

"모아, 오늘은 백조놀이해요. 어떻게 하는 거냐면요~"

나는 그동안 누구였을까?

교사들과 오전회의를 마치고, 터전에서 부랴부랴 점심을 서둘러 먹고 나면 어느덧 12시 40분이다. 이를 닦는 둥 마는 둥, 아이들과 하교지도를 약속한 곳으로 급히 간다. 오늘은 아이들과 어떤 놀이를 할까 생각하면서 머리를 가볍게 비우려 애쓴다. 하지만 다리는 허둥지둥 앞서 나간다.

약속 장소는 학교 앞 아파트 놀이터다. 그곳에는 학교 수업을 마치고 난 아이들이 한 무더기 있다. 대충 내던져 놓은 책가방과 신발주머니들이 벤치에서 줄줄 흘러내린다. 도착해서 가장 먼저 해야 할 일은 아이들의 무더기 속에서 두근두근 아이들을 조심조심 하나하나 찾아내는 것이다. 유심히 잘 들여다보지 않으면 안 된다. 놀이터 미끄럼통에 숨어 들어가 있거나, 아파트 재활용 분리수거장에 살림살이를 주우러 간 아이들도 있기 때문이다. 여기저기 흩어져 있는 아이들의 위치를 머릿속에 그리고 나면 이제야 벤치 한켠에 슬그머니 엉덩이를 밀어 넣는다. 마치 저 아이들과 아무 상관없는, 지나가던 동네 아저씨가 잠시 벤치에 앉아 쉬고 있는 것처럼.

이 모든 것은 조심조심 이뤄져야 한다. 아직까진 아이들도 바가지가 와 있는지 모른다. 아이들에게 너무 빨리 들키기라도 하면 그날은 낭패다. 아이들끼리 하던 놀이를 방해하지 않으려는 의도도 있고, 분주했던 오전의 일상을 조용히 앉아 뉘어놓으려는 의도도 있다. 하지만 더 큰 의도는 따로 있다.

이때쯤이면 놀이터에서 놀고 있는 아이들의 엄마들도 벤치에 삼삼오오 모여 자기 아이들의 놀이가 한판 끝날 때까지 기다리고 있다. 학교에서 파견한 '마미캅'도 노란 조끼를 입고 두 명이 한 조가 되어 학교 둘레 놀이터를 순찰 중이다. 바가지만 혼자다. 이분들에게 바가지의 정체성을 확실히 보여주지 않으면 괜한 의심의 눈초리를 받을 수밖에 없다.

그 정체성이라고 하면 대체로 두 가지인데, 하나는 지나가는 평범하고 순박한, 아이들을 해하지 않을 것 같은 동네 아저씨든지, 아니면 아이들의 명확한 보호자이든지. 동네 아저씨 역할에 충실하기 위해 벤치에 다소곳이 앉아 있는 바가지의 모습을 아이들은 그리 오래 허락하지 않는다. 바가지를 발견하면 아이들은 하던 놀이를 내팽개치고는 놀아달라고 모여들기 시작한다. 그렇게 모여드는 아이들의 손을 팔에서 걷어내리면서 조금만 더 놀이를 하고 있으면 나중에 놀아주겠다고 약속한다. 저렇게 많은 동네 엄마들을 관중으로 놓고 아이들과 아이들처럼 노는 것은 쉽지 않은 일이다. 마치 연극 무대 위에 올라가서 본인 스스로 캐릭터에 몰입하기 전까지 본인의 어색한 대사와 연기를 온몸으로 지각하는 느낌이다.

"얘들아! 다른 아이들 좀 빠지고 나면 그때 놀아줄게."

대한민국에서 그 시간대에 그리 늙지도, 그리 젊지도 않은 아저씨가 아이들 많은 동네 놀이터 벤치에 앉아 있다는 것은 이상한 일이다. 더군다나 아이들과 놀고 있다는 것은 더 이상한 일일 테다. 아이들의 삼촌이라고 하기에는 너무 나이 들어 보이고, 아빠라고 하기에는 애들이 너무 많고, 학교 담임 선생님이라 하기에는 복장 불량, 태권도 사범이라고 하기에는 포스가 부족하다. 실제로 지난겨울에는 아이들을 이끌고 터전으로 가고 있는데 '어머니 경찰' 한 분이 따라와서 조심스럽게 물어보셨다.

"혹시, 죄송한데, 누구신데 이렇게 많은 아이들을 어디로 데리고 가시는 거예요?"

이제 다른 아이들이 하나둘 빠져나간다. 그에 따라서 동네 엄마들도 하나둘씩 자리를 뜨기 시작한다. 그러면 그럴수록 놀이터는 두근두근 아이들과 바가지만 남는다. 바가지의 정체성이 서서히 명확해지기 시작한다. 나는 그동안 누구였을까?

"얘들아, 이제 우리 한번 놀아볼까?"

"티라노 앞발톱 놀이 시작!"

흩어져서 놀고 있던 아이들이 새로운 놀이가 시작되었다는 소리를 듣고 모두 다 티라노(바가지)를 피해 재빨리 달아나 미끄럼틀 위로 올라간다. 미끄럼틀 둘레와 위아래로 이리저리 돌아다니면서 먹잇감(아이들)을 한곳에 꼼짝달싹도 못하게 몰아놓은 다음에, 티라노 앞발톱(손톱)을 움켜세우고는 아이들의 배와 갈빗대를 공격해댄다. 놀이터 바닥에 아이들이 나뒹굴며 간지럼에서 허우적댄다. 이렇게 한판 실컷 놀고 나면 아이들도 바가지도 숨이 차고 힘이 빠진다. 저마다 벤치에 앉아서 숨을 고른다.

어느덧 터전에 가야 할 시간이다. 터전에 도착해야 할 딱히 정해져 있는 시간은 없지만, 그래도 2시 반까지는 도착해야 숙제도 하고 간식도 여유 있게 먹을 수 있다.

"지금부터 알림장 퀴즈를 시작하겠습니다."

아이들은 이 소리에 책가방에서 부랴부랴 알림장을 꺼내어 바가지 앞으로 줄을 선다. 바가지한테 오늘 쓴 알림장 내용을 건네고는, 어서 문제를 내라고 자신 있게 재촉한다.

"다음 중 알림장 내용으로 틀린 것은? 1번 우유 급식 신청하기, 2번 주간학습일정 1부 배부, 3번 차 조심, 4번 받아쓰기 틀린 것 삼백 번 써오기. 정답은 몇 번?"

"4번이요"

"왜?"

"삼백 번이 아니라, 세 번이잖아요. 삼백 번을 어떻게 써요?"

"정답!!! 통과!!! 다음 사람!!"

이렇게 오늘도 아이들의 알림장 점검을 마쳤다. 아이들은 학교에서 본인이 알림장을 써놓고도, 오늘 숙제가 있는지 없는지 모를 때가 많다. 그래서 대부분 답은 숙제에 해당되는 항목이 답일 때가 많다. 이런 방식으로 알림장 내용을 교사와 아이가 함께 확인한다.

이제는 터전에 갈 채비를 다했다. 쉬지 않고 걸어도 20분은 걸린다. 놀이터에서 출발하여 아파트 인도를 지나고, 양재천 자전거도로에 내려가서 한참을 물고기 보며 걸어가다가, 지하보도 계단을 타고 내려갔다가 에스컬레이터를 타고 다시 올라오면 관악산 등산로와 만나는데 그 길을 따라 걸어 올라오다 보면 터전이 나온다. 열 명 남짓 되는 아이들이 원하는 속도로 가다 보니 그 대열의 길이는 백 미터가 훨씬 넘는다.

"바가지, 오늘은 '티라노 꽃이 피었습니다' 놀이 안 해요?"

아이들의 이 질문이 떨어지기 무섭게 티라노는 매서운 눈초리로 순간 뒤를 돌아본다. 뒤에 따라오던 아이들은 모두 표정과 동작을 멈추고 얼음처럼 굳어 있다.

"티라오는 절대로 죽어 있는 것은 먹지 않고 살아 있는 것만 잡아먹는다. 움직이지 않는 것은 돌이나 나무로 생각해서 먹지 않지만, 조금이라도 눈동자가 움직인다든지, 숨소리나 웃음소리가 난다든지 하면 먹을 것으로 생각해서 바로 즉시 너희들의 세 번째와 네 번째 갈빗대 사이에 티라노 앞발톱이 찍히게 될 것이다."

그렇게 엄포를 넣고는 길가에서 강아지풀을 꺾어 콧잔등을 간지럼 태우기 시작한다. 그래도 안 움직이면 머리카락 하나를 뽑아서 콧구멍을 쑤셔댄다. 그래도 움직이지 않으면 콧구멍을 쑤셨던 머리카락으로 입술을 간지럼 태운다. 아이들은 더럽다고 키득키득댄다.

"티라노 앞발톱 발동!"

아이들이 길바닥에 나뒹굴면서 살려달라고 애걸복걸한다.

"바가지, 이제 딴 놀이해요."

"무슨 놀이?"

"난 지금부터 옷, 가방, 신발 중에서요."

"좋아, 난 지금부터 너희들의 옷, 가방, 신발, 신발주머니, 액세서리 등의 무늬 중에서 애완동물과 관련 있는 무늬가 있는 아이를 잡아먹겠다!"

아이들은 갑자기 메고 있던 가방을 벗어서 애완동물과 관련 있는 무늬를 찾아서 손으로 가리든지 덮든지 해서 모두 감추고는 바가지 앞으로 줄을 서서 검사해달라고 한다. 잘 감추지 못한 아이들은 티라노 앞발톱으로 간지럼 태우기! 이렇게 몇 판을 하고 나면 아이들은 또 딴 놀이를 하자고 한다. 이러다가 터전에는 언제 도착하려는지. 그래도 터전에 많이 가까워졌다.

"이번에는 길가에 각자 다른 세 가지 종류의 들꽃을 티라노에게 선물하기!"

아이들은 들꽃을 찾아 여기저기 흩어져서 땅에 코를 박는다. 바가지는 아이들이 뜯어온 들꽃을 감사히 반갑게 받으며 이름을 알려준다.

"어디 보자, 네가 뜯어온 꽃은 개불알꽃, 별꽃, 꽃다지, 고마워! 미션 통과! 다음!"

그러다가 지하보도를 만난다. 이 지하보도만 내려갔다가 에스컬레이터를 타고 다시 올라오면 오늘의 길고 길었던 하교지도도 그즈음 끝나게 된다. 아이들을 지하보도 맨 윗단에 세워놓고는 "바가지도 저 아래까지 계단이 모두 몇 개인지 몰라. 너희가 각자 마음속으로 센 다음에 바가지가 하나 둘 셋 하면 동시에 답을 말하기야. 정답은 없어. 단, 모든 아이가 같은 숫자를 동시에 말하면 미션 통과! 미션 규칙은 큰 소리로 소리 내서 세지 않기. 옆 사람과 눈빛 교환하지 않기."

아이들이 맘속으로 계단의 개수를 세면서 계단을 내려가는 동안 바가지는 방해공작을 펼친다.

"로이야, 너네 집 몇 동 몇 호였지?"

"삼일은 삼, 삼이육, 삼삼은 산삼, 이구아나, 육삼빌딩, 팔팔은 올림픽."

아이들은 방해받지 않으려고 귀를 양 손가락으로 꾹 막고는 계단을 세면서 내려간다. 그러다가 숫자를 놓치거나 헷갈리면 내려왔던 계단을 올라가서 다시 처음부터 숫자를 세면서 내려온다.

"자, 다 세었지? 옆사람하고 눈빛 교환하기 없기, 자, 하나 둘 셋!"

드디어 터전에 다 왔다. 오늘도 아이들을 무사히 터전까지 하교지도하는 데 성공했다. 20분이면 올 거리를 이렇게 길에서 놀며 오다 보니 한 시간이나 걸렸다. 학교에서 터전까지 오는 과정은 그 자체가 놀이고 나들이다. 관계와 소통의 시작이고 해소와 이완이다.

두 바퀴로 홀로서기

두근두근에 1학년 신입생으로 들어오게 되면 2학년이 되기 전에 거쳐야 하는 통과의례가 있다. 자전거를 타고 양재천을 따라 한강까지 왕복 26㎞를 다녀와야 한다. 미취학 아이들을 위한 자전거는 넘어지지 않고 탈 수 있도록 뒷바퀴 양쪽에 보조바퀴가 달려 있다. 동네 공원에서야 중심을 잃었을 때 이 보조바퀴가 도움을 주지만 이제는 상황이 다르다. 26㎞를 왕복하는 동안 이 보조바퀴가 바닥과 많은 마찰을 일으켜서, 아이들을 체력적으로 지치게 하는 요소로 작용하기 때문이다. 그 보조바퀴를 달고서는 동네를 벗어날 수가 없다. 그래서 그것을 떼어내고 두발자전거 타는 연습을 해야 하는 것이다.

처음부터 자전거에 올라타서 연습하지 않는다. 자전거에 오르기 전 먼저 해야 하는 훈련이 있다. 바로 헬멧 쓰는 방법이다. 아이들 스스로 헬멧의 머리둘레와 턱끈 길이를 조절한다. 그래서 언제 어디서든 혼자 썼다 벗었다를 할 수 있게 한다.

그런 다음에는 자전거 거치대에 묶여 있는 자전거의 자물쇠를 푸는 방법과 다시 채우는 방법을 가르친다. 자물쇠를 스스로 풀 줄 알게 되면 자전거 받침대를 발로 걷어차서 올리고, 다시 받침대를 내려서 자전거 세우는 방법을 가르친다. 그리고는 모든 자전거를 아이들 앞에 일부러 넘어뜨려 놓는다. 그런 다음 자전거를 다시 일으켜 세우는 훈련을 반복한다.

이쯤 되면 자전거를 움직일 수 있게 된다. 이제는 자전거 끄는 연습을 한다. 자전거를 끌고 오르막길을 오르게 하고 다시 돌아서 내리막길을 끌고 내려오도록 한다. 아이들은 경사진 길에서 자전거를 넘어뜨리고, 다시 일으켜 세우기를 반복한다. 마지막으로 앞뒤 간격을 맞추어서 한 줄로 줄 맞추어 끌고 이동하기, 옆 자전거와 간격을 맞추어 자전거를 가로로 정렬해서 세우기를 가르친다.

이러한 훈련을 일주일 정도, 매일 같이 한다. 이쯤 되면 아이들은 자전거에 오를 준비를 마친 셈이다. 처음에는 자전거가 망아지처럼 통제할 수 없이 날뛰었지만 이제는 자전거에 올라탈 수 있을 만큼 잘 길들여진 셈이다.

그 다음으로는 아이들을 자전거에 올라타게 한다. 이제부터 실제로 자전거 타는 방법을 가르친다. 사실 간단하다. 딱 하루면 된다. 자전거에 오르기 전까지의 사전훈련이 힘들었지, 실제 자전거 타는 방법을 가르치는 것은 오히려 쉽다. 아이들에게 3가지만 이야기한다.

멀리 내다보기, 몸의 체중을 핸들에 싣기, 뒤돌아보지 않기.

멀리 내다봐야 허리가 반듯이 서고 양쪽 어깨가 평형을 이룬다. 어깨가 평형이 되어야 양손의 핸들과의 거리가 같아질 수 있고, 양손이 균형을 잡을 수 있다. 그래야 핸들이 한쪽으로 치우쳐서 넘어지는 일이 없다.

넘어질까 두려워, 핸들 잡은 손에 힘을 풀고 자기 몸을 자꾸 뒤쪽으로 기울이면 자전거와 내 몸이 분리가 된다. 내 몸의 무게를 온전하게 핸들에 실어야 한다. 그래야 자전거의 미세한 움직임에 따라서 내 몸이 본능적으로 중심을 잡기 위해 핸들을 잡고 있는 양손에 필요한 지시를 할 수 있다. 그동안 보조바퀴가 해왔던 역할을 내 몸이 알아서 할 수 있게 해야 하는 것이다.

마지막으로 뒤돌아보지 않는 것이다. 어느 순간에도 네가 넘어지지 않게 뒤에서 잡아줄 테니, 나를 믿고 뒤돌아보지 말고 계속해서 페달을 굴리라는 믿음을 준다.

사실, 자전거 타는 방법을 기계적으로 가르칠 수는 없다. 이럴 때는 핸들을 이렇게 하고, 저럴 때는 핸들을 저렇게 하라는 식으로 자전거를 가르칠 수는 없다. 가르칠 수 없으니 오히려 간단하다.

자세를 바르게 하는 것, 그리고 너 자신을 믿고 자신의 체중을 핸들에 실으면 나머지는 본능적으로 너의 몸이 알아서 반응한다는 것이 전부다. 너는 그런 능력을 태어나면서부터 가지고 있다는 것, 그리고 나는 너와 항상 같이 있으니 걱정 말라고 해주는 것뿐, 이것 이외에는 없다. 자전거를 뒤에서 잡아주며 졸졸 따라다니면서 자신 없어 할 때마다 반복적으로 일러준다.

그러다가도 자전거가 한쪽으로 기울어져서 넘어지려는 순간, 본능적으로 넘어지려는 쪽의 페달에 얹어놓은 발을 내려서 땅을 짚어버리고 만다. 페달에 얹은 발을 내려서 땅을 짚느냐, 아니면 그 발로 페달을 한 번 더 힘차게 굴려서 넘어지지 않느냐만 남았다. 안타까운 순간들이 몇 번 반복되지만 아이들은 이내 두 바퀴로 당당히 서게 된다.

그리고 이제는 자전거를 길게 마지막으로 밀어주고는 그동안 잡아주었던 손을 놓는다. 앞으로 혼자서 달아나는 아이를 뒤따라가지 않고 멀리서 바라보기만 한다.

"바가지, 언제부터 안 잡아줬던 거예요?"

"네가 너를 믿을 때부터."

"안 놓는다고 했잖아요?"

"그럼, 다시 잡아줄까?"

"ㅎㅎ 아니오."

이렇게 새롭게 자전거 타는 모습을 엄마 아빠가 와서 보고는 놀라기도 한다. 주말에 집에서 그렇게 가르쳐보려 했지만 어렵고 잘 안 되었는데, 이렇게 짧은 기간에 아이가 자전거 타는 모습을 보고는 신기해한다. 첫 두 발을 떼는 추억거리를 빼앗아간 것 같아서 마음 한편 죄송한 마음도 있다.

아이들은 아이들끼리 있을 때 더 많은 능력을 발휘하곤 한다. 교사가 아이에게 충분히 시행착오를 거칠 수 있게 시간을 주고 교사와 아이 사이에서, 아이와 아이 사이에서 긍정적인 상호작용을 통해 상호 신뢰감을 형성할 수 있다면, 아이들은 자기가 가지고 있는 능력의 최대치를 발현할 수 있다고 믿는다. 갈 수 없을 것 같은 길을 함께 걸어가고 넘을 수 없을 것 같은 산을 함께 넘기도 한다. 우리가 믿는 만큼 그렇게 아이들은 커나간다.

각 가정에서 부모가 마음의 여유와 시간이 부족해서 아이들에게 허락할 수 없었던 것, 아이들이 서툴러서 부모가 해주고 만 것, 아이들에게는 아직 위험하다고 판단해서 부모가 허락할 수 없었던 것 등 우리 모두가 한 번도 그렇게 살아보지 않아서 어느 누구도 상상할 수 없었던 것들이 믿음을 준다면 가능하다.

우리가 꿈꾸는 공간은 아이들에게 부족한 무엇을 가르치는 곳이라기보다는 무엇이 아이들에게 가능한 것인지 발견하는 곳이라고 해야 맞을 것이다. 그러한 발견을 위해서는 어른들은 아이들 몸 양쪽에 달아놓은 보조바퀴를 떼어내고, 제 두 바퀴로 온전히 설 수 있도록 한 발 떨어져서 지켜봐주어야 한다.

방과후는 '편안한 마음'이다

불연구소로 사용하던 지하실은 이제 도예공방으로 리모델링되었다. 아이들과 오래전부터 정말 해보고 싶었던 활동 중에 도예활동이 있었다.

아이들은 성인들보다 감정적 갈등과 욕구불만의 심리상태를 자주 경험하는데, 이러한 부정적 감정들이 누적되면 내적인 긴장상태를 유발하기 때문에 놀이를 통해서 이를 해소해주는 것이 필요하다. 점토를 뜯고 주무르고 마음껏 조작하는 경험은 그러한 긴장을 효과적으로 풀어주는 놀이다. 자연스럽게 내적 긴장을 해소하고 부정적인 감정을 쏟아냄으로써 정서를 순화시키고 긍정적인 자아 개념의 형성에 도움을 줄 수 있는 조형활동이기 때문이다.

중고 시장에서 저렴하게 물레 2대를 구입했다. 얼마나 마음이 설레고 흐뭇했는지 모른다. 이 활동을 위해 도예공방을 운영하는 지인으로부터 2년 넘게 열심히 실력을 갈고 닦은 지 오래다. 이제 아이들과 멋지게 도예활동을 할 수 있으리라는 기대감에 가슴이 부풀어 올랐다.

그런데 오늘도 역시 물레 두 대와 나, 이렇게 셋이다. 하릴없이 나는 혼자 물레를 돌린다. 이런 그릇, 저런 그릇, 그동안 만들고 싶었던 그릇들을 실컷 만들어본다. 나 혼자만의 고요한 힐링 시간이다. 또 몇 주가 지났는데도 아이들은 도예공방에 내려오지 않는다. 지금쯤이면 관심을 보일 때도 됐건만. 뭔가 특단의 조치가 필요할 것 같았다. 그래서 준비했다. 도예활동을 함께하기 위한 7가지 방법!!

첫째, 도예공방 공개설명회를 개최한다.

처음에는 멋지게 나 혼자 도예공방에서 물레만 돌리고 있으면, 아이들이 순간 반해서 너도나도 팔을 걷어붙이고 자기도 하겠다고 할 줄 알았다. 예상과는 달리 공개설명회까지 해야 한다니, 그래도 이것만한 방법이 없다.

"오늘 도예공방에서 도예 활동 공개설명회가 있으니, 관심 있는 사람은 모두 모여주세요." 게시판에 이렇게 방을 부쳤더니, 아이들 몇 명이 지하실에 모여들기는 했다.

"이 공개설명회가 끝나면 아이들이 도예공방에 엄청 몰려들 텐데, 내가 특별히 오늘 설명회에 참여한 너희들에게 우선권을 줄게."

두 번째, 적절히 타협한다.

사실 요즘 아이들이 도예활동에 관심을 보이지 않는 이유는 계절 탓도 있다. 겨울 동안 추워서 밖에 나가 놀지 못해서 아이들의 몸이 근질근질했던 터였다. 이제 봄이 되어서 날이 많이 풀리니, 아이들의 에너지가 밖으로 뻗치고 있었다. 그리고 바깥놀이의 정수인 야구활동이 다시 시작됐다. 남자아이들 대부분은 다른 방과후와 야구시합을 준비하는 데 매진하고 있었다. 고학년 정도현이 이끄는 야구부는 스스로 훈련계획을 짜서 매일같이 강도 높은 훈련을 하는 중이었다. 훈련을 게을리 하면 실제 시합 때 주전 자리와 원하는 수비 포지션에서 밀려날 수 있기 때문이다.

하필 그 야구 시즌에 도예활동을 시작하다니 나의 불찰이었다. 그런데 야구 훈련을 자기들끼리 진행할 때 교사들에게 원하는 것이 있는데, 그것은 포수 겸 심판만은 교사가 좀 봐달라는 것이다. 소프트 공이지만 끊임없이 무섭게 날아오는 공을 2시간 동안 쪼그리고 앉아서 받아내야 하고, 그 공이 볼인지 스트라이크인지 판정을 해줄 사람은 교사인 어른밖에 없다는 것을 아이들도 잘 알고 있다. 일단 야구활동 하는 아이들을 지하실로 끌어모았다.

"내가 야구 포수도 봐주고, 올해 다른 방과후랑 시합도 더 많이 잡아줄 테니, 야구하러 운동장에 올라가기 전에 도예공방에 와서 물레 한 번씩만 돌리다 가는 것으로, 어때?"

그리고는 아이들을 한 명씩 물레 앞에 앉히고는 물레 위에서 돌아가는 흙의 느낌을 손으로 경험하게 했다. 모든 아이들이 마지못해 경험해보았으나 역시나 주장인 정도현만 거부했다. 아마도 본인만이라도 정신을 똑바로 차려야 한다고 생각했나 보다. 자존심을 건 이웃마을 방과후와의 시합을 앞두고 아이들의 정신상태가 도예활동으로 인해 흐트러질까봐 걱정했을 것이다. 도예활동으로 훈련 일정에 차질을 빚으면 안 된다는 판단도 했을 것이다. 역시 도현이는 야구부 주장감이다.

세 번째, 강제로 소환한다.

두근두근에서 6학년이 되면 제대를 앞둔 말년 병장처럼 교사들의 말빨이 먹히지 않는다(6학년들의 말과 몸이 예전

같지 않다고들 하신다^^). 6학년 전원, 일단 지하실로 집합하라고 명했다.

"너희들 보고 이거 꼭 하라는 말은 아니야. 너희들 말고도 이거 하고 싶어 하는 아이들 많아. 다만 이 도예활동은 고학년을 위해 특별히 준비한 활동이야. 그것만 알면 돼."

간단한 설명이 끝나자마자, 6학년 아이들은 그래도 마지못해 성의에 보답하듯이 한번씩들 해보고 이렇게 투덜거렸다.

"저희도 하고 싶은데, 이거 하고 나면 자기가 한 거 뒷정리하라고 할 거 아니에요. 그게 귀찮아서 그냥 동생들에게 양보할게요. 어쨌든 오늘 하루 잘 놀다 갑니다."

네 번째, 친숙한 공간으로 여기게 자연스럽게 유도한다.

"아구~ 우리 귀여운 1학년 아이들, 오늘 우리 1학년들이 간식 먹는 장소는 도예공방이에요. 간식시간에 도예공방으로 모두 모여주세요."

간식을 먹은 뒤 1학년 아이들에게 컵 하나씩을 만들어 주었다.

다섯 번째, 멋지게 물레 시연을 한다.

아이들이 간식을 먹고 도예공방으로 계단을 내려오는 소리가 들리면 얼른 잔잔한 음악을 튼다. 그 음악에 맞추어서 물레 위에서 흙을 위로 끌어올려 그릇을 만들 준비를 해놓는다. 아이들 눈앞에서 마술처럼 종지만한 작은 그릇이 밥그릇으로 변했다가, 그것이 다시 대접이 되었다가, 그것이 순식간에 접시로 변한다. 그리고 물레를 멈추고는 칼로 접시를 떼어서 선반에 내려놓는다. 그리고 태연한 척 멋지게 한마디 던진다.

"어~, 언제 와 있었네. 작품에 열중하다 보니, 너희들 온 줄도 모르고."

여섯 번째, 직접 시연을 해보게 해서 호기심을 자극한다.

호기심이 발동한 아이들을 물레 앞에 일단 앉게 한다. 아이의 손을 바깥에서 감싸 안으며 그릇 만드는 것을 도와준다. 직접 자기 손에서 그릇이 만들어지는 기분을 느끼게 해주기 위해서이다. 아이들은 본인 스스로 그릇을 만든 것이라 좋아라 한다. 그렇게 태어난 그릇들은 곧바로 아이가 보는 앞에서 버린 흙을 모아놓은 대야에 훅 던져버린다.

"아우~ 아까워요~"

"또 만들면 돼, 흙은 많아."

아까 자기 손으로 만들었던 것을 버려서 아깝게 만든다. 그래야 다음에 또 공방에 올 테니까.

일곱 번째, 자유롭게 만들고 싶어 하는 것을 만들게 한다. 도예공방에 내려오면 꼭 물레를 돌려서 정형화된 그릇만을 만드는 것이 아니라 자유롭게 아이들이 흙을 가지고 놀 수 있도록 환경을 조성한다. 손에 흙을 묻혀서 벽에 손도장을 찍게도 하고 양말을 벗고 흙을 밟아보게도 한다. 온몸에 흙을 잔뜩 묻히고는 아무렇지도 않게 집으로 향하는 아이들의 뒷모습을 볼 때 교사는 행복하다.

어느 정해진 시간이 되면 터전에 모든 아이들이 한 명도 빠짐없이 정해진 공간에 아이들을 나뉘어 들여보내고, 미리 마련되어 있는 교재교구 앞에 아이들을 차분히 앉혀서 학교 수업하듯이 교육활동을 진행하고 싶을 때도 있다. 그러면 이렇게 매번 교육활동을 할 때마다 힘들게 아이들을 찾아다니며 활동에 끌어들이는 수고를 하지 않아도 될 텐데 말이다. 하지만 아이들이 하고 있는 놀이가 교육활동으로 인해 방해받지 않았으면 한다. 자유놀이를 침해하고 그 자리를 대신해서 채워진 교육활동은 자발적인 놀이와 달리 빛을 내지 못할 때가 많음을 알기 때문이다.

교육활동은 아이들 각자의 접근하는 방식과 속도를 인정해줄 때 제대로 된다. 그 안에 많은 소통과 참여 요소를 담아 아이들의 자율선택과 책임이 있어야 한다.

이러한 자율선택에 기반한 놀이와 교육의 경계를 허물려고 항상 노력한다. 학교생활에서의 긴장감을 방과후에서만큼은 내려놓고 집과 같은 편안한 마음으로 본인이 원하는 놀이를 하는 것을 최우선으로 한다. 학교가 교사와 친구들과의 공동체적 배움의 공간이라 한다면 방과후는 자기주도적이어야 하는 이유이다. 마치 직장생활을 하고 집에 오면 편안함을 느끼는 것처럼 방과후의 터전은 아이들 스스로가 선택한 휴식과 활동으로 채워지는 편안함이 기본이 되어야 한다. 그러기 위해서 더 많은 고민과 노력이 필요하지만 교사와 아마들은 이런 힘든 과정을 마다하지 않는다.

오늘도 매일같이 열리는 오전 교사회의에서 교사들은 고민하고 치열하게 논쟁한다. 아이들 가슴속에 '두근두근'을 불 지피기 위해서.

놀면서
배운 것은
사라지지 않는다

어릴 때부터 혼자 뭔가를 사부작사부작 만드는 것을 좋아했다. 방패연을 만들고는 싶은데 대나무 살대를 깎는 것이 귀찮아서 대나무살로 만들어진 광주리를 풀어서 만들기도 하고, 새총을 만들어야 하는데 가죽이 없어서 아버지 허리띠를 잘라 쓰기도 했다. 어렸을 적 만들기는 나에게 일상이고 생활이었다. 물론 멀쩡한 물건을 망가뜨렸다고 부모님께 야단맞기 일쑤였지만.

기왕이면 좋아하는 일을 직업으로 하려 건축학을 전공했지만, 그것은 내 의도와는 달리 학문적 스킬을 연마할 뿐이었다. 대학 4년 내내 마치 주차할 때마다 머릿속이 하얘지는 것처럼 공간지각 능력의 부재를 탓하며 남들보다 더 소주잔을 기울이는 날이 많았다. 지나서 생각해 보면 술 마시기 위한 좋은 핑계였던 것 같기도 하다.

미세먼지가 연속으로 심해 며칠 동안 밖에 나가지를 못하고 실내활동 위주로 놀던 어느 날, 졸업한 중학생 한 아이가 몇 개 전해준 큐브가 생각났다. 공간지각 능력 향상에 도움이 된다는데 잘할 수는 없어도 한번 해볼까 하는 호기심이 들었지만 선뜻 손이 가진 않았다.

편식을 하는 아이들에게 먹기 싫은 것도 먹어봐야 한다고, 책방에서 책만 열심히 보는 아이들에게는 밖에 나가서 몸을 움직이며 놀 줄도 알아야 한다고, 혼자 놀기를 좋아하는 아이들에게는 남과 더불어 놀 줄도 알아야 한다고, 입버릇처럼 떠들며 살았는데 정작 교사인 나도 선뜻 내키지 않는 것 앞에서는 이런 아이들과 마찬가지라는 생각이 들었다. 한편으로는 큐브가 낯설고 부담스럽기는 했지만 교사인 나의 선입견을 스스로 극복해보고, 노력을 통해서 어떻게 변화해가는지 아이들 눈높이에서 보여주고 싶은 욕심이 들었다.

처음엔 큐브 한 면이라도 맞출 수 있는 아이들을 찾아 따라다니며 물어보았다. 아이들은 나에게 뭔가 설명을 해주는 것 같은데 무슨 말인지 도무지 이해가 안 됐다. 고작한 면을 맞추는 것도 매우 힘들었다. 아이들 역시 나를 가르치기가 힘이 드는지 깊은 한숨을 내쉬기도 했다. 순간 공부하기 싫었던 20년 전의 기억이 주마등처럼 흘러간다.

그렇게 아이들에게 큐브 하는 법을 배우는 둥 마는 둥 하면서 며칠을 보내고 나니 더 이상 물어보는 것이 미안했다. 그래서 주말에 관련 책을 하나 빌려 이해가 될 때까지 열심히 파헤쳤다.

'아…, 내가 이해 못했던 포인트가 이 부분이었구나. 그래서 아이들이 답답해했구나.'

휴일을 반납하고 그렇게 맹훈련에 돌입한 지 이틀 만에 드디어 큐브의 6면 모두를 맞출 수 있게 되었다. 출근하는 발걸음이 가벼웠다. 나를 가르치던 '큐브 쫌 하던 아이들' 앞에서 어깨가 으쓱했다. 이제는 아이들이 '빠르게 맞추는 큐브 비법'에 대해 내게 묻기 시작했다.

"어험, 나는 이제 더 이상 너희가 알고 있는 지난날의 바가지가 아니여~흐흐."

하지만 그런 거드름도 잠시, 앞서던 나의 기록을 아이들은 며칠 만에 다시 돌파하고는 빠른 속도로 앞서 나갔다.

'청출어람'이라고 제자가 스승보다 뛰어나면 그 스승의 마음이 흡족해야 하는데, 어찌된 일인지 조바심이 자꾸 생긴다. 오늘도 집에서 큐브를 열심히 돌린다. 화장실에 앉아서도 돌리고, 산책하면서도 돌리고, 전철 안에서도 돌리고 돌리고 돌리고…,

다시 아이들에게 아쉬운 소리를 하며 물어봐야 했다. 기록을 1초라도 앞당기기 위해서는 어쩔 수가 없다. 이제 큐브 앞에서 교사와 아이의 구분이 없다. 우리는 같은 과제를 마주한 동료이자 앞서거니 뒷서거니 하며 서로의 의욕을 붇돋아주는 선의의 경쟁자이다. 엎치락뒤치락하며 새로운 큐브 기록을 갱신하는 재미와 긴장이 오가는 사이에 구경꾼들이 모여든다. 그렇게 두근두근에 큐브를 하는 아이들이 점점 늘어난다. 얼마 되지 않아 터전 아이들 중 큐브 6면을 못 맞추는 아이를 찾기가 어려울 정도가 되었다. 너나 할 것 없이 도움이 필요한 친구에게 자신의 기술을 설명하며 서로가 서로에게 선생님이 된다.

몇 달 동안의 큐브 활동을 통해, 바깥놀이에서는 자주 만날 수 없었던 아이들을 만났다. 여태 몰랐던 그들의 이야기에 귀를 기울일 수 있었다. 새로운 것에 도전하는 내 자신을 발견하는 과정에서 아이들과 눈을 맞추고, 서로 더 이해하고 가까워질 수 있었다.

이제 두근두근에서 큐브는 아이들 개인사물함 깊은 곳

으로 들어갔고 아이들은 또다시 일상으로, 각자의 놀이로 돌아갔다. 큐브를 꺼내들었던 것은 아이들에게 이런저런 기술을 가르치고 싶었던 것이 아니라 서툴고 잘 못하는 일을 대할 때의 마음과 그것을 극복해나가는 과정을 함께하고 싶었던 것이다. 처음 바가지가 큐브를 맞출 줄 몰라서 허둥대던 순간부터 부담과 두려움을 내려놓고 스스로 공부하고 또 배운 것을 함께 나누는 그 모든 과정을 즐겨보자는 것이었다.

나와 함께 큐브의 여섯 면을 맞춰본 아이들은 나처럼 공간지각 능력을 운운하며 젊은 날의 술 마실 핑계를 대진 않을 것이다. 삶은 모두가 모두에게 배우는 과정의 연속이기에, 함께 나누는 것을 주저하지 않고 카르페 디엠(Carpe diem)! 현재 이 순간을 즐기다 보면, 서툴고 두려운 그 어떤 파도도 잔잔한 물결처럼 넘길 수 있지 않을까?

며칠 전에 조카에게 받은 요요를 서툴지만 열심히 돌린다. 큐브 때처럼, 지나가던 아이들이 그 모습을 한참을 쳐다보다가 한마디한다.

"바가지, 그렇게 돌려서 되겠어요? 이리 줘보세요. 제가 알려줄게요."

고맙다, 얘들아, 이렇게 신나게 놀아줘서

오후 5시가 되었다. 터전 바로 뒤에 있는 중학교 운동장, 중학교 학생들이 수업을 마치고 집으로 다 돌아갔다. 운동장이 텅 비는 시간이 되었다. 이제 운동장은 우리 아이들 차지다.

터전 안팎에 흩어져 있던 아이들이 개미들처럼 여기저기서 줄을 서서 운동장으로 모여들기 시작한다. 교사들은 물조리개에 물을 담아 먼지 날리는 운동장 땅바닥에 물을 흘려가며 놀이에 필요한 선을 긋느라 분주하다. 아이들은 가위바위보를 해서 편 가를 짝을 찾기 위해서 운동장 여기저기를 헤매고 다닌다.

선긋기가 끝나면 이제 철봉 밑에서 하릴없이 모래땅만

열심히 파거나 개미를 잡아서 놀고 있는 아이들 쪽으로 크게 외친다.

"마당놀이 할 사람! 모여라! 지금 안 오면 나중에 안 시켜줄 거다~"

오늘의 놀이는 '포로탈출'이다. 많을 때는 30명이 넘을 때도 있다. 한곳에 갑자기 이렇게 많은 아이들이 모이게 되면 각자들 뭔놈의 '하시고' 싶은 말들이 그렇게 많은지, 너무 소란스러워서 도대체 놀이를 시작할 수 있을지 갑갑하다.

"우리 편이 쫄려요."

"상대방이 가위바위보를 늦게 내서 내가 졌어요."

"가위바위보 할 짝이 없어요."

"누구랑 가위바위보를 했는데 자기랑 좋아하는 사람과 편이 안 됐다고 아까워하더니 취소하고 딴 사람하고 가위바위보를 해요."

각종 볼멘소리들을 들어주며 문제들을 해결해나간다. 도떼기시장같이 소란스러운 분위기를 잠재우고 어찌어찌해서 양쪽으로 편을 가르는 데 성공했다. 두 패로 길게 줄을 서게 하고 마주보게 한 다음, 서로 상대방과 손을 맞잡게 한다. 그리고 모든 아이들의 시선은 바가지를 향한다.

바가지의 시작 신호가 떨어지기를 기다린다. 긴장감이 맴돈다. 옆 머리통에서 따뜻한 땀 한 방울이 머리카락 뿌리 사이를 이리저리 피해서 타고 내려오는 느낌이 든다. 귀와 볼 사이로 타고 흐른다.

숨을 한 번 길게 몰아 내뱉고는

"시~~~~~~이~~~~~작!"

놀이가 시작되었다.

아이들이 제일 잘 보이는 놀이판의 한가운데에 자리를 틀고 이제야 한숨을 돌릴 수 있게 되었다. 심판을 보기 시작한다. 말이 좋아 심판이지, 이건 무슨 관공서 민원창구다.

이제부터는 더욱더 정신을 똑바로 차려야 한다. 모두들 자기는 죽어놓고 안 죽었댄다. 자기가 제일 억울하댄다. 자기는 아무 잘못도 없다고 한다. 자기가 잘못을 했다손 쳐도 모르고 그랬던 거란다. 그랬으니 결론은 딱 한 번만 안 죽은 것으로 봐달라는 거다. 그 간단한 말을 그렇게 사력을 다해가면서 각자의 변명과 항의들을 서로에게 요구한다. 그러다 안 되면 교사에게 핏대를 세워가며 다시 늘어놓는다.

못 이긴 척하고 상대방에게 죽은 것도 안 죽었다고 넘어가 주었으면 좋겠다. 안 죽은 것도 죽은 것으로 넘어가 주었으면 좋겠다. 하지만 그것은 어른들의 바람일 뿐, 아이들은 이 놀이판에서 놀이를 하는 것이 아니라 온몸을 던져 자기 삶을 사는 것이다. 내면의 야생성을 그대로 드러낸다. 억울한 상황, 치사한 상황, 분통이 터지는 상황, 끝도 없을 만큼 여러 불편한 감정이 놀이판 하나에 담겨져 있다.

죽도록 밉기만한 상대편 선수와 같은 편이 되기도 한다. 그러다가 어느 순간 상대편 선수가 쓰러져 죽어가는 자신을 향해 손을 내밀어서 잡아일으켜 자신의 삶을 이어 붙여준다. 그리고 그 손의 느낌이 그리 나쁘지 않다는 경험을 하게 된다. 그러면서 어제의 미웠던 감정이 치유된다. 항상 약해 보이고 어리기만 했던 동생들이 큰 형들을 살려내기도 한다. 고마운 일, 감격스러운 일도 놀이 안에 있다. 아이에게는 놀이가 또 다른 인생이다.

우리가 교육선진국이라고 부르는 핀란드의 교육목적은 스스로 배울 수 있는 힘을 키워주는 것이다. 그리고 그 힘을 길러주는 최고의 교육은 놀이라고 말한다. 이때 다른 아이들과 실수도 하고, 놀이 안에서 죽기도 하고 살아나기도 하며 놀이 속에서 배운 것들을 성인이 되어도 기억한다.

요즘 아이들은 놀 시간이 없다. 같이 놀 친구가 없어 학원에 간다는 말도 나온다. 그리고 더 심각한 문제는 아이들끼리 모여도 어떻게 노는지 몰라서 각자 스마트폰만 쳐다본다는 것이다. 이미 몇 해 전 유엔 아동권리위원회에서는 이러한 문제의 원인으로 한국의 사교육을 지목하고 아이들의 놀이가 절대적으로 부족하다고 지적했다.

놀이가 점점 사라져가는 시대를 살면서 다시 놀이의 힘을 이야기한다. 마당놀이를 통해서 아이들은 서로 배려하고 도우며 살아가는 법을 저절로 배우게 된다. 의도하지 않아도 배우는 것이 놀이이다. 그러려면 서로서로 보듬어 안아주어야 한다. 그래야 놀이가 된다.

"자~!!! 이번 판 죽은 사람 다 부활~~~!!!!"

"와~~~!!!!"

고맙다, 얘들아, 이렇게 신.나.게. 놀아줘서.

집에서 가르쳐줄 수 없는 것들

예전에는 5~6학년 아이들과 주말을 이용해서 1박2일 들살이를 자주 갔다. 한 모둠을 5~6명으로 구성해 4모둠 정도가 되었다. 1박2일, 들살이를 하는 동안 어떤 음식을 해 먹을 것인지 모둠원끼리 회의를 통해서 결정하게 했다. 그리고 그에 따른 레시피를 조사하게 한 다음, 들살이 출발 전날 모둠별로 마트에 가서 장을 본 다음 박스에 담아서 모둠별로 챙겨놓도록 했다.

들살이 당일 교사들은 한 시간쯤 먼저 들살이 장소에 도착해서 아이들을 맞이했다. 교사들의 도움 없이 미리 준비해놓은 각 모둠원의 식자재와 그 외 필요한 캠핑 도구를 협동정신을 발휘해서 모둠원끼리 나누어 들고, 독립심을 발휘해서 들살이 장소까지 스스로 찾아오게 한다. 아이들은 힘들어 보였지만, 대견하게도 땀을 뻘뻘 흘리며 한 모둠 한 모둠 들살이 장소에 도착하기 시작한다.

그런데 자기네 식자재가 담긴 박스를 내려놓으면 좋으련만 자기 얼굴을 다 가린 채로 낑낑대고 들고 서서 질문을 한다.

"바가지, 이거 어디다 내려놓을까요?"

"어…… 일단…… 무거우니까, 그래, 너희 모둠, 텐트 앞, 나무 테이블에 내려놓으면 되겠다."

"예."

그렇게 짐을 내려놓고는 어디론가 사라진다. 어디서 많이 본 풍경, 익숙한 기시감, 택배 아저씨한테서 느껴지는 느낌, 향기가 새어나온다.

아이들은 누구라고 할 것도 없이 텐트 앞 나무 테이블에 짐을 내려놓고는 죄다 텐트 안에 들어가서 쓰러진다. 처음에는 무거운 짐 들고 오느라 힘들어서 좀 쉬고 싶어서 그런가 보다 했다. 그런데 도착한 지 한 시간이 지났는데도 아이들은 꿈쩍도 안 한다. 지금쯤이면 텐트 밖으로 나와서 쌀도 씻고 식자재도 다듬고 국도 끓이고 해야 할 텐데, 곧 어두워질 텐테 말이다.

"얘들아, 곧 어두워진다. 이제 나와서 모둠별로 밥하자."

아이들은 텐트 밖으로 모두 불러 나왔다. 문제는 이제부터다.

"뭘 할까요?"

"쌀 씻어서 밥 앉혀야지."

"쌀은 어디 있죠?"

"너희가 챙겼잖아, 너희가 들고 왔잖아, 너희가 내려놓았고."

"근데, 쌀은 찾았는데, 쌀을 어디에 담죠?"

"보통 코펠에 담지."

"코펠은 어디에 있는데요?"

"너희가 챙겼잖아, 너희가 들고 왔고, 너희가 내려놓았고."

"쌀을 코펠에 담았는데 어디 가서 씻어요?"

"한 번 둘러봐, 어디가 수돗가인지."

"쌀은 씻었는데, 이거 어디다 내려놓아요?"

"어디다 내려놓는 것이 아니라, 휴대용 가스레인지에 불 켜고 올려야지."

"휴대용 가스레인지는 어디에 있는데요?"

이쯤 되면 피가 거꾸로 솟는다.

"전체, 바가지 앞으로 집합!!!!!!!!!!!"

아이들을 한곳에 모아놓고 일장 연설을 펼친다.

"너희들은 어떻게 두근두근을 6년씩이나 다닌 녀석들이 하나같이 1학년들이 할 법한 질문을 하냐? 이렇게 힘들게 집을 떠나서 불편하게 들살이를 하는 이유가 뭐야? 집에서 엄마 아빠에게서 당연하게 받았던 도움을 받지 않고, 1박2일 스스로 문제를 해결하며 살아보기 위해서 온 거 아니야? 그런데 어떻게 집에서 엄마 아빠한테 하던 대로 똑같이 행동을 하니? 최소한 무엇인가를 물어볼 때는 스스로 찾아보고 고민해보고 그래도 모르겠으면 선생님한테 질문을 해야지, 아무 생각 없이 생각나는 대로 물어보면 어떡하니? 질문에도 고민이 있어야 하는 거야."

그래놓고 나니 아이들의 눈빛이 달라진다.

"바가지, 칼이 필요한데 여기저기 다 찾아봐도 없어서요. 남는 칼 있으면 하나만 빌려주실 수 있으세요?"

"바가지, 제 생각에는 당장 이 쓰레기를 버려야 하는데, 쓰레기통이 멀리 있으니 일단 이 박스에 모아두었다가 나중에 한꺼번에 버리는 게 좋겠어요. 바가지 생각은 어떠세요?"

한 소리했다고 금세 달라진 아이들의 모습을 보고 있자

니 우습기도 하고 짠하기도 하다. 두근두근에서는 아이들에게 놀이에 대한 자율성을 강조한다. 평소에 아이들이 스스로 놀이를 계획하고, 하고 싶은 활동을 함께하자고 제안한다. 하지만 그날 주말 들살이에서 보이는 모습은 평소의 모습이 아니었다. 왜 그랬을까?

이 글을 읽는 부모님 중에 아이들의 자발성과 주체성에 의문이 생긴다면 지금 당장 생활을 재점검해보아야 한다. 아이들의 자발성은 선천적 기질보다는 부모의 인간관계나 자녀와의 애착관계, 평소 가정에서의 생활습관 등에 영향을 받는다. 성장발달 과정에서 누적된 아이의 경험이 가장 큰 영향을 미치는 것이다.

평소 아이 스스로 할 수 있도록 가르치고 맡길 수 있는 영역인데, 아이가 바라거나 요구하기도 전에 부모가 해줘버린다. 기다리지 못하는 것이다. 심지어 또래 사이에 감당해야 할 관계와 감정도 대신해주려 하는 것이 TV드라마에서만의 상황이 아니다. 이러한 태도는 결코 아이에게 바람직한 결과로 이어지지 않는다. 그것은 아이와 그 시기에 형성해야 하는 애착이라고 생각하는 것과는 철저하게 구분되어야 한다.

아이를 자율성을 강조하는 학교에 보내지만 정작 집에

돌아가면 손가락 하나 까딱 안 해도 된다면 아이들은 양육 방식의 혼란을 겪는다. 결국 아이는 그다지 생각하지 않아도 다 해결이 가능한 집을 더 안전한 공간으로 생각할 수밖에 없다. 이러한 판단이 누적되면 집 밖 공간으로 가는 발걸음이 무거워진다. 그렇다면 가정에서 아이들의 자율성을 키울 수 있는 효과적인 방법은 무엇일까? 바로 부모와 함께하는 독서와 집안일이다. 부모가 선별한 책이 아니더라도 아이들이 스스로 많은 책을 읽을 수 있도록 부모가 스스로 읽기를 시작해야 한다. 하나를 읽고 나서 아이가 그 다음 책을 스스로 선택할 수 있도록 도와줘야 한다.

또 하나의 방법은 바로 집안일을 같이하는 것이다. 아이들에게 자기 빨래 개기처럼 스스로에게 한정되는 일이 아닌 거실 청소, 저녁 설거지 등 가족 전체에게 혜택이 돌아가는 일을 맡긴다면 공감능력과 사회성 모두 높일 수 있다. '설거지하면 용돈 줄게.'라는 조건부 집안일의 경우 자발적 의욕이 약화되고 이타적인 행위가 거래 행위로 변질될 우려가 있다는 것은 이미 연구를 통해 밝혀졌다.

"선생님, 지금 뭐하는 시간이에요?"

두근두근에 입학한 지 얼마 안 된 1학년 아이들이 학기 초 3~4월에 교사들에게 자주 하는 질문이다. 어린이집이나 유치원에서 시간표대로 움직이던 습관이 남아 그렇게 질문하는 것이다. 아니면 시간표가 걸려 있지 않은 두근두근의 자유로움을 만끽하다가도 꿈인지 생시인지 괜스레 한 번씩 물어서 확인하는 것이다.

"선생님, 지금 뭐하는 시간이에요?"

"넌 지금 뭘하고 싶은데?"

"어… 하고 싶은 게 있는 건 아닌데요."

"하고 싶은 것이 없는데, 애써 뭘 하려고 애쓰지는 마. 정말로 하고 싶은 것이 생기거든 나에게 알려줘, 바가지도 같이 해보게."

아이들의 자발성을 위해서 교사뿐 아니라 가정에서도 함께 노력하면 좋겠다. 두근두근에서 아이들은 스스로 원하는 활동을 한다. 같은 활동이라도 아이들은 저마다의 방식을 취한다. 저학년의 대표 활동인 관악산 수정 캐기의 경우 박물관처럼 소장하려는 아이가 있는 반면, 거래에 집중하는 아이도 있다. 수정을 통해 화석이나 광석, 광물 등에 대한 관련된 지식을 넓히려 열 올리는 아이도 있고, 그것을 만화로 표현하는 아이도 있다. 아이들은 이미 스스로 충분히 혼자 할 수 있는 능력이 있다.

6년간 자기 감정과 자기 관계와 자기 삶을 살아가기 위한 작은 시작은 '자발성'이다. 두근두근에서뿐만 아니라 가정에서도 스스로 할 수 있는 인격체가 될 수 있도록, 부모와 교사가 함께 노력해서 긍정적인 자아 정체성에 한 발 다가갈 수 있는 환경을 꿈꾸어본다.

천천히,
충분히 놀 줄
아는 아이

어릴 적 나는 매일 아이들과 해질녘까지 놀았다. 해가 지고 어둑어둑해지면 친구들이 하나둘 저녁을 먹으러 집에 돌아가고 나는 땅에 돌로 그린 공간에 세 번에 들어와야 땅이 늘어나는 땅따먹기를 혼자서라도 해보겠다고 손가락으로 힘껏 돌을 튕겼다.

지금은 작은 텃밭을 소일거리로 삼는 어머니가 내가 놀이할 때만큼은 하지 말라는 말씀을 안 하셨다. 남원집은 지금도 나의 마음의 안식처다. 쉬는 날, 남원 시골집에서 밭일을 도와드리고 가슴을 꽉 채워서 올라오곤 한다. 방과 후 교육의 현실에 답답하다가도 어머니를 뵙고 어린 시절 놀았던 마당을 밟은 뒤 KTX에서 보는 노을로 물드는 시골 풍경은 나로 하여금 다시 한 번 힘을 내어보자고 다짐하게 한다.

지금 부모님들은 아이들이 무언가를 하려고 하면 가만 두지를 않는다. 아이들의 서툰 부분을 기다려주지 않고 어떻게 하는지 설명해주거나 전문가를 붙여 알려주게 한다. 아이들은 분명 생각하고 있는데 시간을 주지 않고 답을 줘 버린다. 실수를 하더라도 기다려주고, 많이 도와주거나 만져주지 않는 것이 아이가 발전할 수 있는 기회를 준다는 사실을 모두가 알고 있다. 하지만 아이들에 관해서 만큼은 많은 부모들이 이성적이기보다는 감정을 앞세우는 경향이 있다.

놀이는 자발성이 있어야 한다. 강제성이 개입되어서는 안 된다. 내가 추구하는 놀이는 교사가 주도하는 것이 아니다. 주어진 것 없이 아이에게 자율성을 주었을 때, 정말 신나서 아이 스스로 뭔가 하고 싶을 때 몰입이 이루어지고, 거기에서 가지가 뻗어나갈 수 있는 것이다. 교사는 아이들이 스스로 할 수 있도록 도움 역할만 하는 것이다. 아이들의 흥미를 유발하도록 옆에서 지원해주고, 방법적인 면에서 고민하고 해결해나갈 수 있도록 약간의 힌트만 주는 것이 좋다.

어른들이 인위적으로 만든 놀이공간에서 아이들은 만들어져 있는 프로그램에 따라 놀게 된다. 그곳에서 아이들과 부모들은 그 안에서 잠시 동안은 쉬고 재미있게 놀 수 있겠지만, 자연에서 아이들과 뛰어놀기를 원하는 나는 공기정화기로 걸러진 것 같은 놀이공간이 그리 반갑지 않다. 중요한 것은 자발성이다. 자발성이 결여되면 그것은 더 이상 좋은 놀이가 될 수 없고, 교사 주도의 활동은 아이들의 에너지를 크게 일으킬 수 없다.

아이들에게 영화를 찍자고 제안하는 것이 아니라, 아이들이 시나리오를 가지고 준비가 되었을 때 방법론을 알려준다. 아이들 스스로 기술감염이라는 자전거 정비활동인 티칭맵(Teaching Map)을 그릴 수 있었고, 불연구소 활동, 큐브 활동과 최근의 요요기술까지 그러한 관점에서 아이들과 함께하려 했다. 느리고 답답하게 보일 수도 있다.

놀 줄 아는 아이들이 사라지고 있다. 그에 따라 좋은 놀이들도 사라지고 있다. 놀이는 또 다른 세계로 가는 상상력이다. 그 안에서 아이는 새로운 삶을 경험하고 죽었다 살아나기를 반복한다. 또 친구와 주위 사람, 같은 편의 도움으로 죽을 고비를 벗어나고 도움을 주기도 한다. 그 안에서 실수를 하기도 하면서 아이들은 자기 삶의 이야기들을 만들어나가는 것이다.

마당놀이나 오징어달구지 같은 전통놀이가 퀘스트를 깨는 방법과 아레나 등급에 대한 정보교환의 수다로 대체되고 있다. 실제로 터전에서 게임 이야기를 마냥 하게 내버려두면 참으로 가관이 아니다. 책방 소파에 앉아 책을 들고 게임 이야기를 하고, 간식 먹기 전 손을 씻기 위해 화장실 앞에서 줄 서 있을 때, 간식 먹을 때도 마주 앉아서, 심지어 축구 하다가 수비를 보고 있는데 공이 안 올 때는 수비와 골키퍼가 다정하게 붙어서 게임 이야기를 도란도란 나눈다. 그렇게 사이좋은 풍경이 따로 없다. 반면에 아이들의 전자기기 노출 상황은 이미 심각한 위험 수준이다. 물론 게임이 여가를 보내는 여러 방식의 하나로 인식이 되어가고 있고, 문화 콘텐츠로 자리 잡아가고 있다. 그리고 아이들 또래 사이에서 게임이 관계, 소통 측면에서 얼마나 큰 비중을 차지하고 있는지도 잘 안다.

하지만 나는 두근두근 교사로 일하는 근 20년간 진행해 온 좋은 놀이의 선함을 믿고 있다. 우리 아이들이 휴대폰을 보기보다 자기가 원하는 것을 스스로 생각하고, 친구들과 몸을 부대끼며 놀고, 또 어떤 날은 멍 때리기도 하고, 관악산에 올라가 소리라도 힘껏 질러보는 시간의 소중함을 믿는다. 혹시나 다툼이 있을 때는 눈을 바라보며 상대방의 감정과 마주하기도 하고 그 안에서 자신을 표현할 수 있는 아이가 되도록 가르치려 하고 있다.

좋은 놀이, 나쁜 놀이를 구분할 수 있는 기준을 만들 수는 없다. 아이들마다, 성(gender)마다 감수성이 다르고 원하는 놀이도 다르기 때문이다. 하지만 한 가지 분명한 것은 모든 아이들에게는 자율성에 기반한 시간이 필요하다는 것이다. 그들의 시간 속에는 가슴 설레는 일이 얼마든지 있다는 것을 아이들이 경험해보았으면 좋겠다. 그리고 그걸 통해서 자발성과 주도성을 가지고 몸과 마음의 균형을 스스로 찾아가며 성장했으면 좋겠다.

아. 글을 쓰다 보니 어른들도 좋은 놀이가 필요하다는 걸 느낀다. 내 주위의 갱년기 친구들은 다들 외롭다고 한다. 왜 외로울까? 재미있는 드라마도 많고 주변에 어른들을 위한 즐길거리가 많은데 여전히 외롭다고 한다. 나이 들어서 겪는 새로운 외로움이다.

해법은? 어렸을 때 충분히 놀아야 한다.

숲놀이터에 가자

터전에서 도보 10분 거리에 '숲놀이터'라고 부르는 곳이 있다. 공식적인 등산로와는 조금 떨어진 곳, 인도가 끝나고 2차선 도로를 지나면 쥐구멍 같은 샛길이 있다. 해리포터 속 9와 4분의 3 승강장처럼, 그냥 지나치면 잘 모를 그런 곳이다.

그곳의 가파른 돌계단을 내려가면 계곡물이 흐른다. 계곡물 사이사이 돌을 잘 딛고 넘어가면 널찍한 바위가 있다. 그 바위를 지나 조금 더 올라가면 또다시 가파른 길이 나온다. 사계절 내내 바삭한 나뭇잎이 수북이 쌓여 조심조심 올라야 한다. 바닥인 줄 알고 디뎠는데 발이 쑥 빠지기 때문이다. 그 가파른 길을 오르면 넓은 공터가 나온다. 바로 숲놀이터이다. 그곳에는 나무와 흙, 큰 나무에 매달아 놓은 밧줄이 전부다. 아, 몇 해 전 삐걱대는 나무 그네가 생기긴 했다. 놀이터, 라고 부르기엔 이렇다 할 것이 없지만 두근두근의 아이들이 너무나 사랑하는 곳이다.

한때는 바가지와 아이들이 나무칼을 깎아 화랑단을 조직했고, 버려진 기와조각이나 그릇으로 추정되는 것들을 발견하면서 유물탐사단을 꾸리기도 했다. 돌도끼를 만들기도 하고, 수많은 곤충, 특히 사슴벌레를 수없이 납치해 간 곳이 숲놀이터이다.

나는 숲을 잘 모른다. 잘 모른다는 것은 꽃과 나무, 곤충의 이름, 그런 것들을 잘 모른다는 것이다. 그래서 바가지 선생님이 꽃과 나무, 곤충, 심지어 온갖 돌까지도 척척 구분해내는 모습은 흡사 초능력을 보는 듯 놀랍기만 하다.

그렇지만 나도 숲을 좋아한다. 이 나무와 저 나무를 구분하지 못해도 숲에서 노는 방법은 많다. 잘 모르기 때문에 이것저것 이름을 새로 붙이고, 상상하고, 실험하며 나름의 방식으로 아이들과 숲을 즐긴다.

나와 숲놀이터에 가는 아이들은 대부분 저학년 여자아이들이다. 우리는 숲에 빈손으로 가지 않는다. 돗자리, 각종 그릇, 컵, 색색의 천이 담긴 캐리어 등등. 살림살이를 이고 지고 간다. 전쟁통에 밀려난 피난민처럼 떠난다.

물이 흐르는 곳이나 혹은 조금 더 올라가 널찍한 흙바닥에 돗자리를 펼치고 가져온 살림살이들을 늘어놓는다. 아이들은 바쁘다. 물을 떠오고, 온갖 잎과 열매는 물론 고운 흙도 채집해야 한다. 이리저리 분주하게 다니면서 입으로는 종알종알 역할을 나눈다. 아이만 대여섯 명 있는, 그것도 세쌍둥이, 네쌍둥이 같은 대가족이 될 때가 대부분이지만 또 어떤 때에는 온갖 가게가 열리기도 한다.

숲에서 아이들은 부지런하다. 돗자리에 누워 푸른 하늘을 보고, 흔들리는 나뭇잎, 맑게 흐르는 계곡 물소리 등을 감상하고 싶은 나와는 다르다.

봄에는 꽃이 지천이라 진흙 쿠키 위에 모양 내기 좋다. 돋아나는 파릇한 싹들을 뜯어 돌로 찧고 빻아서 걸죽한 녹즙을 만들고, 그 위에 이름 모를 꽃들을 동동 띄우면 향도 그럴듯하다. 흐르는 물에 꽃잎을 흘려보내고 잡고, 그러다 도롱뇽이나 개구리 알을 발견하면 또 한참을 바라본다. 때로는 알을 가져가고 싶어 하는 아이와 알을 지켜주고 싶은 아이가 설전을 벌이기도 한다.

여름에는 바지를 걷어 올리고 시원한 계곡물을 휘저으며 다닐 수 있다. 모기가 좀 걱정이라 모기기피제를 듬뿍

뿌리고 가긴 하지만, 시원한 나무 그늘과 계곡물은 에어컨 바람과 다르다. 물속에 있는 다슬기나 작은 물고기들을 좇아 첨벙첨벙하는 아이들은 더위를 모른다. 처음엔 무릎 아래까지만 적신다는 것이 늘 가슴께까지 젖어버려서 이럴 바엔 그냥 물놀이를 하겠다는 마음으로 풍덩 물에 뛰어들게 된다.

가을에는 굴러다니는 열매들을 줍는다. 겉옷을 벗어 열매를 풍성하게 담아내면 마음도 넉넉해진다. 가을의 색은 봄의 화사함과는 다른 선명함이 있다. 노랗고 붉은, 그리고 짙푸른 잎들을 한 그릇에 담아내면 마법에 빠진 듯 한참을 보고, 또 바라보게 된다.

추운 겨울에도 숲은 여전히 보물창고다. 아이들은 마른 잎들을 가루내어 각각의 '한약' 을 만든다. 거무죽죽한 그 한약들은 신기하게도 모두 다 다른 향이 난다.

이 한약 재료를 구하기 위해서는 탐험을 해야 한다. 봄, 여름, 가을처럼 재료를 쉽게 구할 수 없기 때문이다. 아이들은 제 몸을 의지할 수 있을 만한 굵은 나무를 찾아 땅을 짚어가며 점점 더 위로 올라간다.

바위를 기어 넘어가고, 아슬아슬한 징검다리를 건너기 위해 있는 힘껏 다리를 뻗고, 아니면 무거운 돌을 함께 옮겨 다리를 만들기도 한다. 그러다 우연히 발견한 반짝이는 얼음구슬은 아이들에게 보석과 같다. 어떻게 저렇게 얼었을까 싶은 독특하고 예쁜 얼음들이 계곡 구석구석에 숨어 있다. 그 얼음을 얻기 위해 막대기를 구하고, 미끄러지지 않게 애를 쓰며 손을 뻗는다. 여럿이 힘을 모으기도 한다.

마침내 잡은 얼음이 너무 소중해 손이 빨갛게 되었는데도 놓지 못하는 아이들은 선물을 받은 것 이상으로 상기되어 있다. 이내 녹아서 사라지더라도 순간의 아름다움은 선명하게 마음에 남는다.

숲은 아이들에게, 나에게, 많은 영감을 준다. 내가 두근두근에서 활동하며 영화를 찍거나 연극을 만들 때 꼭 숲이 나온다. 아이들도 비밀의 장소를 이야기할 때면 꼭 '숲놀이터'를 무대에 세운다. 숲에서 놀면서 우리는 머리가 아닌 감각으로 알게 된다. 계절이 변하면 냄새도, 빛도, 소리도 변한다는 것, 그 변화를 자신의 놀이로 받아들이며 우리 자신도 변하게 하는 마법 같은 무엇이 있다는 것을.

도시에서는 일어나지 않는 마법이, 숲에서는 일어날 것만 같다.

숲이라서 가능한 무엇이 있다.

2

놀이, 기술 감염 프로젝트

독립출판물, 놀고들 있네

학기 초였다. 6학년 아이들이 돈을 벌겠다고 나에게 거의 통보하다시피 제안했다. 돈을 벌어서 졸업여행을 가고 싶으니 담임인 나도 같이해야 한단다.

돈을 벌어 졸업여행이라, 아이들의 이글이글한 눈빛이 호기롭다. 좋다, 돈을 벌 수 있는 아이템을 쭉 적어보라고 했다.

2016년도에 다른 교사가 여자아이 일곱 명을 중심으로 '두근걸스'라는 팀을 만들어 돈벌이 프로젝트를 진행한 적이 있다. 같은 학년 아이가 나주로 이사를 가게 되면서, 그 아이를 만나서 함께 여행한다는 목표를 두고 시작한 프로젝트였다.

두근걸스는 조합원들을 대상으로 밑반찬 만들기, 운동화 빨기, 세차, 욕실청소 등의 활동을 했다. 여자아이들의 야무진 손으로 사업은 성황리에 마쳤고, 총 매출 280만 원, 순수익 120만 원으로 2박3일간 순천만으로 여행을 다녀왔다.

두근걸스 선배들을 보고 자란 이 아이들은 저희도 그렇게 할 수 있을 것이라는 희망으로 사업 아이템을 고민했다. 두근걸스처럼 수익이 보장된 반찬을 만들어 팔거나, 신발을 빨면 안정적일 거라 생각하는 아이도 있었고, 인터넷 뉴스에서 향초를 만들어 팔아서 돈을 벌었다는 외국 아이의 기사를 찾아오는 아이도 있었다.

남자아이 넷, 여자아이 다섯, 총 아홉 명의 6학년 아이들의 의견이 분분하여 좀처럼 의견이 모아지지 않았다. 아이들의 의견도 모아지지 않았고, 이 프로젝트를 지휘해야 할 교사인 내 마음도 좀처럼 흥이 나지 않았다.

뭔가 부족했다. 그게 뭘까?

졸업여행을 가기 위해 돈을 번다는 이 프로젝트는 지금의 6학년 아이들에게, 교사인 나에게 어떤 의미일까? 단순히 돈을 버는 것 그 자체가 목표가 될 수는 없다. 이전에 두근걸스를 이끌었던 교사는 '돈에 대한 관점', '노동의 가치'

를 아이들과 나누고 싶어 했다. 같은 프로젝트라도 주체가 되는 사람이 다르면 그 내용도 달라져야 한다고 생각했다.

아이들을 불러 모아 이야기를 나눴다. 무엇으로 돈을 벌 것인가에 대한 얘기를 넘어, 우리들에 대한 이야기가 필요했다.

'6학년이 지나기 전에 해보고 싶은 것'

'졸업 하면 떠오르는 것'

'졸업여행은 다른 여행과 무엇이 다른가'

나눠준 종이에 한 명씩 의견을 써서, 그것들을 모아 다 함께 보고 같이 이야기를 나눴다. 다소 포괄적인 질문에서 시작한 이유는 아이들이 '돈벌기' 자체에 매몰되기보다 두근두근에서의 1년을 어떻게 보내고 싶은지 스스로 생각하며, 그 안에 이 활동이 자연스럽게 융화되길 바랐기 때문이다.

그렇게 하나씩 이야기를 풀어나가며 아이들은 '뭘 하면 돈을 많이 벌 수 있을까?'라는 질문보다 '우리가 하고 싶은 건 뭘까?', '남들보다 잘하는 건 뭘까?'라는 질문으로 나아갈 수 있었다.

처음엔 조금 망설여지던 나도 아이들과 이야기하며 점점 재밌을 거란 기대가 생겼다. 또한 아이들이 돈을 벌더라도 자신들이 잘하는 것, 그 과정에서 즐거울 수 있는 일을 했으면 좋겠다는 바람이 들었다. 물론 요리나 청소, 빨래도 중요한 일이고 그 나름의 즐거움도 발견할 수 있겠지만, 지금의 우리가 아니면 할 수 없을 것 같은 그런 일을 해보고 싶었다.

"우리가 잘하는 걸로 돈을 벌 수 있을까? 우린 뭘 잘하지?"

내가 던진 질문에 아이들은 망설임이 없다.

"노는 거?"

다 같이 웃음을 터트렸다.

"맞아. 우리는 노는 걸 잘해. 근데 그걸로 어떻게 돈을 벌지? "

"개 산책시켜 드립니다. 이런 거처럼 아이랑 놀아드립니다. 이런 거 어때?"

"근데 우리를 모르는 사람이, 애한테 애를 맡기려고 할까?"

"방과후 동생들을 저녁에 맡아주는 건 어때?"

"그래. 동생들한테 밥도 해주고, 밥값도 받는 거야."

저녁 돌봄교실을 계획하던 아이들이 가능한 요일을 생각하고 대략의 돈 계산을 해보다가 고개를 젓는다.

"한 시간에 만 원 정도 받아야 되는데, 나 같으면 신청 안 할 것 같아. 비싸다고 생각할 것 같아."

"유튜브를 하면 돈 번다는데. 유튜브에 놀이하는 영상을 올리면 어때?"

"난 얼굴 나오는 거 싫어."

"그거 엄청 사람들이 많이 봐야만 돈이 될걸? 시간도 오래 걸리고."

그때 내 머리에 번뜩 지나간 생각이 있다.

"애들아, 우리 책을 낼까?"

개인적으로 독립출판에 관심이 있던 시기였다.

아이들이 6년간 놀았던 경험을 책으로 엮어서 판매하면 세상에 없는 독특한 아이템이 될 것 같았다. 가슴이 '두근두근' 했다. 지금의 6학년 아이들은 놀기도 잘 놀았지만, 유쾌한 그림과 글에도 재주가 있었다. 우리의 놀이를 그림과 글로 정리하여 엮으면 분명 우리에게도 의미 있고 다른 사람들에게도 매력 있는 일일 것이라 생각했다.

"그게 가능해요?"

"우리 책을 사주는 사람이 있을까?"

장담할 수는 없었다. 나도 해본 적이 없었으니까. 하지만 차근차근 해본다면 못할 것도 없지 않을까? 나는 기존의 독립출판물들을 찾아 아이들에게 보여줬고, 책 만드는 과정이나 판매할 수 있는 경로 등을 함께 탐색했다. 좀처럼 머리에 그려지지 않던 막연함을 설렘으로 전환시켜주기 위해서였다.

구체적인 방법들을 찾아보고 나니 할 수 있을 것 같은 자신감이 솟았다. 한번 해보자고 마음먹은 우리는 제일 먼저, 최소한의 인쇄비가 필요하다는 결론을 내렸다.

때는 5월, 곳곳에서 딸기음료가 돌풍을 일으키던 시기였다. 아이들과 제철 딸기를 사다가 딸기청을 만들었다. 한살림에서 구매한 유기농딸기와 꿀, 자연드림 유기농설탕을 조합한 건강한 딸기청!

조합원들이 집에 있는 공병을 가져오면 병값을 따로 받지 않고, 500그램에 1만 원을 받았다. 주변에 많이 선물하시라고 '딸기가 두근두근'이라는 라벨을 만들어 포장 패키지도 선보였다.

아이들은 딸기청 만드는 일을 재밌어했다. 조합원들이 많이 구매해준 덕분에 아이들의 사기도 올라갔다.

"모아, 딸기청만 계속 만들어 팔아도 되겠어요."

"이건 어차피 한철이야. 우린 책을 만들어야 해!"

낮에는 아이들과 딸기청을 만들어 팔고, 밤에는 독립출

판 워크숍을 찾아가서 책 만드는 법을 배웠다. 이론만으로는 부족했기에, 개인적인 책을 직접 제작하고 독립서점에 입고하는 등의 일들을 해보았다. 처음 해보는 일이었지만 시행착오를 거치면서 아이들과 해나갈 작업을 가늠하는 경험이었다.

세 차례 딸기청을 팔아 얻은 순수익금은 54만 9,200원이었다. 이제 딸기청을 접고, 본격적으로 책 작업에 들어갔다. 아이들과 일주일에 한 번씩 시민회관 세미나실을 빌려 두 시간씩 책 작업을 하기로 했다. 책을 어떻게 구성할지 의논하고, 목차를 뽑고, 어떤 방식으로 글과 그림을 쓰고 그릴지 의논했다. 글 쓰고 싶은 사람과 그림을 그리고 싶은 사람을 한 팀으로 묶고 실제 책의 사이즈로 재단한 종이를 준비해 연필로 밑그림을 그리고 선을 따게 했다.

시작은 더디고 팀 작업에 대한 불만이 터져나왔다. 혼자 작업하겠다는 아이도 생기고, 아이디어가 떠오르지 않는다며 몸을 배배 꼬다 결국 한 장도 완성하지 못하고 놀기만 하는 날도 있었다.

"놀이책을 만드느라 놀지도 못하고 있어."

이런 볼멘소리가 나올 때면 나도 흔들린다. 이건 내 욕심일까, 무리였을까, 그냥 자연스럽게 노는 것만으로도 충분하지 않은가… 마음이 복잡해진다.

두근두근에서 활동을 한다는 건 교사로서 수많은 질문에 스스로 답할 준비가 되어 있어야 한다는 거다.

두근두근에는 정규 커리큘럼이 없다. 자전거 여행 외에는 꼭 해야만 하는 활동은 없다. 있다면 놀기. 그리고 간식 먹기. 그 둘만 잘 이뤄진다면 이미 충분하다. 그럼에도 교사들은 왜 활동을 기획하고 움직일까?

각자의 이유가 분명하지 않으면 활동을 끌어갈 동력이 일어나지 않는다. 나 역시 아무도 내게 책을 만들라고 하지 않았는데 잘 될지 안 될지도 모르는 일에 힘을 쏟고 있다. 이 프로젝트를 꼭 해보고 싶은 욕구가 분명했기 때문이다. 우리가 잘하는 것이 뭘까, 묻는 나의 질문에 아이들은 주저없이 노는 일을 꼽았다. 그 망설임 없는 대답이 좋았다. 많은 사람들은 잘 모르겠지만 노는 일은 품이 많이 든다.

여럿이 함께 노는 일은 더더욱 그렇다. 같이 뭘 하고 놀지 정하는 과정부터 의견을 조율해야 하고, 팀을 나누거나 술래를 정하는 방법, 누구 한 사람에게 유리하거나 불리하지 않게 균형을 맞추는 일, 놀이에 몰입하고 마침내 그 놀이가 절정에 이르러서 익숙해질 때쯤 조금씩 변형하며 새로운 놀이를 탄생시키기까지 할 것이 참으로 많다.

'여럿이 함께 잘 노는 일'은 한 번에 이뤄낼 수 없다. 수없이 반복하며 너와 나의 다름을 알고 이해하고 서로 배려하며 함께 경험치를 쌓아야만 가능하다. 이 어려운 걸 우리 아이들이 하고 있다, 고 나는 믿는다.

요즘 세상에 잘 노는 것이 무슨 자랑이야? 할 수도 있다. 영어나 수학 그런 것처럼 보편적인 자랑거리는 아니겠지만, 우리 아이들이 당당하게 '잘 노는 아이'의 자부심을 갖길 바란다. 진짜 잘 노는 아이들의 매력이 무엇인지 보여주길 바란다. 교사로서의 욕심일 수도 있고, 오랜 시간 함께 놀아온 어른으로서의 바람이기도 하다.

이런 나의 바람을 앞세워 아이들을 압박하게 될까 조심스럽다. 교사가 치고 나가야 할 때와 아이들 뒤로 물러서야 할 때를 저울질하며 움직여야 한다. 스스로 욕심내고 있다고 생각될 때는 조금 기다려야 한다. 아이들이 내 욕심을 따라올 수 있는지, 이게 나만의 욕심인지, 우리의 욕심인지 확인해야 한다. 매주 아이들이 작업한 내용을 편집해서 이것이 책으로 엮일 때 어떤 모양일지 구체적인 결과물로 확인해준다. 봐봐. 한 명 한 명의 글과 그림이 모이면 이런 게 되는 거야, 하고 말이다. "목표까지 그리 먼 길은 아니라고, 한 걸음만 더 나가보자, 조금만 더 해보자."라고 응원한다. 그래도 확신이 서지 않을 때는 아이들에게 거꾸로 물어봐야 한다.

"애들아, 그만할까? 이거 정말 가능한 거니?"

"아녜요. 할 거예요!"

"지금 포기하면 아깝잖아요."

계속할 거면 최소한 너희들 스스로 어떻게 하겠다는 약속을 정해라. 모아가 잔소리해서 너희들을 움직이게 하는 건 한계가 있다고 하니 잘 알아듣는다. 아이들은 일주일에 두 장씩 원고 완성하기, 시간을 정해놓고 잠깐만 놀기 등등을 약속하고 지키려 했다.

그렇게 우왕좌왕하며 조금씩 완성한 우리의 책은 〈놀고들 있네〉라는 제목으로 세상에 나왔다. 〈놀고 있네〉와 〈놀고들 있네〉 사이에서 고민할 때 아이들은 여럿이 함께 노니까 '들'을 꼭 넣어야 한다고 했다. '놀고들 있네'라는 말에 담겨 있는 비꼼과 저평가의 뜻을 유쾌하게 뒤집고 싶은 우리 모두의 마음이었다.

가제본으로 인쇄된 책을 처음 실물로 받아본 우리는 몇 번이고 그것을 돌려보았다. 보고 또 보니 금세 너덜너덜해진 책이 낱장으로 쭉 찢어지자 과감히 제본 방식을 더 고

급으로 바꾸자고 결의했다.

우리를 아는 사람들 말고도 우리 책에 흥미를 가질 사람이 있을까? 텀블벅 펀딩에 도전했다. 목표금액 50만 원과 75만 원 사이에서 고민하다가 75만 원으로 올렸다. 텀블벅 펀딩은 생각보다 까다로웠다. 몇 번의 수정을 거쳐 텀블벅 펀딩이 시작되었을 때 조합원들이 뜨겁게 지지해준 덕분에 메인 화면에 잠시 노출되는 영광도 누렸다. 단 3시간도 안 되어 100%를 달성하자 아이들은 얼떨떨하면서도 흥분을 감추지 못했다.

펀딩은 269%를 달성, 성공적으로 마쳤다. 우리를 알지 못하는 먼 곳에서의 주문도 꽤 있었다. 후원자 명단에서 전혀 알지 못하는 사람들의 이름을 발견할 때마다 신기했다.

노는 아이들의 놀이책 〈놀고들 있네〉. 이 책은 단순한 돈벌이가 아니었다. 책 만들기라는 새로운 시도도 아니다. 우리가 놀아온 지난 시간에 대한 긍정이었고, 놀이가 우리의 자산임을 확인하는 일이었다. 대한민국에 이만큼 여럿이 함께 잘 놀아본 초등학생, 또 있을까?

수박대회는 어떻게 생겨났을까

"우리가 이 많고 많은 수박을 먹게 된 이야기 하나 들려줄까? 진짜 같기도 가짜 같기도 한 우리들의 이야기."

- 〈수박대회는 어떻게 생겨났을까〉 연극 대사 중

두근두근에서는 매년 6월 말이 되면 수박대회를 연다. '수박씨 위로 뱉어 얼굴에 붙이기', '수박껍질 얇게 먹기', '수박씨 탑 쌓기', '수박대회는 어떻게 생겨났을까 연극' 등 다양한 방식으로 수박을 잔뜩 나눠 먹는 거다. 이 대회는 나름의 유래가 있다.

2015년 6월, 우리는 영구 터전으로의 이사를 앞두고 있었다. 조합원들이 힘을 모아 어렵게 주택을 매입한 것이다. 불안정한 전세살이 마감, 우리 모두의 집, 그곳에서 아이들과 새롭게 만들어낼 재미난 일상을 상상하는 것만으로도 매일매일 '두근두근' 하던 시절이었다.

리모델링 공사를 앞두고 고사를 지내던 밤, 매입한 주택 부근에 거주하는 이웃들에게 잘 부탁드린다며 수박 10통을 돌렸다. 그러나 수박을 받아주는 분은 아무도 없었다. 부푼 꿈이 한순간에 팍, 터져버린 밤이었다.

그날 이후 우리는 지난한 싸움을 해야 했다. 소음과 주차문제 등으로 반대하는 이웃들과 싸우고, 우리의 입주를 공식적으로 불허한 시와 싸워야 했다. 오랫동안 협동조합 형태로 운영해온 조직이지만 사회적 협동조합법이 생긴 후 인가를 받지 않았다며 불법조직으로 낙인찍혔다.

기존에 전세로 살던 터전에서는 계약만료로 나가야 할 시기가 다가왔고, 우리가 구매한 집으로는 들어갈 수가 없는 상황이었다. 당장 50여 명의 아이들과 우리는 어디로 간단 말인가? 그 여름 내내 우리는 서러운 마음으로 싸워야 했다. 부모들은 서명운동을 하고, 시위를 하고, 법률자문을 구하고, 밤샘회의가 여러 날 이어졌다. 아이들과 함께 머물 수 있는 안정된 공간을 구하는 게 그렇게도 어려운 일인가, 좌절이 깊어졌다. 대상을 알 수 없는 분노로 속이 타들어갔다.

끝이 보이지 않아 불안했던 그 시절에도 용기를 북돋아주는 날들이 있었다.

임시총회에서 임시방편으로 나온 공간에 들어갈지 말지를 논의하는 자리였다. 지금의 규모나 형태로 들어가기에 여러 어려움이 있는, 그야말로 임시공간이었다. 최선이 아닌 차악을 선택하는 슬픈 자리였다. 논의는 진전이 없었고 분위기는 점점 어두워졌다.

한 조합원이 일어나서 교사 한 분이라도 다 같이 갈 수 없다면 그것은 우리가 선택하지 말아야 할 이유라고, 눈물을 흘리며 얘기했다. 그리고 연달아 많은 조합원들이 '다 함께' 갈 수 있을 때까지 더 싸우고, 더 찾아보자고 목소리를 냈다.

서둘러 종결해버릴 수도 있었을 것이다. 회피하거나, 포기하거나. 그렇다고 해도 누가 누구를 원망할 수 있는 상황이 아니었다. 실은 내가 그랬다. 이 출구 없는 싸움에서 멀리 도망가고 싶었다. 그런데 한 명의 교사라도 지켜야 한다는 그 말은, 도망가고 싶은 내 마음을 붙들어주었다. 두근두근을 지키고 싶게 만들었다. 무엇을 해서라도 지키고 싶다는 마음이 일자 힘이 났다. 회피하거나 포기하거나 도망가고 싶지 않았다.

내가 할 수 있는 일은 뭘까, 생각해보면 단순했다. 아이들을 잘 만나는 것. 이렇게 불안정한 상황일수록 아이들에게 집중하여 흔들리지 않는 일상을 유지하는 것. 그것이 내가 조합원들에게 힘을 주는 방식이겠구나 생각하자 마음이 단단해졌다.

우리는 돌려받은 수박 10통으로 수박대회를 열었다. 그냥 먹으면 많이 못 먹으니까 수박으로 할 수 있는 다양한 놀이를 만들어서 함께 먹었다. 그래도 10통은 많아서 조합원들과도 나눠 먹었다. 사연 있는 수박이었지만 왁자지껄 웃으며 먹었다. 수박은 참 달았다.

그 후로 우리는 매년 6월이면 수박대회를 열었다. 제1회 수박대회를 기억하는 아이들이 그림이나 만화로 우리가 왜 수박대회를 하게 되었는지 이야기로 만들었고, 그것을 동물이 나오는 동화 같은 연극을 만들어 동생들에게 보여주기도 했다. 그리고 그 연극을 본 동생들이 다음해 연극을 이어받아 역할을 맡았다.

2015년도의 기억을 공유한 사람들은 하나둘 졸업을 하고 떠났지만, 우리는 여전히 수박대회를 한다. 아이들은 너나 할 것 없이 여름이 오면 올해의 수박대회를 궁금해하고 기대한다. 수박 껍질을 얇게 먹으며, 이번 대회에서는 1등 할 수도 있겠다며 각오를 다진다.

수박대회는 우리의 서러웠던 과거를 기억하기 위한 것은 아니다. 매년 여름, 우리가 이렇게 다 함께 모여 수박을 먹는 것이 얼마나 행복한 일인지를 느끼는 것, 함께 먹는 수박은 참 달다는 것을 오래 기억하는 일일 것이다.

연극으로 놀다

"모아, 관객 좀 해주세요."

2014년 어느 날 2학년 여자아이들이 내 손을 잡아끌며 쉬는 방으로 데려갔다. 잡아끄는 손에 이끌려 문을 열었더니 안에 있던 다른 여자아이들이 호들갑을 떨며 아직 준비가 안 됐으니 좀 기다리란다.

"뭐하는 건데?"라고 물으니 나를 데려온 아이는 배시시 웃으며 곧 알게 될 거란다.

"이제 열어도 돼요."

아이들은 나를 구석진 자리에 앉으라고 했다. 이제 연극을 보여줄 거라며.

하나하나 손으로 쓴 색색의 대본과 두 장의 종이를 이어

붙여 만든 나무 가면 소품 등을 든 아이들은 진지했다.

숲으로 가는 한 아이의 앞에 '냠냠쩝쩝'이라는 동물이 나타나 음식을 빼앗아 먹고, 또 나무신(?)이 내는 문제를 맞춰야 지나갈 수 있다고 하는 모험 이야기였다.

대사보다도 해설이 긴 연극이었지만 아이들은 진지하고 즐거웠다. 박수를 치며 재밌다고 했더니 아이들은 처음이라 실수를 했으니 한 번 더 보여주겠다고 했다. 그렇게 같은 연극을 두 번 세 번 반복해서 보는데 가슴이 '두근두근'거렸다. 아이들은 어떻게 저렇게 대본도 쓰고 연기도 할까? 나도 하고 싶다. 같이 놀고 싶다!

저건 어떻게 하는 걸까?

기존의 아동극 대본을 찾아봤지만 국내 창작 대본은 대부분 너무 오래된 것들이라 요즘 아이들의 정서에 맞지 않았다. 우리가 익히 알고 있는 피터팬, 말괄량이 삐삐 같은 대본은 호흡이 길어 한두 번 읽고 나면 쉽게 흥미가 떨어졌다. 뭔가 더 있지 않을까, 그런 마음으로 검색하고 주변에 물어보고 하던 중에 만난 것이 '사다리 연극놀이 연구소'였다.

'두근'거리는 마음으로 입문반을 신청했다. 수업이 상시적으로 열리는 것이 아니라 몇 달을 기다려야 했다. 그리고 대망의 첫 수업, 세 시간이 어떻게 지나가는지도 몰랐다. 너무 재밌다. 매일 3시간씩 5번의 수업을 듣는 내내 연극놀이의 재미에 흠뻑 빠져 지냈다. 그리고 설레는 마음을 주체할 수 없었다. 이 재밌는 걸 두근두근 아이들과 함께 할 수 있다니!

입문반에서 맛보기를 하고 바로 중급반을 신청했다. 중급반은 매주 일요일 6시간씩 두 달 간의 과정이었다. 지각 3번은 결석 1회에 해당되고, 5번 이상 결석 시 수료가 안 되고, 과제물 미제출시 수료가 안 되는 까다로운 과정이었다. 수업하는 곳은 혜화동이었고, 이동 시간은 1시간 40분이었다. 2시에 가서 5시까지 수업을 하고 30분 동안 도시락을 먹고 또 3시간 동안 수업을 하면 8시 30분에 끝났다. 깜깜한 밤이 되어 집으로 돌아오면 10시가 넘고 부랴부랴 씻고 누우면 다음날은 출근. 그럼에도 단 한 번도 가기 싫은 마음이 들지 않았다.

왜 그랬을까? 연극놀이가 가진 매력이 대단해서겠지만, 그게 전부는 아니다. 나에게 연극을 보여주던 아이들과 이렇게 재밌는 걸 같이 해보고 싶다는 동기가 없었다면 그토록 집중할 수는 없었을 거다.

내가 경험하고 배운 것을 아이들과 나눌 때 가슴이 뛴

다. 아이들이 어떻게 받아들이고 재해석할지 궁금해진다.

내가 주재한 첫 연극놀이는 다소 서툰 모습으로 우왕좌왕이었지만, 실패의 기억이 아니라 즐거운 이야깃거리가 되었다. 내가 풀어놓은 연극놀이가 일상에서 아이들에게 새로운 역할놀이의 동력이 되었음을 확인하는 일은 즐거웠다.

"모아, 노는 것도 좋긴 한데. 대본 읽는 것도 했으면 좋겠어요."

도서관에서 아동극 대본을 빌려와 아이들과 천 조각을 휘두르고 몇 번이고 같이 놀았다. 그러다 마음에 드는 대본을 만난 아이들은 이걸로 두근두근에서 공연을 해야겠다며, 저희들끼리 역할을 나누고 티켓을 만들고, 홍보 포스터도 만들었다. 준비하는 과정은 모두 놀이였다.

큰 방 하나에서 관객은 소파에 앉고, 형광등 조명을 껐다 켜고, 배우는 대본을 들고 읽는 어설픈 공연이었지만, 보는 사람 하는 사람 모두가 즐거웠다. 아이들은 연극공연을 이렇게 이해하고 표현하는구나, 발견하며 또 설렜다. 잦은 실수도 다 같이 웃어버리면 그만이었다.

아이들의 역할놀이가 연극놀이로, 공연놀이로 변주되는 모습은 내게도 새로운 자극이 되었다.

"모아, 우리 큰 무대에서 공연해요."

점점 커가던 아이들의 욕구가 무대로 향했다. 나는 무대 연출을 해본 적 없지만 하고자 한다면 방법을 찾을 수 있을 거다. 처음 연극놀이를 배웠던 것처럼 말이다.

3월, 두근두근의 큰 행사 중 하나인 신입생환영회에서 축하공연으로 20분짜리 공연을 준비했다.

"심장이 느리게 뛰는 바이러스에 감염된 아이들을 치료하기 위해 박사와 연구원이 '두근두근' 나라로 떠나는" 이야기였다. 모두가 처음이었기에 작은 실수들의 연발이었지만, 그래서 더 유쾌하고 즐거웠던 무대였다.

이 첫 번째 무대는 나에게 많은 생각을 안겨주었다. 불과 2년 전만 해도 생각해본 적 없는 일이다. 할 줄도 몰랐고, 상상한 적도 없다. 그것이 어떻게 가능한 일이 된 걸까?

두근두근에서는 아이들이 나를 이끌고 가서 '이것 좀 보라고, 이것 좀 같이 해보자.'며, 자신들의 세계로 초대해 준다.

교사인 내가 모르는 것, 경험해보지 못한 것들이 얼마나 많은가. 이 다양한 아이들의 다양한 세계 안에서 발견한 놀라운 영감은, 나의 세계로 건너와 또 다른 에너지를 만들고 넘쳐흘러 우리 모두를 새로이 눈뜨게 한다.

살아 있는 배움은 그런 게 아닐까. 일방적으로 한쪽이 다른 한쪽에게 전해주는 것이 아니라 서로 주고받으며 다른 무엇을 만드는 일. 아이들이 나에게 보여준 연극이 나를 연극놀이라는 세계로 이끌었고, 내가 밖에서 배운 것을 다시 아이들과 함께했듯이 말이다.

첫 번째 공연은 우리의 목표도 결과물도 아니다. 아이들과 내가 계속 함께하고 있는 동안은 모든 것이 과정이다. 계획하지 않아도, 설레게 하는 더 멋진 어딘가로 우리가 향하고 있음을 알고 있다.

부산국제어린이영화제 3관왕 수상

두근두근에서 아이들과 네 편의 단편 영화를 만들었다.

첫 영화는 2014년 봄이었다. 4학년 남자아이들과 3학년 여자아이들이 한 팀을 이뤄 〈두 탐정의 친구 찾기〉라는 탐정물을 만들었다.

탐정이 꿈인 남자아이의 친구가 의문의 USB를 발견하고 사라지는데, 경찰이 꿈인 여자아이와 힘을 합쳐 친구의 실종사건을 파헤치는 이야기다. 이 영화로 그해 부산국제어린이영화제에 초청받았고, 조합원들과 아이들 모두 (영화 제작에 참여하지 않은 아이들까지) 관광버스를 타고 부산 해운대로 향했고 다 함께 8월의 축제를 즐겼다. 그리고 마법의 필름상, 관객인기상, 사미르 나스르상, 세 부문에서 수상하는 영광을 차지했다.

방과후에서 아이들이 영화를 만들어 영화제에 내보내고 수상하는 일. 아, 정말 가능하구나! 처음부터 수상을 목표로 했던 것은 아니다. 고등학생 때 단편영화를 제작해본 적이 있다. 그 경험을 되살려 아이들과 영화를 만들고 싶었고, 동기부여를 해보고자 검색해보니 어린이영화제가 있다는 것을 알게 됐다. 처음 영화를 만들 때는 아이들도 나도 우왕좌왕했지만, 지나고 보니 그것도 다 재미있는 추억거리가 되었다. 또한 교사로서 나름의 방법을 터득하는 시간이기도 했다.

그 일 이후 다른 아이들까지도 나를 찾아와 영화를 만들고 싶다고 말을 걸어왔다. 처음에 내가 영화를 만들자고 했을 때는 그게 무슨 소리인가 의아해하더니, 실물이 짜잔! 하고 결과물로 나타나자 너도나도 해보고 싶은 욕구가 솟아난 것이다.

그렇게 그 다음 영화는 2015년 2월, 여자아이들의 관계를 다룬 〈인기전쟁〉을 제작했다. 이 영화의 작가이자 감독인 나연이는 평소 내게 한 여자아이에 대한 귀여운 뒷담화를 늘어놓곤 했다. 얼굴이 예쁘장하고 성격이 밝은 그 여자아이에 대한 부러움, 모두가 그 친구를 좋아하는 것 같아서 느끼는 속상함, 질투 등등. 나는 나연이에게 그 이야기를 시나리오로 써볼 것을 제안했다.

처음엔 나연이는 어떻게 이런 이야기가 영화가 되겠냐며 펄쩍 뛰었지만 '영화는 영화일 뿐이다. 네가 감독, 시나리오작가, 배우 다 할 수 있다.'는 설득에 조금씩 마음을 바꾼 아이는 현실을 상상으로 재구성한 재미있는 이야기를 만들어갔다. 그리고 영화의 캐스팅으로, 당사자인 예쁜 친구를 섭외했다. 같은 학년 여자아이 다섯 명이 뭉쳐서 만들어가는 영화는 정말 그 아이들만이 들려줄 수 있는 귀여운 질투와 갈등의 감정들을 유쾌하게 담았다. 아이들은 영화를 찍으면서 "맞아, 너 이런 연기는 진짜 같아."라며 서로의 연기에 대해 얘기도 나누게 되었고, 평소 말할 기회가 없었던 자신의 마음도 털어놓을 수 있었다.

2017년 봄에 제작한 〈수상한 게임〉은 처음으로 남자아이들만 한 팀으로 묶어 제작한 영화다.

2016년 봄, 두근두근에는 쌍절곤 열풍이 불었다. 집에서 쌍절곤을 연마한 한 아이가 조금씩 전파하여 유행한 것이다. 남자아이들은 모두 쌍절곤을 돌리며 기술을 연마했고, 단오잔치에서 작은 공연을 하기도 했다. 그리고 시간이 흘러 겨울 즈음 쌍절곤을 돌리던 아이들은 아크로바틱을 배우러 다녔다. 겨울 방학 내내 터전에서 덤블링도 하고 액션합도 맞추는 모습을 자주 보았다. 그 모습은 내게 새로운 영감을 주었다. 당장에 한 아이의 어깨를 붙잡고 제안했다.

"야, 우리 액션영화 찍자."

그 제안은 다음날, 일파만파 퍼져서 같이 영화를 찍겠다는 남자아이들이 우르르 몰려들었다. 4~6학년 남자아이들만 열댓 명. 이 시끌벅적한 남자아이들과 내가 합을 잘 맞출 수 있을까 싶었지만, 아이들의 열정은 대단했다. 너무 대단해서 이따금 버럭버럭 혼내기도 했지만, 시끌벅적했던 그 에너지는 이전의 영화와는 또 다른 색깔의 영화로 탄생했다. 아이들은 자기들이 만든 영화를 보고 또 볼 때마다 즐거워했고, 우리는 함께 두근두근 최초 시사회도 기획했다.

본 영화와 직접 만든 메이킹 영상, 그리고 시사회를 더욱 풍성하게 만들어줄 랩 공연과 쌍절곤 공연까지. 관객석을 가득 채워준 조합원들은 크게 웃어주고 아낌없는 박수를 보내줬다. 무대 뒤 커튼에 숨어, 관객들을 보던 아이들의 행복한 표정이 생생하다.

이따금 "다음엔 무슨 영화 만들 거예요?"라는 질문을 받는다.

나는 아무런 계획이 없다. 그리고 그건 내가 계획할 수 있는 것이 아니다. 나는 아이들이 일상에서 만들어낸 이야기를 영화라는 매체로 표현할 수 있도록 도울 뿐이다. 영화를 찍기 위해 일상을 살아갈 수는 없다. 그러니 우리는 평소처럼 놀고, 먹고, 뒹굴고, 투닥투닥하고, 이런저런 재미있는 궁리를 하며 복작복작 지낼 것이다.

그렇게 쌓여가는 일상 속에 우리의 이야기, 우리가 아니면 안 될 이야기를 함께 발견하면 그때 다시 한 번 외치겠지.

"레디~ 액션!"

우리 모두의 연극

2019년 가을, 두 번째 공연을 준비했다.

첫 번째 공연보다 조금 더 크게, 다른 시도를 해보고 싶었다. 첫 번째 공연이 신입생환영회 행사의 일부분이었다면, 이번에는 연극 공연 그 자체를 목적으로 무대를 대관했다.

"모아랑 연극 공연할 사람. 신청해주세요."

공고문을 붙였다. 공연을 앞두고는 많이 못 놀 수도 있다고, 진짜 하고 싶은 사람만 신청하라고 써두었다.

이미 첫 번째 무대를 경험했던 아이들이 몰려들어 제 이름을 썼다. 첫 공연 때 관객이었던 2학년 동생들도 자기들도 할 수 있는 거냐고 물었다.

오, 제법 반응이 좋다. 스무 명이 넘는 인원이면 다른 교사와 같이 해도 되겠다고 생각하여 동료 교사 희한과 함께 하기로 했다. 내가 연극의 전반적인 이야기와 무대연출을 구성하는 동안 동료 교사 희한은 아이들의 발성, 음향과 조명, 소품 등을 꼼꼼하게 봐주었다.

두근두근에서 공연을 할 때면 늘 우리에게 맞는 이야기를 새롭게 고민한다. 기존에 있던 이야기를 각색하거나 이미 만들어진 대본을 구하는 방법도 있겠지만 그렇게 하지는 않는다.

우선 한 번 공연을 올릴 때 최소 열 명 이상의 아이들이 신청할 테니까, 그만큼의 인원이 나오는 대본이 있을 것 같지 않아서이다. 두 번째는 기존의 대본은 역할의 비중이 주연을 비롯한 몇몇에게만 집중될 확률이 높았다. 세 번째는 기존의 이야기에서 담아낼 수 없는 두근두근다운 색깔, 우리 아이들이 공감하고 잘할 수 있는 이야기를 만들고 싶은 욕심이 있어서이다.

첫 연극놀이 가는 날, 갑자기 "저도 해도 돼요?"라며 쫓아오는 아이가 있다. 뻔히 아는 사이끼리 이미 마감됐다고 할 수 없으니 끼워준다. 2학년부터 6학년까지, 스물두 명, 아! 많다. 괜찮겠지?

그리고 세 번째 연극놀이를 하며 이야기가 클라이맥스를 넘어, 마지막 결말만을 앞둔 어느 날, 신청하지 않았던 4학년 남자아이가 자기도 신청할 걸 그랬다는 얘기를 건너서 들었다.

어떡하지? 그애는 한 번도 연극놀이를 해본 적이 없음은 물론이고, 늘 밖에서 야구나 축구만 하던 아이다. 그런 아이가 갑자기 연극놀이를 할 걸 그랬다는 배경에는 같이 야구, 축구 하던 형들이 전부 연극놀이 한다고 빠지니 심심해서 그럴 것이다. 그렇지만 이유가 어찌됐든 그 아이가 새로운 뭔가를 하는 모습을 나도 보고 싶었다.

그런데 그 아이를 끼워주면 또 다른 아이가 남는다. 5학년 남자아이인데, 고학년 남자아이들이 다 가는데 혼자만 터전에 남겨두고 갈 수는 없다. 조금 고민하다 물어본다. "너도 할래?" "좋아요." 그 아이도 한단다.

그래. 스물네 명, 스물네 명, 와. 진짜 이제 마지막이다, 하는데 당일이 되자 3학년 동생이 저도 끼워 달란다. 내가 전에 같이하자고 했을 때 맛있는 거 사주면 하겠다고 튕겼던 아이다. "넌 안 돼."라고 말하니 낙심한다. 마음이 안 좋다. 간식 사달라고 얘기하지 않는다는 약속을 받아내고 함께한다.

그리하여 스물다섯 명이 되었다. 두근두근의 절반 가까운 숫자다. 몇 명은 스태프로 가겠지, 생각했는데 막상 뚜껑을 열어보니 다들 무대에 서고 싶어 한다. 큰일 났다. 지금까지의 연극놀이 활동을 기반으로 공연 대본을 써야 한다. 연극놀이야 큰 흐름에서 다 같이 하는 거라 늘어나는 인원이 크게 상관없었지만, 무대에서는 각각의 배역이 있어야 한다. 매일매일 대본과 씨름했다.

비중에 상관없이 모두 다 다른 아이들의 모두 다 다른 매력이 온전히 제 빛깔로 드러나는 연극을 만들고 싶었다. 한 아이, 한 아이, 오랫동안 곁에서 함께한 사람으로서 모든 아이가 다 특별했기 때문에 생기는 욕심이었다. 수줍음이 많지만 성실한 아이, 개구진 표정이 사랑스러운 아이, 목소리의 울림이 당찬 아이, 작은 체구에서 똑부러짐이 돋보이는 아이, 하나하나 들여다보면 모두가 다 내게는 특별한 아이들이다. 꼭 맞는 배역을 만들어내고 싶었다.

연극 줄거리를 소개하면 다음과 같다.

2040년 미래.

아이들이 '놀이'로 인해 다치거나, 서로의 마음에 상처내는 것을 방지하기 위해 〈아동자유놀이금지법〉이 제정된다.

〈2040년, 아동복지법 제76조. 아동자유놀이금지법〉

제1항. 아동은 보호자의 동의, 감시 없이는 스스로 놀 수 없다.

제2항. 모든 놀이는 반드시 국가기관에서 자격증을 취득한 전문가의 지휘 아래 이뤄져야 한다.

제3항. 이를 어길 시 벌금형, 혹은 아이의 양육권을 박탈하여 국가가 그 아이를 책임진다.

부모들은 모두 이 법을 환영하고, 자신의 아이들을 단속하고 감시한다.

그런데 얼마 후, 아이들이 하나둘 사라지는 사건이 발생한다.

범인으로 의심받은 '놀이 전문가'는 현장에 그려져 있던 의문의 그림을 발견하고, 이 그림에 대해 알고 있는 네 명의 어른에게 사건을 의뢰한다.

과연 어른들은 아이들을 찾을 수 있을까?

아이들은 왜?! 사라진 걸까?

아이들의 특성을 떠올리며 스물다섯 명의 배역을 만들었다. '어른'은 어른1, 어른2, 어른3, 어른4로 나누었고, '아이'는 아이 1, 2, 3이었다가 아이 역할을 원하는 아이들이 많아서 아이4를 만들어 남매로 만들었다.

첫 대본 리딩을 하고 아이들이 서로 맡고 싶은 역할을 얘기하며 욕심을 드러낸다. 은근히 다가와 자기에게 꼭 이 역할을 달라며 귓속말로 부탁하기도 한다. 경쟁이 치열한 역할은 나중에 공개 오디션(!)을 보기로 했다. 같은 대사를 읽고, 다른 아이들이 투표하는 방식이다.

한 번 리딩한 후에 아이들의 요구에 따라 대본을 전면 수정했다. 모두 똑같은 대사를 뱉는 '코러스'에 대한 불만이 있어 코러스 1, 2, 3, 4로 나누어 각자의 대사를 주었다. 또 뒤늦게 합류한 아이들은 딱 한 장면에만 등장했는데, 생각보다 연기를 너무 잘해서, 짧게 여러 번 등장할 수 있도록 새로운 장면을 더 만들었다.

오디션이 끝나서 역할이 확정되었을 때, 아쉬워하는 아이들에게는 너희가 열심히 하면 대사는 더 늘어날 수 있다고 암시했다. 나중에 들은 얘기지만 이 오디션 이전에 첫 대본 리딩이 끝나고 엉엉 울었다는 아이가 있었다. 첫 대본 리딩에는 교사가 임의로 역할을 나눠서 같이 읽었는데, 그 아이에게는 내가 코러스 역할을 주었다. 연극놀이를 진행할 때는 수줍음이 많던 아이라 여럿이 함께하는 코러스 역할을 주었던 것인데, 그날 밤 집에서 엉엉 울었더란다. 대본 수정을 거친 후에 역할 오디션을 했는데, 그 아이는 자신이 맡고 싶은 역할에 지원했고, 다행히 투표를 통해 원하는 배역이 되었다.

나중에 공연이 끝나고 들은 얘기지만, 그날 밤 아이는 "모아에게 가서 나 아이 역할 달라고 할 거야." 하며 한참을 울었는데, 다음날 아침에는 다소 비장하게 그냥 코러스 역할을 받아들이겠다고 했단다.

"모아 연극에는 주인공 그런 거 없으니까. 코러스도 중요한 역할일 거야."

한참 후에 이 이야기를 전해 듣고 참 다행이었구나, 생각도 들고 그렇게 믿어준 아이의 마음도 고마웠다.

연습이 거듭될수록 연극은 더 풍성해졌다. 아이들은 자신이 맡은 역할을 더 다양하게 표현했고, 또 서로의 역할에 더 많은 상상을 불어넣어주었다.

"모아, 이 대사를 할 때는 일어서서 할까요?"

"여기 하하하, 이거는 어떻게 해야 되는 거지? 네가 한번 해봐."

"모아, 여기 나팔로 하는 것보다 손으로 이렇게 해서 뿌뿌 할게요."

매일 똑같은 대본을 읽는데 모든 연습은 조금씩 달라지고 점점 더 풍요로워졌다.

〈돌멩이 수프〉라는 오래된 동화가 떠오른다. 돌멩이 하나만으로 마법의 수프를 끓일 수 있다는 사람이 마을에 나타난다. 끓는 물에 돌멩이를 넣고는, 당근이 있으면 조금 더 맛있을 텐데, 후추가 있으면 조금 더 맛있을 텐데, 했더니 마을 사람들이 하나둘 제 것을 내놓아서 풍성한 수프를 만들어 모두가 함께 나눠 먹었다는 이야기다.

나는 돌멩이 하나를 들고 이 연극을 시작했는지도 모른다. 그럼에도 이 아이들이 제 것을 보태어 풍성하게 이끌어줄 것임을 믿어 의심치 않았다.

마지막 리허설 날, 모두가 둥글게 모여 앉아 소감과 바람을 나누었다. 많은 아이들이 실수를 하면 어쩌지, 관객들이 안 웃으면 어쩌지, 하는 걱정을 늘어놓았다.

"오늘 연극을 보러 오는 많은 사람들은 우리를 무척 사랑해주는 사람들일 거야. 우리가 작은 실수를 했다고 해서 비난하거나 실망하지는 않을 거야, 그렇지? 그러니까 실수는 해도 괜찮아. 우리는 그 사람들에게 최선을 다하는 성의 있는 모습을 보여주자. 지금까지 열심히 했으니까 그것으로 충분해, 그렇지?"

아이들은 고개를 끄덕였다. 그러자 6학년 아이가 말한다.

"무대를 즐겨라, 그거죠?"

다 같이 손을 모아 크게 파이팅을 외치고 저녁을 먹고 분장을 하며 막바지 공연준비를 했다.

본 공연을 앞둔 아이들은 긴장을 감추지 못했다. 30분 전부터 입장이 시작됐고 100여 석의 자리가 꽉 차서, 통로 계단에도 사람들이 앉았다. 대부분이 우리의 조합원이었지만 개별적으로 초대된 낯선 얼굴들도 보였다. 아이들은 자기가 아는 얼굴을 찾고, 비명을 지르고, 심호흡을 하고, 다시 대본을 들추며 긴장을 털어내느라 무대 뒤 분위기는 어수선했다.

막이 오르고 첫 장면이 시작됐다. 작은 실수가 있었지만 큰아이가 재치있게 즉흥대사를 만들며 상황을 넘겼다. 첫 번째 암전 후에 무대에 나갔던 아이들이 돌아오자, 대기실에 있던 아이들이 잘했다며 박수를 쳐주었다.

"야, 엄청 떨리는데 첫 대사 하고 나면 그다음엔 술술이야. 걱정 마."

아이들은 서로를 격려해주었다. 무대 뒤 커튼에 숨어서 서로의 손을 잡고, 어깨를 안아주었다. 들어오는 아이들에게는 "잘했어."라며 칭찬을 아끼지 않았고, 나가는 아이들에게는 "파이팅"을 외쳐주었다. 50분의 공연이 후루룩 지나갔다. 스물다섯 명의 아이들이 서로 빈틈없이 끌어갔다. 내가 미처 챙기지 못한 부분까지도!

마지막 장면에서 모든 아이들이 함께 '조각상'을 만들어 무대를 가득 채웠다. 암전이 되었다가, 박수와 환호성을 받으며 커튼콜을 했다.

아이들은 다 함께 서서 엔딩 음악인 〈어른들은 몰라요〉를 부르며, 몇 명씩 손을 잡고 인사를 했다. 그때까지도 긴장이 안 풀렸는지 인사를 하는 속도가 너무 빨라서 웃음이 났다.

노래가 다 끝나고 스물다섯 명 모두가 함께 손을 잡고 마지막 인사를 하고 돌아섰다. 돌아선 아이들의 표정이 너무 밝아서 괜히 눈물이 핑 돌았다. 우르르 들어오는 아이들 사이에서 목소리가 들렸다.

"우리가 해냈어!"

그래, 우리 모두가 함께한 연극의 막이 내렸다. 우리의 연극은 우리가 아니라면 결코 할 수 없었을, 우리 모두의 연극이다.

관객석의 박수소리가 채 잦아들기도 전에 발갛게 상기된 표정의 아이가 묻는다.

"모아, 우리 내년엔 뭐할까요?"

야간산행, 서로의 빛이 되어

두근두근 터전 가까이에는 관악산이 있다. 일상적인 놀이의 공간이기도 하지만 아이들과 종종 마음먹고 등산할 때도 있다. 저학년 아이들과 방학을 이용해 슬렁슬렁 가기도 하고, 고학년 아이들과 큰일을 앞두고 체력증진을 위해 산을 오를 때도 있다. 큰일이란 지리산 등반이나 제주도 자전거여행 같은 것을 말한다.

2019년도에 제주도 자전거여행을 앞두고, 첫 모둠활동으로 야간산행을 하기로 했다. 가만히 있어도 땀이 줄줄 나는 여름에 등산이라니, 더욱이 깜깜한 밤에 랜턴에 의지하여 하산이라니, 기대 반 두려움 반으로 아이들이 묻는다.

"그걸 왜 해요?"

자전거 여행은 개별적인 체력도 중요하지만 모둠 간의 팀워크도 매우 중요하다. 대열을 맞춰야 하고, 서로의 형편에 따라 앞뒤 순서도 바꿔야 하고, 전체 대열에서 모둠이 떨어져 나와 주행해야 하는 경우도 많다. 함께 긴 시간을 놀면서 쌓아온 친밀감, 그 이상의 다른 연대감이 필요하다.

야간산행 당일, 5시에 터전에서 모인다. 다 모인 모둠은 산에 올라가서 먹을 컵라면을 사러 간다. 조금 늦게 오는 아이에게 같은 모둠 아이들의 구박이 쏟아진다.

출발 전에는 모두가 예민하다. 나만 잘하면 될 때는 쉬웠던 일들이 모둠으로 묶이자 내 맘처럼 되지 않는다. 서로가 서로를 끌고 가야 하는 이 상황이 아이들에게 쉽지는 않을 거다. 이 또한 과정이겠지, 하며 못 본 척하려는데 기어이 나를 찾아와 하소연하는 아이가 있다.

"모둠 바꾸면 안 돼요?"

뭐든 잘해야 직성이 풀리는 똑 부러지는 성격이지만 감정표현이 직진인 6학년 여자아이. 그리고 주변을 잘 살피지 못해서 지극히 개인적인, 그래서 왜 나만 갖고 뭐라 하는지 도무지 이해가 안 되는 5학년 남자아이. 이 둘은 모둠 구성원 발표하는 날부터 눈물과 야유를 주고받았다. 둘 다

상대방보다는 내 감정, 내 표현이 우선이다. 둘이 자주 부딪히는 건 서로가 닮아서라는 걸, 알까?

야간산행은 모둠별로 간격을 두고 올라간다. 모둠과 모둠이 서로의 등만 보일 정도의 간격이다. 모둠별로 무전기와 랜턴 두 개가 지급된다. 세 명의 교사가 맨 앞과 중간, 그리고 마지막에, 역시나 간격을 두고 따라간다. 아이들이 교사에게 의존하지 않도록, 응급상황이 아니면 개입하지 않는다. 산을 오르면서 모둠 간의 간격이 너무 붙었다 싶으면 무전기를 통해 뒷모둠을 쉬어 가라고 하기도 한다.

땀이 줄줄 난다. 물 한 모금, 사탕 하나가 아쉬운 힘든 산행이다. 자기 물을 다 먹고 남의 물을 탐하는 아이를 두고, 다른 아이들은 적절한 타협선을 찾아 물과 사탕을 교환한다. 또 한창 뒤떨어진 동생 때문에 왔던 길을 되돌아와 등을 밀어주는 아이도 있다. 배려와 거래를 오가며 아이들은 서로 조율하는 방법을 찾는 중이다. 가끔은 답답하여 끼어들고 싶지만 모르는 척 내 길을 간다. 교사는 아이들 스스로 해결해야 할 몫을 남겨두어야 한다.

두 시간 후, 모든 모둠이 정상에 모였다. 아이들은 서로 자기들에게 무슨 일이 있었는지, 누가 얼마나 제멋대로였고, 누구 때문에 힘들었는지를 앞다투어 이야기한다. 아직

기운이 남았나 보다.

티격태격하는 아이들을 진정시키고 모여 앉아 컵라면과 김밥을 먹었다. 이 와중에도 터전에서 나눠준 김밥을 두고 온 아이가 있었다. 같은 모둠 아이들이 투덜대면서도 자신의 김밥을 조금씩 덜어 건넸다.

배를 채우고 나니 깜깜해졌다. 이제 진짜 야간산행의 시작이다. 밝을 때 올라가는 것과 어두울 때 내려가는 것은 천지차이다. 모둠원에서 누가 랜턴을 들지 정하고 안전수칙에 대해 이야기 나눈다. 아이들은 랜턴을 든 아이와 떨어지지 않으려 서로 꼭 붙었다.

밤 9시 즈음 하산을 시작했다. 말이 야간산행이지, 달빛이 환하다. 계곡물 흐르는 소리, 바람에 사각거리는 나뭇잎 소리가 선명하다. 낮과는 다른 운치가 있다. 휘적휘적 내려오는데 내 뒤에 3모둠 아이들이 자꾸만 바짝 쫓아오는 것이 느껴졌다.

"얘들아, 너희 간격 유지해!"

내가 홱, 뒤돌아보자 아이들은 딴청을 피운다. 내가 다시 앞을 보고 가자 서둘러 내 뒤를 쫓는 소리가 들린다. 몇 번을 뒤돌아 간격 유지하라고 했는데 말을 듣지 않았다.

"모아, 너무 무서워요. 우리 모둠은 다 겁이 많단 말이에요."

이제는 대놓고 쫓아오겠다며 사정을 한다. 올라갈 때는 서로 앞다퉈 먼저 올라가겠다던 아이들이 이제는 똘똘 뭉쳐 같이 가자고 하는 것이다. 외부의 어둠이란, 이렇게 연대를 만들어내는구나, 웃음이 났다.

"그래도 조금은 떨어져. 그리고 나한테 말 걸지 마. 알았지?"

아이들은 알겠다고 했지만, 내가 채 세 걸음을 떼기도 전에 따라 붙는다. 못 이기는 척 앞서 걸어가는데 아이들의 목소리가 들렸다. 무서움을 덜기 위해 아이들은 서로 돌아가며 웃긴 얘기를 하고, 노래를 불렀다. 그러다가 엉뚱하게 무서운 이야기로 빠져서는 요란한 비명을 지르기도 했다.

전체 모둠원이 떨어져 쉬는 시간, 내가 랜턴을 끄자 3모둠 아이들이 나에게 물었다.

"모아는 안 무서워요?"

"뭐가 무서워. 달이 저렇게 밝은데. 너희도 불 꺼봐. 다 보여."

아이들은 조심스레 랜턴을 끄고 감탄했다.

"어? 다 보인다."

달빛에 비치는 숲의 실루엣에 감탄하는 것도 잠시, 그래도 밤은 무섭다며 아이들은 바로 랜턴을 켰다.

"그래도 우리 앞에 모아가 있어서 다행이야."

아이들은 나를 용감한 사람이라고 믿는 듯했다. 나는 공포영화는 물론 스릴러 영화도 못 보고, 놀이기구도 못 타는 사람이다. 수없이 많은 '만약'을 상상하며 걱정의 늪에 빠지는 나를 아이들은 모른다.

사실은 내 뒤를 바짝 쫓아오는 아이들 덕분에 성큼성큼 앞으로 나아갈 수 있었다. 어떤 용기는 내 안에서 저절로 생기는 게 아닐지도 모른다. 촛불처럼 서로에게 옮겨 붙어 더 커지는 것일지도.

랜턴을 든 아이가 먼저 앞서 나가기를 주저할 때 다른 아이가 랜턴을 같이 잡아주고 한 발 먼저 걸음을 뗀다. 그리고 뒤에 오는 아이를 위해 불빛을 돌려준다. 그리고 내가 지나온 길에서 위험했던 부분을 전달한다.

"여기 미끄러우니까 옆에 바위를 잡아야 해."

미끄러질까봐 주저하는 아이를 위해 기다려주고, 손을 잡아주면서 모두가 함께 내려간다. 이 겁 많은 아이들은 서로에게 의지하기 위해 서로를 배려하고 있다. 어둠 속에 혼자 떨어지지 않기 위해서는 조금 기다리기도 해야 한다는 것을 본능으로 알아챈 것이다.

산에서 내려오자 밤 10시가 훌쩍 넘었다. 아마가 터전에 시원한 수박을 준비해 주었다. 그 어떤 때에 먹은 수박보다 달고 시원했다. 아이들은 서로의 무용담을 나누며 집으로 갔다.

다음날 함께 모여 야간산행을 하며 인상 깊었던 일들을 얘기하는데, 내게 모둠을 바꿔달라 하던 6학년 여자아이가 말한다.

"너무 무서웠는데 얘가 모아 뒤를 열심히 따라가줘서 고마웠어요."

아이들은 와하하 웃음을 터트렸다. 그 아이가 말한 '얘'는 늘 투닥거리던 그 5학년 남자아이였다. 그 남자아이는 갑자기 훅 들어온 직진 칭찬에 조금 당황했다.

"그냥 내가 무서워서 그런 건데."

혼잣말처럼 중얼거리면서도 싫지 않은 내색이다. 극적 화해는 아니지만 훈훈한 순간이다. 아마도 저 둘은 돌아서면 또 투닥거리겠지만, 또 사소하게 서로 고마워하는 순간도 온다. 밝고 평탄한 길에서는 몰랐을 그런 순간, 우리여서 다행인 순간들은 어둠에서 빛이 날 수밖에 없다. 서로가 서로의 빛이 되기 위해 어둠은 찾아오는지도 모르겠다.

제주도 상륙작전, 더 비기닝

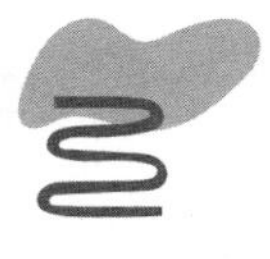

자, 1모둠 준비!! 궁찰(궁둥이 찰싹)!!! 출발 준비!! 1모둠 출발~~!!

아침 공기에서는 제주도만의 여름냄새가 나는 듯하다. 제주의 8월 태양은 악명 높기로 유명하지만 해가 뜨기 전의 바닷바람은 서늘하기까지 하다. 해가 뜨기 전에 서둘러 출발해야 해수욕하기 가장 좋은 시간에 다음 숙소에 도착할 수 있다. 이른 아침, 여명의 멋진 풍경과 바닷바람을 맞으며 타는 자전거여행. 날씨도 좋고 미세먼지도 없다.

고학년 제주 자전거 일주를 8월로 잡은 이유는 여름방학을 이용해서 다녀오려는 것도 있지만 아침의 상쾌한 바람을 맞으며 자전거를 탄 뒤 해수욕하기, 안전한 바닷가에

풍덩 빠지는 맛이 있기 때문이다. 물론 뒷정리와 음식준비에 함께하는 교사와 아마들의 보이지 않는 수고가 있기에 가능한 일이기도 하다.

어쩌다가 우리는 제주로 자전거여행을 떠나게 되었을까? 10여 년도 훨씬 넘었다. 터전 앞에 흐르던 양재천은 아이들의 놀이터였다. 여름에는 물고기도 잡고 모래가 쌓인 턱에서는 모래놀이를 했다. 가을에는 메뚜기도 잡고 겨울에는 눈 쌓인 양재천 둔덕에서 눈썰매를 타기도 했다. 어느 날 포크레인과 트럭들이 들어서기 시작하면서 아이들은 더 이상 양재천에서 놀 수 없게 되었다. 그리고 몇 달이 지나서 보니 양재천에 떡하니 도로가 놓였다. 차가 다니기에는 넉넉하지 않아 보였고, 산책로라고 하기에는 너무 좁았다. 길 바닥에는 자전거 이미지가 그려져 있었다.

"얘들아! 저 도로를 타고 끝까지 달리면 어디가 나올까?"

"음… 몰라요!! 관문체육공원까지 연결되어 있을까요?"

"이번 주에 한번 가볼까?"

"진짜요? 네네, 좋아요!!"

아이들과 선뜻 약속을 하고 그날 밤 바가지 혼자 사전답사를 나섰다. 양재천을 따라 양재시민의 숲을 지나 도곡동 타워팰리스 산책길과 만나니 조경이 무척 잘 꾸며져 있었고, 경사도 거의 없이 완만했다. 아이들이 가다가 쉴 만한 공간도 충분했다. 라이딩이 즐거웠고 편했다. 아이들과 충분히 함께할 수 있을 것 같은 생각에 조금 더 속도를 낼 수 있었다. 더 달리다 보니 탄천과 합류하는 지점이 나왔고, 잠실 주경기장이 우측에 보인 뒤엔 갑자기 한강이 탁 트이며 눈앞에 펼쳐지는 것이 아닌가! 우리 동네에 흐르는 양재천이 과천을 벗어나 서울을 지나고 탄천과 합쳐지면서 결국에는 한강물과 한데 뒤섞여 크게 흐르는 것을 본다면 아이들의 마음이 어떨까!!

편도 14㎞, 왕복 28㎞의 1학년 한강일주 코스의 시작이었다. 한강시민공원 편의점에서 생수를 벌컥 들이켜고 난 뒤 과천으로 복귀하는 길에는 마치 아이들의 환호성이 귓가에 들리는 듯 생생했다.

흐르는 시간은 어느 순간 대부분의 기억을 소멸시키지만 적어도 인상적이었던 그 기억의 나를 잊지 못하는 법이다. 아이들에게 낯선 공간으로의 진입은 그 순간을 진공상태로 묶어버린다. 그렇게 밀봉된 단면은 신선하게 우리 머릿속에 기억된다. 그렇기 때문에 우리는 항상 여행을 계획하고 떠나려 하는 것이 아닐까? 열심히 힘을 내어 양재천만 따라오다가 갑자기 확 트인 한강을 맞닥뜨렸을 때 아이들이 경험할 그 순간의 기억은 커다란 완주의 성취감과 함께 오래오래 기억될 것이다.

다음날부터 아이들과 자전거 맹훈련에 들어갔고 바가지는 열심히 자전거 수리 기술을 배우기 시작했다. 안전을 위해 체계적인 훈련과 준비를 했고, 다른 어떤 곳에서는 배울 수 없을 법한 팀 라이딩 기법과 고학년 중심으로 정비기술도 전파되었다.

준비를 안 했을 때 우리의 목표는 관문체육공원에서 6㎞ 떨어진 양재시민의숲이었다. 지금 생각하면 우습다. 그 짧은 거리를 목표라고 세웠다니! 그런데 그때는 초등생 1~2학년이 12㎞를 왕복으로 다녀올 수만 있다면 대단히 멋질 것이라 생각했다. 물론 처음에는 그 작은 목표의 반에 반도 못 가고 돌아왔다.

최근 두근의 1학년 아이들은 그해 가을 한강까지 가는 28㎞를 2시간 30분에 무리 없이 왕복한다. 3학년 아이들은 1~2학년 때 탔던 코스를 넘어서 그 한강물을 따라 여의도와 성산대교를 지나 안양천을 만나면 물을 거슬러 인덕원까지 온 뒤 갈현동 고개를 넘어 과천으로 돌아오는 코스를 진행한다. 1박2일로 총75㎞를 타는 셈인데, 그 자전거 코스가 마치 하트 모양이어서 우리는 이 러블리한 경로를 '하트코스'라고 한다.

4학년은 3학년 때의 코스를 넘어 첫날 40㎞, 둘쨋날 80㎞, 총 120㎞를 달린다. 3학년 때의 코스에 더하여 한강을 따라 계속 하류로 내려간다. 내려가다 보면 왼쪽으로 아라뱃길로 접어드는데, 그 길을 따라 끝까지 내려갔다가 아라뱃길에서 가장 마지막 지점인 정서진을 찍고 돌아서 다시 안양천으로 돌아오는 코스다.

정서진에 도착하면 아라뱃길의 제일 끝 지점이라 바다가 보인다. 갈매기가 난다. 영종도가 저 멀리 보인다. 보조바퀴를 달고 처음 자전거여행을 하겠다고 어린아이들과 무턱대고 길을 나섰던 때가 생각이 났다. 바다에 큰 배들이 고동소리를 내면서 저 멀리 수평선 넘어 사라진다.

"얘들아, 우리 자전거로 제주도 일주 어때?"

바이시클 메커닉, 마인드맵을 그려라

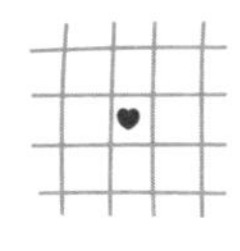

이번엔 제주도다!! 그것도 본인들의 자전거로!!!

비행기에 자전거 그대로 수하물로 부칠 수 없다. 항공사에서 요구하는 정해진 규격의 종이박스에 넣어야 하는데, 생각보다 많이 분리를 해야 했다. 핸들과 안장, 페달 등을 분리하여 자전거 규격 박스에 넣다 보니 결국은 자전거 한 대를 통째로 다 분해해야 했다.

여행 코스는 과천에서 김포공항 왕복과 제주도 한 바퀴, 모두 300㎞. 정해진 시간 안에 아이들이 본인 자전거의 해체와 조립, 피팅을 매끄럽게 할 줄 알아야 안전하게 진행될 수 있다는 것에 집중했다. 자율성을 강조하는 바가지이지만 안전과 관련한 부분에 양보는 없다. 그렇기에 아이들에게 좀더 확실한, 바이시클 메커닉(bicycle mechanic) 수준의 정비기술이 필요하다.

자전거 한 대를 해체·조립하는 데 필요한 기술을 정리해 보니 약 13개로 정리됐다. 1에서부터 13까지 각 기술마다 아이들은 학교를 마치고 터전에 오면 실내에 들어가지 않고 마당에서 바로 기름때 묻은 장갑을 하나씩 끼고는 바로 작업에 들어갔다. 가랑비 정도는 우비를 입고 하기도 하고, 우산을 받쳐가면서 하기도 하고, 아예 그 비를 온몸으로 맞아가면서 작업하기도 했다. 마당은 이미 자전거 고물상이 된 지 오래, 여기저기 돌아다니는 공구들, 기름걸레들, 자꾸만 새까매져 가는 아이들의 얼굴과 손들, 그렇게 아이들은 자전거 정비기술을 익혀나갔다.

처음으로 정비를 배우는 아이들은 분해·조립기술 습득을 따라오기 어려울 수 있다. 습득에 개인차, 시간차가 있을 수 있지만 중요한 것은 해당 기술들을 정확하게 이해하는 것인데, 이 부분을 어떻게 아이들에게 효과적으로 전달할 수 있을까?

아이들 전체를 불러 모았다. 아이들 얼굴 이곳저곳과 손톱과 손등 주름마다 기름때가 껴 있다. 관악산으로 양재천으로 첨벙 뛰어들어야 할 이 무더위에 기름을 만지는 정비 교육이라니 한편 미안한 마음이 들었지만, 이때가 아니면 언제 아이들이 이걸 습득할 수 있을까 하는 생각에 힘을 내어 말했다.

"내가 생각해놓은 것이 하나 있는데, 이렇게 한번 해보면 어떨까?"

다음날 아이들이 작업실에 다시 들어섰을 때에는 벽에 못 보던 것들이 빼곡히 붙어 있었다.

1. 자전거 페달 분리
2. 자전거 휠셋 분리
3. 자전거 케이블 분리
4. 체인 분리
5. 앞/뒤 변속기 분리
6. 앞/뒤 브레이크 분리
7. 핸들 구성품/바/스템 분리
8. 포크 및 헤드셋 분리
9. 크랭크 분리
10. BB(보텀 브래킷, bottom braket) 분리
11. 안장/시트 포스트 분리
12. 스프라켓 분리

13. 타이어/튜브 발착

자전거 한 대를 조립하는 데 필요한 기술 13가지를 간추려서 각 기술마다 1에서부터 13까지 넘버링을 한 다음 A4 종이 한 장에 적었다. 그리고 한쪽에 자기 얼굴 사진을 붙이는 공간과 자기 이름을 적는 칸을 두었다. 그것을 아이들 수만큼 인쇄해서 벽에 붙여놓고 그 옆에 도장 하나를 인주와 함께 마련해두었다.

“잘 들어, 지금부터는 규칙 하나를 정하자. 일단 저기 벽에 붙어 있는 종이 중 하나를 선택해서 자기 얼굴 사진을 붙이고 자기 이름을 적는 거야. 그런 다음 13가지 기술 중 자기가 할 수 있는 기술에 본인 스스로 도장을 찍어도 좋다. 13개의 도장이 모두 찍힌 아이들은 특별한 상을 줄 거야. 단, 어떤 기술에 도장을 찍는 순간 이후부터는 그 기술에 대해서 누가 와서 가르쳐달라고 하더라도 거절 없이 그 기술을 가르쳐줘야 한다는 것.”

며칠 뒤 궁금해서 작업실로 내려가 보았다.

아이들은 그전과는 달라져 있었다. 예전에는 어수선하고 들떠 있었다면 지금은 너무 고요하고 진지하다. 자기 기술표에 도장을 찍기 위해서 스스로를 연마하는 데 집중했고, 뭔가 부족하면 남을 가르치면서 또다시 스스로를 연마해가고 있었다. 가르치는 사람도 진지했고 가르침을 받는 사람도 진지했다. 아이들 각자 본인의 기술표에 제법 도장들이 들어차고 있었다.

"야, 그런데, 윤승우, 네가 1번 기술을 진짜 할 줄 안다고?"

"누구한테 배웠는데?"

"상현이한테서요."

"그럼, 2번 기술은?"

"경준이한테서요."

"그래? 그럼 3번 기술은?"

"준건이한테서요."

"그럼, 4번 기술은?"

"성현이한테서요."

"야~ 너 이제 보니 도움만 받은 거냐? ㅎㅎ"

"아니에요, 저도 영완이한테 하나 가르쳐준 거 있어요."

문득 이것을 도표로 그려보면 재미있겠다 싶었다. 기술 하나하나마다 어떤 경로를 통해서 전수가 되어가고 있는지 벽에 전지를 붙이고 브레인스토밍 타입으로 그려보았다. 아이들도 자기의 노력이 도식화되는 모습을 눈으로 확인할 수 있어서인지 본인이 습득한 기술을 널리널리 전파

하는 데 열을 올렸다. 우리는 이것을 '기술감염'이라고 불렀다.

드디어 13가지 모든 기술에 감염되어 도장을 모두 찍은 아이들이 하나둘씩 생겨났다. 다소 얼마간의 차이가 있었지만 우리는 그 덥고 습한 작업실에서 모든 기술을 습득하고 정해진 시간 안에 모두 빠져나올 수 있었다. 아이들은 자전거 정비활동을 통해 전체와 부분간의 상호관계성을 이해하고 기술감염을 통해 협업과 멘토 활동을 해보는 부수적인 효과도 얻을 수 있었다.

장마는 이미 끝나 있었고 본격적인 무더위가 시작됐다. 이제 떠날 준비를 해야 했다. 아이들이 내게 다가와 말했다.

"바가지, 이제 자전거 정비하는 것이 재미가 없어졌어요. 처음에는 재미있었는데, 나중에는 다 알고, 할 줄 아니까, 그전처럼 재미가 없어졌어요." 나는 웃으며 대답했다.

"애들아, 그럴 땐 그것으로부터 자유로워졌다고 하는 거야."

아이들은 배웠을 것이다. 무엇을 가르치기 위해서는 더 많이 배워야 한다는 것을, 가르칠 때 오히려 가장 많이 배운다는 것을. 그리고 또 하나, 무엇을 배운다는 것은 그것으로부터 자유로워졌다는 것을!

똥개를 찾아서

제주도 자전거여행은 아이들에게나 교사에게나 힘들다. 여러 힘듦 중에 가장 힘든 것은 매일 매일 숙소를 옮겨 다녀야 하는 번거로움이다.

이른 아침에 눈을 떠서 제일 먼저 그날 날씨 예보를 확인하는데, 비가 억수같이 내린대도, 날이 엄청나게 찔 것 같대도, 다음 숙소를 향해서 비를 맞고 가야 하고 찜통 같은 더위를 뚫고 가야 한다. 제주도 해안도로 구간구간마다 이미 숙소를 빙둘러 예약을 모두 마친 상태라 이른 아침에 부리나케 일어나 죽으나 사나 다음 숙소 지점까지 가야 한다. 무엇보다 해가 지기 전엔 꼭 도착해야 한다.

보통은 아이들을 아침 6시 정도에 깨운다. 전날 하루 종일 자전거를 타느라 고단한 몸을 힘겹게 일으켜 세우는 모습을 보면 안타깝고 미안하기까지 하다. 하지만 그 안타깝고 미안한 마음은 잠시뿐이다.

아이들은 눈을 뜨면서부터 엄청 바쁘다. 해야 할 일이 엄청 많다. 이불 개야지, 세수해야지, 밖에 나가서 전날 빨아서 널어놓은 옷가지 챙겨야지, 옷 갈아입어야지, 선크림 발라야지, 팔토시와 워머도 챙겨야지, 해야 할 것이 한두 가지가 아니다.

자전거 탈 때 필요한 물건들은 따로 작은 배낭에 담고, 나머지 모든 본인의 짐은 캐리어에 싸서 차에 실어야 한다. 그렇게 짐을 다 챙긴 아이들은 순서대로 밖에 나와서 본인의 자전거에 문제가 없는지 출발하기 전에 점검을 마쳐야 한다.

아이들이 그러고 있는 사이 교사와 자원봉사로 함께 온 아마도 바쁘긴 마찬가지다. 몇몇 아마는 아이들이 일어나기 전에 일어나 한쪽 부엌에서 아이들이 깰까봐 조용조용 밥과 국을 준비한다.

아이들이 캐리어에 자기 짐을 싸서 스타렉스 차 있는 데로 가지고 오면 몇몇 아빠들은 그것을 받아서 뒷트렁크에 테트리스 하듯이 이리저리 최대한 빈 공간 없이 쌓는다.

어제 아이들이 해수욕할 때 쓰고 옥상 빨랫줄에 널어놓은 구명조끼도 걷어서 뒷자리 한쪽에 차곡차곡 쌓는다. 전날 냉장고에 미리 사다 넣어서 시원하게 만들어놓은 수박이랑 그외 간식도 아이스박스에 담아 차에 싣는다. 아이들에게 각자 나누어 주려고 냉동실에 잔뜩 얼려놓은 얼음 물도 일부는 아이스박스에 넣고 일부는 아이들에게 챙겨준다.

아이들은 아이들대로 어른은 어른대로 자기가 해야 할 일들을 얼추 해놓고 나면 이제 모여서 아침밥을 먹는다. 아침식사는 밥공기 하나, 국그릇 하나, 그리고 김치다. 밥상도 식탁도 없다. 젓가락도 필요 없고 숟가락 하나만으로 먹는다. 쇠밥그릇 하나에 국과 밥을 한데 받고 숟가락 하나 받아서 적당한 곳을 찾아 앉는다. 그리고 나서 방바닥에 밥그릇을 내려놓고 그냥 쭈그려 앉아 먹어치운다.

밥 먹고 나면 몇몇 아마는 식기를 부랴부랴 설거지한다. 그 시간, 교사들은 이리저리 주인 없이 돌아다니는 물건들을 들고 다니며 주인을 찾아 다니느라 분주하다. 양말, 속옷, 팔토시, 워머 등등. 아이들의 손이 안 닿는 부위에 선크림도 발라줘야 하고, 아이들 헬멧 턱끈도 맞춰줘야 한다. 아이들이 각자 본인 자전거를 점검했더라도 교사가 최종적으로 다시 한 번 점검해주어야 한다.

매일 아침마다 아이들 스스로 할 일을 알아서 잘하다가도 자전거여행 후반부로 갈수록 피로감이 쌓여서인지 집중력이 현저히 떨어진다. 뭐 하나 시켜놓고 나중에 다 해놨나 하고 되돌아와서 보면 아무것도 해놓지 않고 앉아서 수다만 떨고 있다.

처음에는 좋은 소리로 아이들에게 좋게좋게 이야기한다. 그러다가 참다 참다 더 이상 참을 수 없는 지점에 이르면 한번씩 아이들 앞에서 감정이 폭발하고 만다. 그렇게 감정을 쏟아내고 나면 도대체 이 자전거여행은 누구를 위한 여행인지, 무엇을 위한 여행인지 회의감이 들 때가 있다.

이제 남은 것은 아이들을 둥그렇게 모아서 준비운동을 시키는 일이다. 준비운동이 끝나면 오늘 자전거 주행시 유의해야 할 사항을 전달하고 바로 모둠별로 출발신호를 한다.

아침 댓바람부터 아이들을 혼내고 나면 아이들의 얼굴 표정이 굳어 있다. 그렇게 혼나고 나면 아이들은 교사 말 한마디에 전과는 달리 몸을 빠릿빠릿 움직이려고 노력하고, 교사의 눈치를 슬쩍슬쩍 본다. 그렇게 빠릿빠릿하게 움직이는 모습과 눈치 보는 모습을 보고 있노라면 또 속이상한다. 마음이 너무 안 좋다.

벌써 아침 9시가 훌쩍 넘었다. 아이들이나 교사나 마음이 안 좋은 상태로 오늘의 여정을 시작한다. 해는 이미 중천에 떠 있고 자전거 대열은 인적이 없는 해안도로를 달린다. 오른쪽으로는 해수욕장 모래 백사장이 끝도 없이 펼쳐진다. 평소 때 같으면 타던 자전거를 잠깐 멈추고 저 해변에서 물놀이 좀 하고 가자고 떼를 썼을 텐데, 지금의 분위기는 그럴 분위기가 아니라는 것을 아이들도 교사도 잘 알고 있다.

그러고 보니 내가 이끄는 모둠은 출발해서부터 지금까지 어느 누구도 서로에게 말을 걸지 않았다. 아침에 그러고 났더니 모둠 아이들의 모습에서 긴장감과 어색함이 아직도 흐르고 있다. 오늘 하루 이런 상태로 계속해서 자전거를 탈 수는 없을 것 같은데, 어떻게든 풀어야 할 텐데 어떻게 해야 될지 모르겠다.

개들이 도로를 걸어 다닌다. 우리가 자전거를 타고 달리고 있는 도로를 자기 멋대로 목줄도 차지 않은 상태로 주인도 없이 자기들끼리 걸어 다닌다. 목줄 차고 다니는 개를 찾아보기가 더 힘들다. 어떤 놈들은 도로에 배를 깔고 아예 누워서 우리를 곁눈질로 쳐다본다. 차량통행이 거의 없어서인지 도로가 제집 마당인 양 여유롭다.

어렸을 때 시골 똥개들도 그랬던 것 같다. 요즘 도시 개들이야 주인이 목줄을 채워서 같이 산책을 다니지만 옛날 똥개들은 나름대로 팔자가 좋았던 것이다. 돌아다니고 싶은 데 돌아다니고 만나고 싶은 암캐, 수캐 다 만나러 다니고 그랬다. 그러다가 암컷의 경우 새끼를 배어 집에 돌아오기 일쑤였다.

내가 우리 아이들만할 때 해야 하는 하루 일과 중 하나가 있었다. 우리집 암캐를 좋아해서 우리집에 자꾸 기웃기웃거리는 시원찮게 생긴 동네 수캐를 작대기로 쫓아내는 일이었다. 우리 암캐가 시원찮은 수캐랑 짝짓기를 하면 새끼들도 시원찮은 것이 나온다고 하는 부모님의 염려 때문이었다. 이런저런 옛날 생각이 났다.

자전거 길에서 만난 개들을 골려주고 싶었다. 아이들의 마음도 풀어주고 싶었다.

"저런 개놈의 시끼들. 너네 집구석에 안 들어갈래? 잠은 집구석에서 자야지 뭐한다고 밖에 나와서 자?"

자전거를 타고 뒤따라오던 아이들이 이게 뭔 소린가 싶어 모여든다. 아침에 출발해서 지금까지 말 한마디 없이 침묵이 흐르던 터였기 때문이다.

"저런 개놈의 시끼들, 그래도 말 안 듣네, 작대기 어딨어. 작대기, 작대기로 쳐맞아야 정신을 차리지, 저 개놈의 시끼들."

바로 내 뒤에 따라서 달리던 아이들 한두 명이 킥킥대기 시작한다.

"바가지, 왜 죄 없는 개들한테 욕해요?"

"내가 무슨 욕을 했다고 그래?"

"방금 욕하셨잖아요. 개새끼라고요"

"그럼 개새끼를 개새끼라고 그러지, 개 자녀분, 그러냐?"

뒤에서 따라오던 다른 아이들도 뭔 소리인지 알아채고는 킥킥대느라 정신이 없다.

"교사가 아이들 앞에서 욕하면 돼요?"

"아니, 내가 언제 욕을 했다고 그러는 거야? 야, 너 거기 개새끼, 아까 내가 너한테 욕하든? 봐봐, 아무 말 안 하잖아!"

"말도 안 돼요."

"너희들도 너의 아마 새끼인 것처럼, 저 개새끼도 지 엄마 아빠 새끼잖아, 안 그래?"

"말도 안 돼요. 바가지, 우리 저기 해수욕장에서 좀 놀다 가면 안 돼요?"

대답을 안 한 채로 해수욕장을 바라다본다. 여름 성수기가 약간 지나간 시골 해수욕장이라 사람들이 없다. 해수욕장에도 개새끼들이 돌아다닌다. 다른 모둠에게 무전기로 무전을 날린다.

"칙~칙~. 전체 대열~. 멈출 준비~. 여기 해수욕장에서 물놀이 좀 하다 가겠습니다. 칙~칙~, 이상!"

아이들의 환호가 쏟아진다.

아이들은 도로 갓길에 자전거를 세워놓고 해수욕장 바닷물을 향해 내달린다. 사람 본 지 오래돼서인지 개 한 마리가 우리 아이들 주변을 같이 뛰어다니며 좋아서 어쩔 줄을 몰라 한다. 아무리 그래도 준비운동은 해야지 싶어 아이들을 다시 뒤로 불러 모았다.

"지금부터 PT체조 30회, 제대로 30회 안 하는 사람은 바닷물에 못 들어간다. PT체조 30회 시~~~~작!"

아이들은 물에 빨리 들어가고 싶은 마음에 준비운동을 제대로 안 하고 건성건성 30회를 대충 마무리한다. 그것도 그거지만 아까 우리 아이들 보고 좋아라 하던 그놈의 개 한 마리가 덩달아서 아이들이 준비운동하는 주변을 미친 듯이 뛰어다니며 아이들의 시선과 집중력을 흩뜨려놓은 탓이다. 정말로 이 개는 사람 본 지 오래됐나 보다. 큰 소리를 내어 그 개를 멀리 쫓아버렸다. 이제 좀 뭔가 제대로 할 수 있을 것 같았다.

준비운동이 충분치 않아서 뭔가를 조금 더 해야겠다고 생각했다. 모래사장에 길게 발로 선을 그어서 출발 대기선을 만들고 아이들을 그 선에 일자로 다 세웠다. 그리고는 앞으로 내달려서 돌아와야 할 반환점을 찾으려고 주위를 둘러봤다. 그렇게 넓은 해수욕장에 지형지물이 하나도 없다. 그냥 텅빈 모래사장뿐이다.

그런데 마침 아까 쫓아버린 그 개가 멀찌감치 쭈그리고 앉아서 혀를 길게 빼고 바다를 바라보고 있었다. 개도 오래간만에 우리 아이들을 보고 기분이 좋아서 너무 뛰었는지 헐떡댔다.

"안 되겠다. 저기 저 백사장에 앉아 있는 흰개 보이지?

"예."

"저 개 있는 데까지 달려가서 개를 한 바퀴 돌고 돌아오면서 바로 바닷물로 들어가는 거야, 알겠지?"

"예"

"준비~땅!"

땅 하는 소리와 함께 20명이 넘는 아이들이 개를 향해서 일제히 내달린다. 바다를 바라보며 쉬고 있는 그 개는 처음에는 별 관심 없다가 자꾸만 아이들이 자기를 향해 달려오고 있다는 것을 깨달았는지 벌떡 일어나 백사장 멀리 멀리 꽁무니를 빼고 달아나기 시작했다. 아이들은 빨리 달려가서 개를 한 바퀴 돌고 와야 바닷물에 들어갈 수가 있는데 답답할 노릇이다.

아까는 우리 아이들 보고 좋아 죽을라고 그러더니 지금은 우리 아이들을 보고 놀라서 달아나는 그 개의 모습이 너무 웃겼다. 반환점이 자꾸 멀어지는데도 개 한 바퀴를 돌겠다고 개를 따라 달려가는 아이들의 모습도 너무 웃겼다. 그리고 가장 웃긴 것은 개에게, 우리 아이들에게 그런 장난을 치고 있는 내 자신이었다.

아이들은 결국 개를 잡지 못하고 헐떡이며 돌아왔다, 엄청 투덜대면서.

"애들아 미안미안, 그냥 물에 바로 들어가자."

우리는 그날 그 개 때문에 물에 들어가기 전에 몸을 제대로 풀 수 있었다. 또한 그 개 덕분에 나와 아이들 사이에 흐르던 긴장감과 어색함을 풀 수 있었다.

내년이면 또다시 아이들과 제주도에 자전거를 타러 간다. 그 해수욕장에 그 똥개가 아직도 잘 사는지 오늘 따라 무척 궁금하다.

두 바퀴로 함께하는 성장의 기록

인생은 선택과 후회의 연속이다. 한 일에 대한 후회와 하지 않은 일에 대한 후회로 나눈다면 나는 주저없이 전자를 선택하곤 했다. 어릴 적부터 나는 선택할 일이 있을 때 고민하고 생각하기보다는 일단 저지르고 결과를 받아들였다. 그러면 결과가 좋지 않더라도 그만한 가치가 있었다고 스스로 정당화할 수가 있다. 하지만 하지 않은 일에 대한 후회는 쉽게 정당화되지 않고 오래간다. 마치 짝사랑의 기억이 오래가는 것처럼 말이다.

저학년 한강 일주의 성공은 연이어 하트코스(3학년)와 인천 아라뱃길 코스(4학년)까지 확장되었다. 첫 자전거여행이 아이들과 가벼운 대화에서 선택되었듯, 지나가는 배를 보며 시작한 대화를 시작으로 9박 10일의 제주도 여행은 아마들과 함께 본격적으로 논의를 시작했다. 일사천리다. 이러한 빠른 의사결정은 부모참여형 공동육아라서 가능하지 않을까 싶다.

제주도 자전거여행의 특이한 점은 첫째, 큰 여객선을 이용하여 자신의 자전거를 타고 이동한다는 점이다. 이른 아침 본인의 자전거를 끌고 관문체육공원에 모인다. 4호선을 타고 오이도역에서 내려 자전거길로 인천 연안여객터미널까지 이동하여 거기에서 제주도행 오하마나호의 화물칸에 본인들의 자전거를 싣는다. 떡하니 뱃고동을 울리고 검은 연기를 뿜고 우리를 기다리고 있던 그 커다란 오하마나호를 잊을 수가 없다. 배가 너무 커서 고개를 하늘로 쳐들고 봐야 했다.

아침에 일어났더니 우리가 탄 배가 제주도에 도착했다. 아이들은 자전거를 화물칸에서 꺼내어 총 240㎞ 제주 일주 자전거 여행을 시작했다. 그 당시에는 지금처럼 해안 자전거 도로가 잘 구비되어 있는 편은 아니었지만 바다 풍경이 무척 아름다웠다. 라이딩이 힘들긴 했지만 무엇보다 함께했던 교사와 아마, 자원봉사자들이 지친 몸에도 불구하고 밤마다 아이들과 놀아주려는 모습이 정말 고마웠다.

이분들의 수고가 아니었으면 완주하지 못했을 것이다. 이때의 크고 작은 시행착오를 겪으면서 얻은 교훈 덕분에 지금 후배들이 안정적으로 라이딩할 수 있는 것이다.

양재천에 새로 난 자전거 도로를 따라가면 어디가 나올까 하는 호기심으로 떠났던 자전거여행이었는데, 동네를 벗어나 세상을 돌고 다시 동네의 일상으로 돌아왔다. 여름은 지나 있었고 높아진 하늘만큼이나 아이들은 한 뼘 더 성장해 있었다. 힘들고 지친 라이딩에 눈물을 찔끔 보였던 아이들도 언제 그랬냐는 듯이 어느덧 동생들에게 무용담을 들려주고 있었다.

4년 후인 2014년 여름, 두 번째 제주도 자전거여행 준비가 시작됐다. 2010년 여름에 자전거를 끌고 제주도로 떠나는 언니 오빠들을 먼발치에서 바라보던 1~2학년은 어느새 고학년이 되었다. 그 5~6학년이 4학년들을 이끌고 22명이 함께 가는 셈이다. 8월 제주도 자전거여행을 가기 위해서 3월부터 분주하다. 4년 전에 제주도를 다녀온 선배들의 이야기를 전설처럼 들으면서 부담감을 느끼기도 했지만, 한편으로는 그 선배들의 모습을 뛰어넘고 싶은 욕심도 있었을 것이다. 실제 제주도 자전거 라이딩할 때 한 조가 될 4명의 아이들이 관악산 등반을 하며 체력훈련을 하고 한강과 시내주행 예비 라이딩도 하면서 팀워크를 만들어가야 한다. 그리고 그 조 담당교사는 조원 4명의 아이들과 한강까지 실제 예비 라이딩을 주기적으로 나가면서 팀워크를 다져나간다.

두 번째 자전거 여행에서 가장 주목할 만한 점은 현장에서 자전거가 고장이 났을 때 본인의 자전거를 교사의 도움 없이 스스로 고칠수 있는 자전거 정비기술을 습득하는 것이다. 우리는 그렇게 3월부터 차근차근 제주도 자전거여행을 차근차근 준비하고 있었다.

하지만 그해 4월 안타까운 세월호 사고가 발생하면서 인천에서 출발하여 제주도를 왕복으로 운항하던 모든 배편의 운항이 중단되었다.

'그렇다면 이번엔 비행기다!!!'

비행기에 화물로 자전거를 싣기 위해서는 가로 세로 높이가 정해진 규격 종이박스 상자에 넣어서 단단히 포장해야 한다. 정해진 규격 안에 넣으려면 본인의 자전거를 해체 분리해서 넣어야 한다. 이 여행 준비과정을 통해 아이들은 정비공 수준의 정비 실력을 습득할 수 있었지만, 정비기술 습득과정이 너무 힘들었는지 이번 여행을 "제주도 상륙작전"이라 표현했다.

여행 중엔 '직접 만든 중고자전거로 제주 일주를 하는 과천 방과후 아이들'로 제주방송에 소개되기도 했다. 그리고 여행이 끝난 뒤 1~3학년 동생들에게 자신들이 새로 정비해서 만든 자전거를 선물로 주었다. 터전 앞 마당에서 자전거 전달식을 진행할 때에는 주는 아이와 받는 아이의 가족들이 기념촬영을 했는데, 만들어서 건네주는 아이의 뿌듯한 표정과 마치 전장터를 누비던 장수의 칼을 하사받는 듯한 동생들의 비장한 모습에 내가 다 뿌듯한 마음이 들었다. 제주도를 다녀오면 더 형이 되어 있는 것 같고, 그런 형님들이 자랑스러운 막내의 모습이랄까?

그 후 2017년과 2019년에 5~6학년이 진행하는 자전거일주 여행이 진행되어, 2년에 한 번씩 고학년이 진행하는 자전거여행으로 바뀌었다. 무전기도 없이 아이들을 챙기고 다독이느라 대열 앞과 뒤를 오가며 땀이 비 오듯 하던 시절이 언제였나 싶게 이제는 기본적 정비교육과 안전교육을 이수하고 현지에서 좋은 대여 자전거를 이용한다. 현재는 4박 5일의 일정으로 진행되고 있다. 제주도의 풍경과 함께 힘껏 라이딩한 뒤 아름다운 제주바다에 시원하게 첨벙 빠지는 것은 그대로다. 제주의 자건거 도로가 이전보다 잘 정비된 덕분에 아이들도 더 안전하게 타게 되었다. 하지만 난 첫 번째와 두 번째 자전거여행이 무척 기억이 남는다. 그간에 시행착오도 많았고 고생도 많이 했기 때문이리라.

제주 일정이 끝나는 하루 전의 마지막 숙소는 항상 김녕 해변인데, 풍광이 좋아 몇 년째 이용하는 펜션이다. 과천 복귀를 하루 앞둔 그곳 2층에서 노을 지는 에메랄드 빛 바다를 보고 있노라면 깊은 감성에 빠지곤 한다.

어떻게 하면 아이들이 더 행복하게 어린 시절을 보낼 수 있을까를 연구해온 20여 년의 세월이었다. 힘든 일도 많았고 여유도 없는 세월이었지만, 그 시기가 지나고 나면 어느 순간 아이들은 성장해 있었고 나도 그 아이들과 함께 커져 있었다. 이 아이들이 대학에 가고 어른이 되어서 이 시절을 추억할 수만 있다면, 몇 년을 함께한 친구들과 자전거를 타고 제주도를 한 바퀴 돌았던 기억으로 그 성취감을 기억해줄 수 있다면, 나중에 마치 첫사랑의 기억처럼 소중히 꺼내어줄 수 있다면 나는 그걸로 충분하다고.

그 겨울 지하실, 불연구소

거실 벽난로에 불을 지폈다. 저녁 6시가 되면 싸늘한 운동장 놀이터에서 놀던 아이들이 실내로 들어오는 시간이다. 밖에서 들어온 아이들은 언 손과 발을 녹이러 벽난로 주변에 모여든다. 군밤도 구워 먹고 고구마도 구워 먹고 불을 쬐며 옛이야기도 듣는다.

며칠 전의 일이다. 앞집 아주머니가 마당 밖에서 거실 창문을 두드리며 내게 나와보라고 손짓을 한다. 표정이 안 좋은 것으로 봐서는 또 민원이다.

'아, 죽었다.'

밖에 나가서 아주머니 말을 들어보니, 벽난로에 장작불을 때대니 창문을 열어놓을 수가 없다는 것이다. 빨래를 밖에 널어놓으면 까만 재가 날아와서 하얀 옷이 도로 더러워진다고 했다.

그리하여 벽난로 대신 아예 불을 내기로 했다.

아이들과 선사시대 인류가 시도했던 방법으로 불을 만들어보면 재미있을 것 같았다. 재미를 넘어서 대단할 것 같았다. 어차피 나도 그 방법으로 불을 피워본 적도 없고 아이들도 그런 경험이 없으니, 피차 마찬가지다. 서로 힘을 합해서 자료도 찾아보고 여러 시행착오를 거쳐 불을 만들어낼 수 있다면 얼마나 좋은가. 아이들의 눈높이에서 생각해보면 너무나 흥분되는 일이 아닐 수 없었다.

아이들을 여기저기서 불러 모았다. 바가지가 불연구소를 차려놓고 불 피우는 멋진 모습을 볼 것이라 기대하고 모여든 아이들이 대다수였다. 아이들과 불을 내기로 결심했다. 지하실에 불연구소를 만들었다. 바가지를 소장이라 칭하고 연구소를 창단했다. 연구원은 당연 두근두근 아이들이다. 유독 추웠던 그해 겨울, 아이들의 가슴을 뜨겁게 수놓을 전설의 시작이었다.

아이들에게 불연구소를 창단하게 된 배경을 설명했다. 인류가 불을 피우기 시작한 50만 년 전, 그때의 인류의 심정에서 시작하여 왜 우리가 불을 만들어야 하는지, 그리고 이 활동을 통해 우리 할아버지의 할아버지… 그 할아버지의 심정을 헤아려보자고, 불의 원리를 몰랐던 그때 불 필요한 인류의 심정으로 처음부터 함께 시작해보자!

우리는 그날부터 인터넷에서 떠돌아다니는 불 피우는 영상과 자료를 찾아 헤맸지만 정확히 알려주는 곳은 없었다. 그 모든 것을 아이들과 끊임없는 실험을 통해 알아낼 수밖에 없었다.

사전조사를 통해 선사시대인들이 불을 만들었던 방식을 크게 두 가지로 나누었다. '활비비'와 조금 더 발전된 '눌비비'를 이용하여 불을 만들어보기로 했다. 파이어보드(Fire board)로 쓰이는 목재의 무르기에 따라 바꾸어보기도 하고, 스핀(Spin)으로 쓰이는 목재 수종을 바꾸어보기도 했다. 활에 걸린 시위의 장력도 바꾸어보고, 누름판의 재질을 여러 가지로 바꾸면서 실험에 실험을 거쳐 나갔다.

실험이 계속되었지만 불은 나지 않았다. 하지만 우리가 하는 무수한 실험들 속에서 처음에 중요하다고 생각했던 기술이 다음에 깨닫게 되는 커다란 기술에 경험으로 흡수되어 간다는 것을 알게 되었다. '경험을 통한 기술의 진화'라는 것을 작은 불씨를 만들어가면서 깨닫게 된 것이다. 무엇이 중요하고 무엇이 덜 중요한지를 몸으로 익히게 되었다. 스핀과 파이어보드 두 개의 부재가 맞닿는 부분의 마찰력을 극대화시키는 건데, 그 마찰력을 극대화하기 위해서는 그곳을 제외한 나머지 다른 곳은 마찰력을 최소화해야 한다. 바꿔 말하자면 힘을 빼야 한다는 말이다.

덕분에 실험을 함께했던 아이들의 목소리를 아주 작은 소리라도 놓치지 않고 들을 수 있었다. 아이나 교사나 처음부터 불 피우는 방법을 모르고 시작했기에 교사도 아이들도 서로의 목소리에 온전하게 귀 기울일 수밖에 없었다. 서로가 제안한 방식을, 자기의 경험을 소통하며 실험하다 보니 우리는 이미 서로서로를 가르치는 교사이자 학생이 되었다. 수직적 관계가 아닌 수평적 나눔이었고, 연구소에 참여한 모든 연구원들은 서로서로 스스로 불을 낼 수 있도록 재촉하지 않고 기다려주었다.

드디어 불이 났다. 불을 만들어냈다. 아이들의 표정에서 말로 할 수 없는 뿌듯함이, 신석기인들의 희열이 보였다. 아이들의 눈 속에서, 가슴속으로 '두근거림'이 느껴졌다. 스스로 불을 낸 아이들에 대한 인증으로 편의상 활비비 방식으로 불을 만들면 구석기인으로, 눌비비를 이용하여 불을 만들면 신석기인으로 인증했다.

만들어낸 불과 함께 뿌듯한 얼굴로 찍은 구석기인들과

신석기인들의 자랑스러운 인증 사진이 한쪽 벽을 빽빽하게 장식하니 이제 불연구소 활동을 정리할 시간이 되었다. 불을 내겠다고 아이들을 끌어 모아서 지하실로 내려간 것이 겨울이었는데, 불을 내고 지하실 연구소에서 올라오니 밖에는 봄이 오고 있었다. 아이들은 요즘 인기프로그램인 〈정글의 법칙〉에 나오는 오지에 보내도 불을 만들어낼 수 있는 족장이 되어 있었다.

우리 일상에서 무언가를 할 때에 힘을 빼야 한다는 말은 무척 중요하다. 사람과의 관계도 마찬가지이다. 억지로 불을 만들어내기 위해 힘으로 밀다가는 쉽게 지치고 제대로 만들어지지도 않는다.

불을 만든다는 것은 단순한 활동 그 이상의 감동이 있다. 우리가 일상생활에서 자연스레 있는 것이라고 느끼는 것조차 사실은 오랫동안 세월에 의해 축적된 지성의 결과물이라는 것. 그걸 경험함으로써 아이들은 시공간을 초월한 자신감을 느낄 수 있었을 것이다.

아이들과 활동에 완전히 빠져들기 위해서는 그들의 목소리에 더 귀 기울여야 한다는 것, 그리고 수평적 관계에서 충분히 기다려주어야 한다는 것을 그 겨울 지하실, 불연구소를 통해서 알 수 있었다.

이번 겨울, 과천의 재건축 열풍으로 그때 빨래먼지를 항의하던 이웃 아주머니는 얼마 전에 잠시 이사를 갔다. 이참에 아이들과 불연구소 시즌2를 만들어볼까?

두근 보물탐사단

요즘 두근두근 아이들은 바쁘다. 간식 먹던 숟가락을 놓기가 무섭게 뭔가를 주섬주섬 챙겨서 뒷산으로 향한다. 터전 마당에 돌아다니는 호미도 챙기는 것 같고 바구니도 챙기는 것 같고 아무튼 심상치가 않다. 뒷산 숲놀이터에 몰래 가서 멀찌감치 숨어 봤더니, 어떤 아이는 갈퀴로 숲놀이터 비탈에 쌓인 낙엽을 이리저리 헤집고 다니고 어떤 아이는 호미로 무언가를 열심히 파헤친다. 어떤 아이는 자기만한 삽을 들고 땅바닥을 파느라 안간힘을 쓴다. 며칠 그렇게 하다가 말겠지 싶었는데, 그만두지 않고 더욱더 몰두해 가는 모습이었다. 참여하는 아이들도 계속해서 수가 늘어갔다. 간식만 먹고 나면 축구나 야구를 하려고 부리나케 중학교 운동장에 가던 아이들이 이제는 없다. 아이들은 축구공, 야구공 대신 호미를 하나씩 들고 산으로 갔다.

터전에 혼자 남아 할 일도 없고 해서 몇몇 아이들의 개인장을 몰래 열어봤다. 그동안 산에 갔다가 돌아오면 죄다 주머니를 털어내서 개인장에 뭔가 비밀스럽게 숨기는 모습이 생각났던 것이다. 오늘은 그것이 무엇인지 정확히 알고 싶었다. 그런데 그것은 추측했던 도토리가 아니었다. 돌멩이들이었다. 언제 이렇게 많이 끌어다 모아놓았지? 웃음이 나왔다. 아이들 개인장마다 돌멩이가 수북수북하다. 그동안 이거 하느라고 그렇게 바쁘셨구만, 자세히 보니 그냥 돌멩이가 아니었다. 무슨 콘크리트 조각 같다고나 할까, 더 자세히 보니 옛날 기와 조각 같은 것들이었다. 그런데 근래에 만들어졌다고 보기에는 너무 투박하고 두꺼웠다.

'왜 이런 것들이 거기에서 나오지? 그냥 우리 아이들이 매일같이 가서 땅 파고 벌레 잡고 나무 타고 노는 곳에서?'

옛날에 그 자리가 무엇을 하던 곳인지 궁금해졌다. 그래서 이번에는 나도 아이들처럼 간식만 먹고 나면 벌떡 일어나, 호미 하나를 챙겨서 아이들과 뒷산으로 향했다.

그동안 자기들끼리 하던 것을 교사가 함께 동참해주니 신이 났는지 아이들은 더욱더 열심히 움직였다. 돌멩이들이 마당 여기저기에 쌓이기 시작했다. 아이들은 진지했다. 나도 진지했다. 그러면서 그런 기와 조각, 그릇 조각을 새롭게 발견할 때마다 옆에서 열심히 같이 땅 파고 있는 교사에게 가져와 내밀어 보인다.

"바가지, 이거 몇 년 된거예요?"

"어~~~ 200년?"

"비싼 거예요?"

"아니."

"그럼 이건요?"

"250년?"

"어제는 200년이라면서요?"

"내가 그랬었나?"

"그럼 어떻게 생겨야 비싼 건데요?"

"어, 그러니까 무슨 문양이 있어야 어느 시대 것인지 알 수가 있지. 엄마랑 아빠랑 경주에 가서 신라 왕들 무덤 본 적 있지? 그런데 그렇게 많은 신라 왕들 무덤 중에 어떤 왕의 무덤인지 발굴 초기에는 정확히 알 수 없거든."

"그래서요?"

"그런데, 그 중에서 어느 왕의 무덤인지 추측이 가능한 것들이 있는데, 그것은 그 지역에서 출토되는 기와에 새겨져 있는 글자를 보면 알 수 있대."

"그게 뭔 말이에요?"

"그러니까, 옛날에는 왕의 무덤을 만들고 나서, 그 무덤이 누구의 무덤인지 후대 사람들에게 알려주기 위해서 무덤 주위에 비석을 세우기도 했지만, 큰 건물이나 큰 절을 기준으로 어느 방향으로 어느 거리에 왕의 무덤을 만들었다고 역사책에 기록을 해두기도 하거든."

"그런데 여기는 경주가 아니잖아요?"

"비싸다기보다는 가치가 있을 수 있다는 거지. 글자가 없더라도 수막새처럼 문양이 확실하게 들어 있어도 되고."

"수막새요? 그건 또 뭔데요?"

"수키와 제일 마지막 부분에 뚜껑처럼 닫아주는 동그란 기와."

아이들은 글자와 문양이 그려져 있는 기와 조각을 찾아 밤낮으로 더욱 열심히 뒷산을 헤집고 다녔다. 마치 바닷가 동네 아주머니들이 호미를 들고 갯벌에 나가서 저녁때면 바지락을 한 망태기씩 머리에 이고 오는 모습 같았다.

아이들은 지금까지 주워 모은 유물 중에서 그나마 괜찮

은 것들을 추려냈다. 그리고는 동네 길에서 버려진 책장을 주워다가 그것들을 가지런히 정리해서 박물관을 차려놓고는 관람객도 받아가면서 박물관 놀이를 하기 시작했다.

"얘들아, 우리 국립중앙박물관에 가보자."

그렇게 기와 조각 한두 개를 각자 주머니에 챙겨서 국립중앙박물관에 갔다. 그리고 각자가 챙겨 가지고 온 것들을 한 손에 들고 박물관 여기저기를 돌아다니며 비슷한 것을 찾아 다녔다. 그 또래의 아이들이 그냥 스쳐 지나갈 법한 구석기·신석기 유물관을 자신이 가지고 온 유물 조각과 비교하며 엄청난 집중력으로 박물관을 견학했다.

박물관 견학 후 건축물 발굴 전문기관인 수원의 한울문화재연구원에 사진을 보내기로 했다. 통화한 연구원은 사진을 찍어서 이메일로 보내주면 검토해보고 중요한 가치가 있는 유물 같으면 직접 조사를 나온다고 했다.

우리는 터전 마당에 모여서 그동안 우리가 모은 유물 중에 주옥 같은 것들을 골랐다. 사진이 잘 나올 수 있게 유물 한 점 한 점 번호를 매겨가면서 사진촬영을 정성스럽게 하여 이메일로 보냈다. 그리고 유물이 어디에서 출토되었는지도 지도에 표시해서 첨부했다.

메일을 보낸 후 아이들과 손꼽으며 답장만을 기다렸다.

학교를 마치고 터전에 들어오는 아이들은 나를 볼 때마다 답장이 왔냐고 물어보는 것이 일이었다. 드디어 몇 주가 지나서 전화로 답신이 왔다.

"아마도 조선 중기에서 후기 사이의 것으로 추정됩니다. 그 출토지역이 온온사와 옛날 과천 동헌 자리와 인접해 있는 것으로 봐서 그것과 관련된 유물이 아닌가 싶습니다. 아이들의 기대가 클 텐데 생각보다 연대가 많이 안 올라가서 조금 실망스럽긴 하지만 어쨌든 최근의 물건이 아니어서 다행입니다."

아울러 한울문화재연구원에서 이 일을 계기로 학생들을 대상으로 하는 유물탐사체험활동을 기획할 예정이고, 그러한 활동, 행사가 준비되면 두근두근에 안내문을 보내 주기로 약속했다. 아이들은 다시 일상으로 돌아갔다. 이제 더 이상 뒷산에 가서 연장 하나씩 들고 바지락, 아니 유물을 캐는 아이들은 없다.

호미를 들고 뒷산을 헤매고 다니던 기억들도 아이들 머릿속에서 점점 잊혀져 가고 있다. 하지만 믿는다. 아이들이 이 다음에 어른이 되면 어느 순간 오늘의 기억들을 떠올리며 얼굴에 한가득 행복한 미소를 지을 거라는 것을. 신라의 보물, 경주 수막새처럼.

3

관계는 어떻게 배우는 걸까

질문이 많다,
많아도 너무
많다

?

두근에 다니는 아이들은 질문이 많다. 많아도 너~~~~~~무 많다. 교사의 마음 상태가 온전할 때는 아무리 아이들의 질문들이 빗발쳐도 거뜬하게 받아낸다. 마음속에서 나름의 순서를 정해서 여유 있게 대답해준다. 하지만 그렇지 않을 경우도 많다. 정말이지 궁금해서 묻는 것인지, 교사를 힘들게 하려고 묻는 것인지 화날 때가 있다.

"바가지, 바닥에 뭘 흘렸는데 어떡해요?"

"닦아야지."

"뭘로 닦아요?"

"휴지로 닦아야지."

"휴지는 어디에 있는데요?"

"화장실에 있겠지. 그런데 지금 너 두근에 다닌 지가 몇 년째인데 휴지가 어디 있는지를 모르는 거야. 너 정말 자꾸 생각도 안 해보고 질문부터 할 거야. 질문하기 전에 먼저 혼자 생각해보고 그래도 모르겠으면 물어보라고 했잖아."

한 아이와 이렇게 한참 동안 실랑이를 벌인다. 실랑이가 다 끝나기도 전에 이런 상황을 아랑곳하지 않고 다른 아이가 끼어들어서 질문한다.

"바가지, 지금 몇 시예요?"

"지금 이야기 중이잖아. 이야기 끝날 때까지 기다려야지. 그리고 거실에 가면 벽에 시계 걸려 있잖아. 혹시 너 시계 볼 줄 몰라서 그러는 거야? 시계를 볼 줄 모르더라도 형아들에게 물어볼 수도 있고, 아니면 손목시계 찬 사람한테 물어볼 수도 있잖아. 그런데 왜 꼭 교사한테 와서 물어봐야 하는 건데? 그런데 너 이 시간에 그냥 놀면 되지, 시간은 알아서 뭐 하려고?"라고 말하는 도중에 또 다른 아이가 와서 질문을 한다.

"바가지, 모아 어디 있어요?"

"나 지금 이야기하고 있다고. 방금 너처럼 찾아보지도

않고 와서 이야기에 끼어들어서 방해한 아이 혼내고 있는 중이라고. 그리고 모아가 어디 있는지 내가 어떻게 아니? 찾아보긴 했어?"

"찾아봐도 없으니까 물어보는 거 아니에요?"

"그랬군. 그렇다면 10분 전 모아에게 10분 뒤에 어디에 있을 건지 물어봤어야지. 그걸 안 했잖아."

"그게 말이 돼요? 바가지는 참 이상해."

그리고는 다른 교사에게 물어볼 걸 잘못했다고 자책하며 투덜거린다.

그래, 내가 봐도 요즘 내가 좀 이상해진 것 같다. 쉴새없이 쏟아지는 아이들의 질문에 영혼 없는 기계적인 목소리로 답변하고 살지 않았나 싶다. 그것도 모자라서 그런 질문을 다시는 못 하도록 오히려 엉뚱한 질문을 던져서 견제를 하고, 적당한 거리를 두면서 살았던 것 같다.

"바가지, 바가지는 왜 그렇게 늙었어요?"

"야, 너희들 아빠가 바가지보다 나이가 더 많아. 내가 늙었으면 너희 아빠는 할아버지야, 그것도 단군할아버지."

"예? 정말이요?"

"그래, 그러니까 오늘 집에 가서 너희 아빠한테 할아버지라고 불러, '할아부지, 학교 다녀왔습니다.' 하고 말이야."

"바가지, 바가지는 몇 살이에요?"

"내 나이가 몇 살이냐고? 어디 보자……일단 네 나이에 너네 형아 나이를 더해, 그리고 네가 살고 있는 아파트 단지 숫자를 곱한 다음에 네가 살고 있는 아파트 층수로 나누어. 그리고 거기에다가 너네 엄마 나이를 더한 다음 아빠 나이를 빼."

"그걸 어떻게 계산해요?"

"정답! 나도 내 나이가 몇 살인지 계산이 안 된다는 뜻이야."

"바가지, 모아하고 구름 중에 바가지는 누굴 좋아해요?"

"누굴 좋아하냐고? 어…그러니까… 야, 그런데 바가지도 결혼했고 모아도 결혼했고 구름도 이미 결혼했는데, 누굴 좋아해도 되는 거냐?"

"그럼요. 아, 그러니까 누굴 좋아하냐니깐요?"

"그렇구나, 어… 사실, 나는 모아와 구름 중에 말이야…. 어…. 사실은… 어… 누구냐면…."

"아이, 답답해, 누구냐니깐요?"

"나는 그전부터, 너네 엄마가 좋던데."

"우리 엄마요?"'

"어, 너네 엄마, 너네 엄마를 오랫동안 좋아해왔어."

"그건 안 돼요."

"왜?"

"아니, 그냥 안 돼요."

"그럼, 너도 나한테 그런 질문하지 마, 다시는."

"예~"

아무 의미 없이 같은 질문들을 아이들은 매일같이 쏟아낸다. 물론 잘 안다. 아이들은 무엇이 정말로 궁금해서 질문하는 것이 아님을.

아이들의 질문은 '나 당신과 친해지고 싶어요.' 하는 관심의 표현이라는 것을. 아이들의 질문은 '당신과 제가 친한 거 맞죠?' 하는 관계 확인의 언어라는 것을. 아이들의 질문은 '잘하고 있는 저를 좀 봐주세요.'라고 칭찬해달라는 뜻이라는 것을. 아이들의 질문은 '내가 지금 잘하고 있는지 확인 좀 해주세요.' 하고 도움이 필요하다는 언어라는 것을 잘 안다.

하지만 무수한 아이들의 질문들 속에 파묻혀 하루하루를 허우적대며 살기 일쑤였던 것 같다. 이렇게 수도 없이 많은 질문을 해댔던 아이들은 사춘기에 들어서면 더 이상 질문은커녕, 교사에게 말도 잘 걸지 않는다. 오히려 교사가 사춘기에 접어든 고학년 아이들에게 어떻게든 말 한마디라도 건네보려고 애쓴다. 알 수 없는 서로의 어색한 눈빛만을 나누다가, 어느 순간 보면 아이들은 졸업해서 더 이상 그 자리에 없다. 그럴 때마다 내가 이 아이들이 조금 더 어렸을 때부터 그렇게도 쏟아내던 질문들에 얼마나 성심성의껏 대답을 해주었을까 하고 내 모습을 돌아보게 된다.

며칠 있으면 어린이집을 졸업한 새로운 1학년 아이들이 터전에 입학한다. 신학기가 시작되어 맨 처음 두근에 들어온 대부분의 1학년 아이들이 던지는 첫 질문, "바가지는 왜 바가지예요?"다. 이번엔 좀더 잘해보고 싶다, 아이들이 커버리기 전에.

"바가지 떵땡님?"

"어, 여기서는 '선생님'이라고 안 불러도 돼, 그냥 '바가지'라고 부르면 돼."

"그런데 왜 바가지는 바가지예요?"

"어, 그건 말이야. 바가지 누나가 한 명 있는데, 그 누나의 남편이 옛날에 어린이집 원장님이었거든. 나는 그분을 매형이라고 부르고, 그분은 나를 처남이라고 부르거든. 그런데 그 매형이 어린이집 아이들을 데리고 겨울에 캠프를 가는데, 처남인 나에게 같이 가자고 하더라고. 왜냐면 우리 매형은 서울에서 태어나고 자라서 불 피우는 것도 서툴고, 얼음썰매 만드는 것도 서툴렀기 때문이야. 바가지는 시골에서 자라 어려서부터 그런 것들을 많이 해봐서 잘 했거든. 그리고 그렇게 캠프에 며칠 따라갔다 오면 매형이 용돈도 주고 그러더라고. 그때는 바가지가 대학생 때라서 용돈이 부족할 때라 그게 참 좋았거든. 그런데 그 캠프 때 한 아이가 나에게 오더니만, '아저씨 이름은 뭐예요? 왜 별명이 없어요?' 하는 거야. 내가 뭐라고 대답해야 할지 몰라 머뭇거리고 있으니까, 옆에 있던 매형이 '바윗돌 친척이야, 너희들이 별명 하나 지어줘봐.' 그랬더니 그 아이가 '바윗돌 친척이니까, 친척이면 성이 같을 테고, 바….바…. 바…그래, 바가지!' 그러더라고. 그래서 그때부터 바가지가 돼버렸지, 재밌어?"

"예."

"나중에 기억이 안 나면 또 물어봐도 돼."

가장 편안한 모습으로

두근에서 교사가 되어 처음 가는 들살이는 1월, 한겨울이었다. 설레는 마음으로 새빨간 롱패딩을 하나 장만했다. 나의 새 롱패딩은 2박 3일을 지나며 제대로 너덜너덜해졌다. 교사 대 아이들의 오징어달구지 놀이에서 소매가 뜯어졌고, 아이들과 열심히 주워 나른 장작을 태우다 패딩에 불똥이 튀었다. 그 롱패딩은 옷장에 고이 넣어두고 겨울 들살이 갈 때만 꺼내 입는다. 첫 들살이가 내게 준 교훈이었다. 두근에서는 새 옷을 입지 말아야 한다는 것.

두근에 출근할 때 입는 옷도 나름의 기준이 있다. 치마는 당연히 제외. 바지! 그중에서도 제일은 검정 추리닝이다. 추리닝도 부들부들한 면소재보다는 반질반질한 폴리에스테르가 좋다. 바닥에 주저앉아도 툭툭 털어내면 그만이기 때문이다.

상의는 품이 넉넉하고 팔을 번쩍 들어도 너무 올라가지 않는 것, 앞에 주머니가 있는 후드티가 제일 손이 많이 간다. 주머니는 많을수록 좋다. 아이들이 자꾸 뭘 맡기기 때문이다. 반짝거리는 돌멩이, 알록달록 물든 낙엽, 올망졸망 도토리 등등.

집에 갈 때는 꼭 까먹을 거면서 신신당부하면서 맡긴다. 간혹 진짜로 찾아가는 아이들도 있으니 혹시나 하는 마음에 일단은 다 받아서 넣어둔다. 일본 SF만화의 주인공 도라에몽이 된 것 같다.

겨울 패딩은 하나만 사서 그것만 입는다. 무릎 아래까지 오고, 주머니가 많고, 모자가 있다. 지퍼를 쭉 올리면 입까지도 가릴 수 있다. 패딩에 모자는 중요하다. 눈이 오면 어김없이 눈을 뭉쳐 던지는 아이들로부터 머리를 보호해야 한다. 소매는 조금 길어야 한다. 그래야 장갑 없이도 눈을 뭉쳐 반격할 수 있다.

뭐니뭐니해도 가장 중요한 것은 늘어지거나 찢어져도 전혀 아깝지 않을 저렴한 가격이다. 아이들과 있을 때는 옷에 신경 쓸 여유가 없다. 매 순간 안기고, 매달리고, 방심하면 같이 발랑 넘어져서 뒹굴기 때문이다. 아이들한테 내가 오늘은 좋은 옷을 입었으니 봐달라고 할 수는 없으니까. (처음엔 봐줄 수도 있지만 금방 까먹을 게 분명하다.)

신발도 그렇다. 당연히 운동화. (여름엔 슬리퍼도 종종 신는다. 물놀이 가야 하니까.) 쿠션이 있어서 오래 걷거나 뛰어도 푹신한 운동화, 단, 비싼 건 안 산다. 운동장에서 막대기나 물조리개가 없을 때는 신발을 옆으로 세워 질질 끌며 선을 그어야 한다. 너덜너덜해진 운동화는 버리지 않고 아예 운동장용으로 터전에 몇 개 갖다둔다. 고학년들이 이따금 내 신발을 빌려 신고 나가 놀기도 한다.

처음 교사가 되었을 때는 그래도 너무 후줄근하게 보이지 않을까 걱정하며 그래도 좀 보기 좋은 옷을 골랐지만, 시간이 지날수록 남는 것은 기능성 옷뿐이다. 전 직장에서는 꼬박 바르던 비비크림과 색깔 있는 립밤도 놓아버린 지 오래다. 머리는 늘 하나로 묶고 백팩을 멘다. 이따금 출근하는 버스에서 차창에 비친 내 모습을 보며 혼자 그런 생각도 한다.

누가 나를 출근하는 사람이라고 볼까? 때때로 커피를 한 손에 들고, 출입증을 목에 걸고, 정갈한 차림으로 구두를 신은 사람들을 보며 스스로 비교할 때도 있다. '서른 중반의 어른이라기엔 한참 모자라 보이지 않을까. 지금 이대로 괜찮은 걸까.' 상념에 젖는 것도 잠시, 아이들과 만나면 언제 그랬냐는 듯 아무렇지도 않다.

가장 편안한 차림으로 언제든 함께 뒹굴 준비가 되어 있는 교사이고 싶다. 온몸으로 매달려오는 아이를 안아주고 싶고, 바닥에 주저앉아 집중하는 아이의 곁에, 같은 자세로 주저앉아 아이의 눈높이로 같은 것을 보고 싶다. 흙먼지 날리는 운동장에서 함께 달리고 싶고, 땀으로 꼬질꼬질해진 옷을 잡고 서로 실랑이를 하다가 구멍이 뻥 뚫리더라도, '괜찮아' 하며 계속 놀이를 이어갈 수 있는 교사가 되고 싶다. 내가 입고 있는 옷보다 아이들과 함께하는 이 시간을 더 소중하게 여기고 싶다.

아이들하고 있을 때의 나는, 스스로 꾸밀 필요가 없어진다. 옷이나 신발처럼 몸에 걸치는 것들뿐만이 아니다. 사회적인 허울, 근사하고 똑똑한 어른으로 인정받고 싶은 욕심, 내가 보여주는 것이 곧 나를 평가하는 기준이지 않을까 하는 두려움, 그런 마음을 내려놓을 수 있다.

애써 포장하지 않아도 관계할 수 있다는 믿음. 아이들은 있는 그대로의 나를 봐준다. 환하게 웃어주고, 재잘재잘

제 얘기를 들려주고, 언제든 안아주고, 손을 잡아준다. 나의 장난이나 실수에 토라지다가도 진심으로 사과하면 금세 받아준다.

간혹 두근에 처음 들어온 아이들 중 잔뜩 긴장한 모습을 볼 때가 있다. 그 아이들은 제가 얼마나 잘하는 게 많은지, 얼마나 좋은 것을 가지고 있는지 말하며 인정받으려 애쓴다. 잘하지 못할까봐 걱정하며, 새로운 시도 앞에서 자주 머뭇거리는 아이를 볼 때면, 두근두근이 그 아이에게 편안한 공간이 될 수 있길 바란다.

우리는 예쁜 옷을 입고, 멋진 모습, 잘하는 것들만 나누는 사이가 아니라고. 두근두근은 가장 편안한 모습으로 만나 마음이 이끌고 몸이 움직이는 대로 만날 수 있는 공간이라고.

구멍난 양말이나 무릎이 해진 추리닝을 입고 와도 부끄러워하지 않고, 깔깔 웃으며 함께 이 시간을 즐기자고 말하고 싶다.

생텍쥐페리의 비행선을 만날 수 있다면

"어이, 거기!"

포로탈출 마당놀이를 끝내고 중학교 운동장을 막 빠져나와 터전으로 향하는 경사길에서 누가 뒤에서 나를 부른다. 황정호다. 두근두근방과후의 악동 계보를 잇는 두근의 대표 악동, 6학년 황정호. 그동안 숱한 악동들을 만나봤지만 저만한 악동은 드물었다.

'정신 바짝 차리자.'

"너 죽고 잡냐?"

그런데 나를 향해 내뿜고 있는 얼굴의 비웃음이 뭔가 심상치가 않다. 악동의 비웃음, 아니 저 정도면 악마의 비웃음이다. 더군다나 한 손에는 어디서 구했는지 나뭇가지 두 개로 젓가락질을 하고는 뭔가를 집어들고 있다.

'저게 뭐지, 뭘 들고 저러는 거야? 싱겁긴.'

저 녀석이 들고 있는 것이 뭔지, 좀더 가까이 다가가서 보려던 찰나에 그것이 무엇인지 알고만 순간, 더 다가갈 수가 없었다.

'아이구야 증말~. 황정호 네가 악동인지는 진작부터 알고는 있었지만, 이 정도까진 줄은 몰랐다야, 결국은 네가 오늘 일을 내겠구나.'

포로탈출 마당놀이가 끝나고 내 뒤를 따라오면서 운동장 어디서 주웠는지, 개똥인지 고양이 똥인지는 모르겠으나, 아무튼 똥이다. 그걸 나뭇가지 두 개로 젓가락질을 해서 집어들고는 나를 위협하러 온 모양이다. 아무리 자기가 천하에 악동이라고 해도 명분은 있어야 할 터.

'나, 쟤한테 잘못한 거 없는데 갑자기 왜 그러지?'

아마도 아까 마당놀이 할 때 자기는 살았는데 억울하게 죽었다고 오심을 판정한 바가지에게 복수를 하러 온 모양이다. 정신이 바짝 들었다. 저놈은 저 똥을 나에게 던지고도 남을 놈이니까. 일단은 아까 마당놀이 때 선 긋는 데 썼던 긴 막대기로 더 이상 다가오지 못하게 방어를 한다.

"정호야 말로 하자, 어? 네가 왜 이러는지 내가 다 알아.

아니까, 일단 말로 하자, 응?"

그렇게 방어와 실랑이를 하는 순간, 황정호가 나뭇가지 젓가락으로 들고 있던 똥을 그만 실수로 땅바닥에 떨어뜨리고 말았다. 황정호가 다시 그 똥을 다시 집으려는 순간, 내가 달려들어 똥에 접근 못 하도록 긴 막대기를 마구 휘둘러댔다.

설마 바가지가 저 막대기로 나를 때리겠나 하는 표정으로 그는 악마의 웃음을 지으며 천천히 다가오길래, 나도 특단의 조치가 필요했다.

"너 그러다가 막대기에 맞아도 난 몰라." 하고 보란 듯이 눈을 질끈 감고 더 열심히 휘둘러댔다.

이제 똥은 내 수중에 들어왔다.

'별거 아니구만, 천하의 황정호도, 음하하하하하하. 짜식 더럽게 똥으로 나를 위협하다니, 쯧쯧쯧, 똥만도 못 한 놈!'

그렇게 바가지의 승리로 일단락되는 줄 알았다. 거기까지만 했어야 했는데. 나도 이제 장난기가 슬슬 발동한 나머지, 들고 있던 긴 막대기 끝을 바닥에 놓인 똥에 댔다. 정말이지 정호를 맞출 마음은 추호도 없었는데, 장난 반으로 그냥 정호를 향해서 튕겨봤는데, '오모나(!)' 세상에, 그 똥이 정확하게 30도의 각으로 날아가더니 황정호의 배를 맞고 땅에 다시 떨어졌다.

'아이구야 맙소사.'

이제 나는 죽었다 생각하고 터전을 향해서 도망가는데, 뒤를 보니 황정호가 그 똥을 다시 젓가락질해서는 나를 향해 달려오고 있었다. 그리고 나에게 던지는 것을 간신히 피하고는 더 이상 다시 집지 못하게 땅에 떨어진 똥을 발바닥으로 콱콱콱 밟아버렸다. 똥이 아스팔트의 껌처럼 딱 달라붙었다. 이제 안심을 하고는 터전으로 다시 내뺐다.

터전에 들어와 화장실에 들어와서 여유롭게 소변도 보고 손도 씻고 거울에 비친 내 얼굴을 뿌듯하게 바라보며 승리의 기쁨을 맛보는 순간, 황정호가 화장실에 들이닥쳤다. 한 손에는 아직도 그 막대기 쪼가리 젓가락을 들고 있었다. 땅바닥에서 껌딱지가 되어버린 똥을 떼어내기에는 그도 힘들었나 보다. 대신 막대기 젓가락에 나름 열심히도 똥쪼가리들을 묻혀 왔다.

'아따, 징헌 놈!'

정호는 화장실 문 반대쪽 벽으로 나를 몰아갔다.

"정호야, 말로 하자, 말로 하자, 내가 잘못했다. 내가 네 말 다 들어줄게."

그런데, 이렇게 해서 해결될 문제가 아니란 것을 알았다. 더 이상은 안 되겠다 싶어서 양팔로 황정호의 팔목을 일단 잡았다. 그러고는 이 상황을 어떻게 해야 하나, 어떻게 해야 하나 고민하다가 결국은 맘을 크게 다잡고 그 방법밖에 없다는 것을 알았다.

이래 죽으나 저래 죽으나 죽는 건 매 한가지. 잡고 있던 정호의 팔목을 밀치고는 변기 쪽으로 가서는 내 두 손을 변기물에 담갔다. 그리고 두 손을 담근 채로 그 막대기 버리라고 최후통첩을 했다.

“마지막이다. 그 막대기 버리지 않으면 이 손을 꺼내서 내가 어떻게 할지 나도 모른다, 어떡할래?”

정호는 순식간에 눈빛이 달라졌고 순순히 나의 명령에 복종하며 굴복했다. 기뻤다. 행복했다. 성취감은 이루 말로 표현할 수 없었다. 변기통에 두 손을 담그고 이런 기분을 갖게 될 줄은 나도 몰랐다.

나는 그가 보여주었던 그날의 복종과 굴복을 믿지 않는다. 악동에게 굴복이란 없다. 내일이면 아니, 잠시 뒤면 아까 있었던 일을 모두 까먹고 아무렇지도 않게 아까보다 더 얄밉게 나에게 다가와 까불어댈 것이 틀림없다. 그 정도는 되어야 진정한 악동이라고 할 수 있다.

나는 그들을 잘 안다. 나도 그들만할 때 전라도 남원에서 악명 높은 악동이었으니까. 지금 두근두근방과후의 악동들을 다 모아놓아도 나 어렸을 때 하나에 못 미친다. 둑방길을 부지깽이 하나 들고 뛰어다니던 나의 모습이 떠오른다. 여기저기 동네 아이들 모두 끌어다가 오만 짓궂은 일은 다하고 다니고, 그것이 들키겠다 싶으면 며칠 잠잠하다가, 또다시 아이들을 불러모아 짓궂은 일을 펼쳐나갔다. 해질 때까지 땟국물을 얼굴에 묻히고 다니다가 밥 먹으라는 어머니 목소리가 옆동네까지 들릴 때에야 비로소 마지못해 집으로 기어 들어갔다. 그랬던 아이가 지금은 아이들을 만나는 교사가 되었다.

부모님과 어른들은 나의 천방지축 어린 시절을 바라보는 것 자체만도 힘드셨을 것이다. 지금 두 딸의 부모가 되어 생각해보면 나의 부모님은 말없이 나를 지켜봐주셨던 것 같다. 어른들께 큰 선물을 받았다는 걸 반백이 되어서 깨닫는다.

대한민국의 모든 아이들이 악동의 상상력이 닿는 어디로든 날아갈 수 있는 자유로움을 가질 수 있었으면 좋겠다. 함께 나무로 배를 만들어서 애꾸눈 선장이 숨겨놓은 보물섬을 찾아 모험을 떠나는 상상의 자유로움을, 그들과 함께 떠나보는 꿈을 꿔본다. 악동들과 함께하는 길에 생텍쥐페리의 비행선을 만날 수 있다면 더 좋고 말이다.

나도 들살이 가기 싫거든

2018년 여름 인천의 작은 섬, 소야도에 5~6학년 아이들 20명과 함께 3박 4일로 들살이를 갔다. 소야도는 덕적도라는 큰 섬에 딸려 있는 작은 섬으로, 주민이 300명이 채 되지 않는 조용한 섬이다. 덕적도에서 배를 타고 들어가던 곳에 최근 다리가 생기면서 교통편이 좋아졌지만 대중적인 관광지는 아니다.

여름 들살이를 기획하기 전, 그해 3월쯤 6학년 아이들은 무인도에서 살아남기 같은 것을 해보고 싶어 했다. 예능프로그램에서 영향을 받은 탓이다. 완전한 무인도까지는 힘들겠지만 그와 비슷하게 1박 정도는 야영을 할 수 있지 않을까 싶어서 이리저리 찾아보았다.

검색하다가 백패킹이라는 것을 알게 되었다. 가방에 필요한 짐만 싸가지고 아무 편의시설도 없는 곳에서 야영을 하는 것이다. 백패킹의 성지라는 굴업도를 발견했다. 굴업도는 덕적도에 딸린 소야도보다도 작은 섬이다. 이 정도면 무인도까지는 아니어도 무인도 비슷한 느낌이 나지 않을까?

두근두근에서 들살이는 매년 같은 곳으로 가지 않는다. 때가 되면 교사들이 그해에 같이 갈 아이들의 성향과 욕구에 따라 매번 새로운 기획을 해야 한다.

저학년 들살이는 아이들이 부모와 떨어져 지내는 것만으로도 큰 미션이기 때문에 안정된 장소에서 놀이를 중심으로 가는 편이지만, 고학년 들살이는 다르다. 대중교통을 이용하여 길 찾기부터 직접 끼니를 해 먹고, 조금은 어려울 수 있는 미션들을 수행하며 아이들이 일상에서 벗어나 새로운 도전에 방점을 찍는다.

무엇을, 어떻게, 어디에서 할 것인가. 설렘과 두려움은 동전의 양면이다. 매년 새로운 기획은 가보지 않은 것이기에 설레고, 또한 두렵다. 가보기 전까지 아무리 열심히 준비해도 여러 변수와 마주치며 어떻게든 함께 해결해가야 하는 것이 여행의 속성이겠지 하는 마음으로 준비하는 수밖에 없다.

굴업도는 아이들 20명을 인솔하고 가기에 여러 조건이 안 맞아서 소야도로 최종 결정을 했다. 소야도에는 썰물 때가 되면 바닷길이 열려 걸어갈 수 있는 뒷목이라는 작은 무인도가 있었다. 그 근방의 숙소를 거점 삼아 3박 4일 중의 하루는 무인도에 갇혀 있어보기로 했다. 소야도에는 식당이 없어 아이들은 5명씩 한 모둠을 지어 돌아가며 20명이 먹을 식사를 직접 준비해야 했다.

호기롭게 무인도에 가자던 아이들은 막상 이 기획을 듣고 진짜냐고 되물었다. "너희들이 먼저 가자고 했잖아?"라는 내 말에 대놓고 불평불만은 못 하지만 얼굴에는 걱정이 가득하다. 애들 앞에서 말은 못 했지만 실은 나도 조금 그랬다.

들살이 첫날, 아이들은 뱃시간을 맞추기 위해 새벽에 지하철역으로 모였다. 배를 타고 도착한 숙소에서 아이들은 조금 실망스러워했다. 정말 주변이 적막했고, 펜션보다는 민박에 가까운 숙소도 기대에 못 미쳤나 보다.

첫날의 어수선한 분위기 가운데 둘째 날부터 슬슬 아이들의 불만이 새어 나온다.

여긴 침대도 없고 식당도 없다. 밥 하는 거 힘들다. 가족

여행 가면 호텔에서 자고 밥도 다 해줄 텐데, 쓰레기도 우리가 치워야 되고, 청소도 해야 되고, 안 하면 혼나고, 집에서 에어컨 틀고 뒹굴거리고 싶다, 여기 와서 이게 뭔 고생이냐 등등.

궁시렁궁시렁 아이들의 불만을 적당히 어르고 달래줄까도 생각했지만 듣자듣자 하니 너무 한다. 나는 뭐 들살이 오고 싶어서 왔냐, 나도 집에 있으면 엄청 편하고 좋거든?

모두 다 모여라. 우리 얘기 좀 하자.

호텔로 가는 여행. 편안하고 좋은 곳에서 남들이 해주는 밥 먹고 지내는 거 나도 좋아한다. 나쁜이겠냐. 누구나 다 좋아한다. 너희 엄마 아빠는 둘이고, 너희들은 형제가 아무리 많아도 셋을 넘어가지 않기 때문에 너희들이 하고 싶은 거, 먹고 싶은 거, 가고 싶은 거, 다 맞춰줄 수 있다. 그런데 지금 우리는 어떠냐. 애들은 스무 명인데 교사가 3명이다. 어떻게 엄마 아빠처럼 너희들 한 명 한 명의 욕구를 다 맞춰주냐?

우리는 왜 들살이를 오는 걸까. 같이 생각해보자. 무엇하러 편한 집 놔두고, 부모님 떠나서, 이런 관광지도 아닌 곳에 오는 걸까? 교사들이 너희 고생시키려고? 너희 미워

해서 여기 오는 거겠니?

들살이 오면 불편할 수 있다. 특히 이렇게 많은 사람들이 함께하는 거 엄청 불편하다. 그런데 우리가 살면서 어떻게 불편하지 않은 것들만 하면서 살아가니? 편한 것만 찾아서 움직이는 사람보다는 불편한 상황에서 스스로 할 수 있는 것을 해보고, 그 안에서 즐거움도 찾을 수 있는 사람이 돼야 하지 않겠니?

편한 것만 좇다가 불편한 상황에서 맥없이 무너지는 사람과 그 불편함도 넘어설 수 있는 사람, 너희는 어떤 사람이 되고 싶니?

아이들에게 하는 말은 옛날의 나에게 하는 말이다.

집을 좋아하는 내가 두근에서 여러 번의 들살이를 가면서 느낀 것이기도 했다. 여전히 집을 떠나는 것은 내게 불안과 불편함을 안겨주지만, 끝나고 돌아올 때의 나는 이전의 나와는 다른 사람이 된다는 믿음으로 짐을 꾸린다. 함께 가는 교사, 아이들과의 관계에도 전과 다른 이야기가 생긴다. 그것이 우리의 일상을 더 풍성하게 만들어주는 것을 여러 번 경험했다.

그 밤이 지나고 우리는 여전히 불편한 들살이를 이어갔지만 분위기는 달랐다. 힘든 상황에서도 웃을 수 있는 일이 많아졌다.

썰물 때 무인도로 들어가서 자발적으로 갇혀 있으려던 계획은 여러 이유로 무산되었지만, 계획을 바꿔서 근처 폐교에 가서 귀신 이름으로 '아이엠그라운드' 게임을 하며 놀았다.

무거운 바위와 사투를 벌이며 직접 잡은 게로 게튀김을 실컷 해 먹었고, 예기치 않게 잡은 성게 덕분에 메뉴를 바꿔 성게알 미역국도 끓여 먹었다. 땡볕에서 트래킹을 하며 건너간 해수욕장에서 물벼룩에 물렸지만, 몇 시간이나 튜브도 없이 잘 놀다가 모래 범벅이 되어 터덜터덜 숙소에 걸어왔다.

단짠단짠의 들살이 마지막 날 밤, 잠자리에 누운 아이들이 속살거린다.

"야, 그래도 은근 재밌지 않았냐?"

관계는 어떻게 배우는 걸까?

어느 날, 1학년 남자아이의 목에 손톱으로 긁힌 상처가 났다. 핏방울이 맺혔고, 아이는 뚝뚝 눈물을 흘렸다.

상처를 치료해주며 물으니 4학년 형이 자신의 목을 잡았다고 한다.

"놀다가? 우연히 난 사고야? 아님 일부러 그런 거야?"

"나는 가만히 있었는데, 일부러 내 목을 팍! 이렇게 잡았어요."

당장에 4학년 형을 불러 옆자리에 앉혔다.

"네가 이렇게 한 거니?"

"네."

"왜 그런 거야? 어떻게 1학년 동생 목을 잡을 수 있어?"

힘의 우위가 분명한 관계에서 물리적인 충돌은 더 엄하게 다룰 필요가 있다고 생각하여, 엄한 꾸중이 먼저 나갔다.

4학년 아이의 눈에 금세 눈물이 그렁그렁 맺힌다.

"…재도 나를 때렸어요. 다른 애들이랑 같이."

"동생도 너를 때렸다고?"

목에 상처 난 1학년 아이랑 눈이 마주친다.

"형아 말이 맞아?"

아까는 가만히 있었다고 했던 아이가 눈치를 보며 고개를 끄덕인다.

"다른 애들은 누굴 말하는 거야?"

1학년부터 3학년까지 두루두루 이름이 나온다. 열 명 남짓 되는 아이들을 모두 강당에 모이라고 했다.

"누구부터 이야기할래?"

모두의 기억을 한데 모아 상황 정리부터 시작한다. 그것은 잘잘못을 따져 가해자와 피해자를 나누기 위함이 아니다.

우리에게 일어난 일을 다시 복기하며 왜 그런 일이 일어난 건지 함께 생각해보는 시간이다.

"모아가 1층에 있는데 선호가 목이 다쳐서 왔어. 지우가 목을 잡아서 상처가 난 거래. 그래서 지우를 불러서 어떻게 된 거냐고 물었는데, 너희들이 지우를 먼저 공격해서 그렇게 된 거래. 왜 이렇게 됐는지 먼저 얘기해줄 수 있는 사람 있니?"

하나둘 손을 드는 아이들.

"잡기놀이 하는 거였는데."

"야! 언제 잡기놀이 한다고 그랬어. 그냥 너희가 다 나한테 달려든 거잖아."

지우가 버럭한다.

"형이 도망가서. 웃고 있길래 놀이인 줄 알았는데?"

지우가 씩씩거리며 "내가 하지 말라고 몇 번을 말했는데!"라며 분통을 터트린다.

"잡기놀이가 어떻게 시작된 거야?"

내 질문에 아이들이 또르르 눈을 굴린다.

"그전에 우리는 노래 부르고 있었어요."

"맞다. 가사 바꿔서 노래 부르고 있었는데."

"지우 형이 시끄럽다고 하지 말라고 했어요."

"그래서 우리가 형 이름 넣어서 노래를 막 불렀어요, 장난으로."

"그래서 제가 하지 말라고 했는데, 애들이 계속 그래서 재를 이렇게 잡았거든요."

"형도 처음엔 웃었잖아. 하지 마~ 이러면서 막 웃었잖아."

"처음엔 장난이었는데 계속 들으니까 기분이 좀 안 좋아서 제일 크게 부른 애를 이렇게 잡았거든요."

지우가 직접 몸을 일으켜 '이렇게'의 정도가 어느 정도였는지 보인다. 다른 아이들이 그 정도는 아냐, 한 이 정도였어, 라며 그 힘의 강도에 대해 시시비비를 가린다.

몸이 잡혔다는 아이한테 물었다.

"넌 괜찮았어?"

"네, 아프지 않았어요."

다들 고개를 끄덕인다.

"둘이 막 몸을 이렇게 하는데 누가 '공격하라!'라고 했어."

"동희가! 동희가 공격하라! 라고 했어."

"동희야, 왜 그렇게 말했어?"

"어…그냥 한 건데."

"그냥? 너가 그냥 한 말 때문에 이렇게 많은 애들이 지우한테 달려든 거란 말이야?"

"어, 형이 계속 재를 잡고 안 놔주니까. 그래서 구출하려고."

"그럼 동희는 혼자 잡힌 아이 때문에 반은 장난으로 '공격하라!' 했고 다른 애들은 와, 하면서 지우한테 다 같이 달려들었고?"

"네. 애네들이 갑자기 저한테 다 와서 막 소리 지르고 주먹 휘휘 날렸어요."

"실제로 때린 건 아닌데. 아주 살살했는데."

"그래도 기분 나빠."

"그래서 지우는 여럿 아이들이 덤비니까 도망갔고. 동생들은 그게 재밌어서 잡기놀이라고 생각한 거고. 지우는 화가 나서 그 중에 가장 달리기가 느렸던 1학년인 선호를 잡았고. 그러다가 목에 상처를 낸 거네?"

"네."

이제 모든 상황을 알게 됐다.

상황이 종합되기까지 20여 분의 시간이 흘렀다.

아이들의 상황은 늘 생각보다 복잡하고 각자의 이유가 있다. 누군가에게는 놀이로 기억되는 상황이, 누군가에게는 싸움이고 상처일 수 있다.

나는 계속 질문을 던진다.

"너도 처음엔 장난이라고 생각한 거야? 그럼 어디서부터 기분이 나빴던 거야?"

"하지 말라고 한 소리를 아무도 못 들었어? 들었는데도 계속한 거야?"

"지우 형이 1학년 동생을 때리는 건 당연히 나빠. 그런데 지우 형은 한 명이고 너희는 여러 명이야. 동생 여러 명이 형 한 명을 공격하는 건 안 나쁜 거야?"

그저 후루룩 지나가버린 어떤 장면을 꼼꼼히 복기하여, 그것의 의미를 해석하는 작업이다.

내 입에서 툭 튀어나온 말이, 생각보다 먼저 튀어나간 행동이 어떤 결과를 만들었고, 주변 사람들이 내 행동을 어떻게 받아들였는지 함께 생각해볼 문제다.

그날은 각자 자신이 사과해야 할 상대가 누구인지 생각해보고, 오늘 안에 진심으로 사과하기로 약속하고 마무리했다.

한 시간이 훌쩍 넘는 대화였다. 다음날 지우에게 물어보니, 모두들 자기에게 와서 사과했고 본인도 동생에게 가서 사과했다고 한다. 1학년 선호의 상처도 다행히 잘 아물었다.

아이들과 생활하다 보면 이런 일이 심심찮게 일어난다.

어제 모여서 얘기한들, 내일 또 비슷한 일들이 벌어지고 아이들의 입장도 그때그때 달라진다. 어떤 때는 놀린 아이가 되고, 어떤 때는 놀림을 받는 아이가 되는 것이다. 요즈음 뉴스에서 아이들 사이의 폭력에 대한 심각한 기사를 접하게 된다. 기사는 몇 줄의 글로 요약될 수밖에 없지만, 그 안에 다 담아낼 수 없는 작은 디테일들이 분명 있을 것이다.

온라인 수업을 돕던 중 아이들의 학교생활에 대한 교육방송을 함께 본 일이 있다. 여러 그림을 통해 친구에게 해도 되는 행동, 안 되는 행동을 배우는 내용이었다. '놀리지 말자, 사과를 잘하자, 고운 말을 쓰자.' 그런데 현실은 그렇게 단순하지 않다. 복잡한 응용문제가 아무런 준비도 없이 시시때때로 튀어나온다.

"괜찮아?"

"미안해."

"우리 사이 좋게 지내자."

이런 평면적인 사과와 용서는 허구에 가깝다. 수업시간에서의 역할놀이처럼 주어진 대사를 주고받는 것으로는 부족하다. 아이들에게는 경험이 필요하다. 경험으로 배운다는 건, 한두 번의 수업으로 익힐 수 있는 것이 아니다. 긴 시간 동안 반복적으로 경험했을 때 체득되는 것이다.

어릴 때 많이 놀아야 한다는 이유는 몸을 움직이며 즐거움을 느끼는 것도 있지만, 놀이판 자체가 아이들에게는 인생의 작은 축소판이며 여러 난관을 직접 헤쳐나갈 수 있는 귀한 경험의 장이기 때문이다.

힘을 겨루고, 머리를 겨루고, 잘못된 부분은 따져 묻고, 규칙을 논쟁하고, 때로 양보도 할 수밖에 없다. 그 과정에서 서로의 입장이 다를 수 있고, 그 다른 입장은 또 바뀔 수 있다는 것을 알게 되는 것이다. 계속 놀기 위해서는 어떻게 합의를 할 수 있는지 배우는 것이다. 다양한 아이들과 다양한 놀이를 하면서 아이들은 크고 작은 문제에 부딪힌다. 그때 느끼는 생생한 감정, 나의 행동, 상대방의 반응, 그에 따른 결과를 오롯이 자신의 경험으로 가져갈 때 아이는 성장한다.

인간관계에 대한 고민은 사람에게 평생의 숙제다. 어른이 된다고 해답이 생기지도 않는 숙제지만, 좋은 사람과 좋은 관계를 맺는 것은 인생에 가장 큰 기쁨이 아닐까. 우리 아이들이 그러한 기쁨으로 인생을 채우기 위해 많이 놀았으면 좋겠다. 많은 아이들과 함께 놀면 좋겠다.

죽기 살기 공평하기

아이들을 좀 만나봤다는 사람은 알 거다. 아이들이 얼마나 공평함에 목숨 거는 존재인지. 세상에 억울하고 서러운 일들은 또 얼마나 많은지. 하루에도 수없이 "왜 재는!", "왜 나는!"과 씨름한다. 이 모두 다 다른 아이들의 각자 서럽고 억울한 사연 사이에 끼다 보면 교사인 나도 '차별' 한다는 누명을 쓰고 억울해진다.

아니, 그런 거 아니라니까. 항변해보지만 아이랑 똑같이 내가 너보다 더 억울하다고 겨루는 것밖에 되지 않는다. 도대체 내 억울함은 누가 풀어준단 말인가.

운동장에서 오징어달구지놀이를 자주 한다. 오징어달구지는 힘을 쓰는 놀이다. 상대팀을 밀치고 잡아당기면서 선 밖으로 밀어내야 한다. 또 한 발로 깽깽이를 할 때 힘으로 상대의 두 발을 땅에 닿게 해야 하는데 서로 겨루다 보면 누군가는 엉덩이가 먼저 쿵, 하고 떨어지기 마련이다. 그뿐인가. 서로 잡을 둥 말 둥 기회를 보다가 어긋나며 손톱으로 긁히고 상처가 나고 옷이 늘어지거나 찢어지기도 한다. 대단히 위험한 놀이다.

그런데 뭔가 기를 쓰고 몸을 던지게 하는 힘이 있는 놀이이기도 하다. 이겼을 때 "와아" 함성을 지르게 되고, 졌을 때는 씩씩거리며 다음엔 꼭 이기리라 다짐하게 만드는 놀이이기 때문이다.

위험하고도 재미있는 이 놀이는 수많은 억울함의 온상이다. 팀을 짜는 것부터가 난관이다. 비슷한 체격의 비슷한 학년끼리 하면 별 문제없겠지만, 두근은 학년도 성별도 체격도 모두 다 다른 아이들이 모이는 곳이 아닌가. 팀을 나누려면 솔로몬의 지혜가 필요하다.

일단은 같은 학년, 비슷한 체격의 아이 두 명씩 짝을 지어 가위바위보를 시킨다. 일차 민원 발생.

"모아, 재가 저보다 세요. 나는 애랑 비슷해요."

공정함을 위해 바닥에 선 그어놓고 서로 잡아당기기를 할 때도 있지만 때때로 연기하는 아이들이 있어서 판단이 쉽지 않다. 다른 아이들의 여론을 듣고 조정해준다.

어찌어찌 가위바위보를 해서 이긴 팀과 진 팀을 가른다. 아이들이 자기 팀을 확인한다. 이차 민원 발생.

"우리 팀이 불리해요."

서로 자기 팀이 불리하다며 아우성이다. 얘랑 재랑 바꿔 달란다. 안 된다. 너희가 더 센 애들이 많다. 옥신각신하는 아이들에게 어쨌든 팀을 나눴으니 이번엔 그대로 해야 하는 거라고 설득한다.

어떻게 나눠도 누군가는 마음에 안 들 수 있다. 모두가 마음에 들 때까지 팀을 나누려면 놀이는 시작될 수가 없다. 고학년 애들은 무슨 말인지 안다. 이러다 시간 다 가니까 그냥 빨리 시작하자며 나서는 아이들 덕분에 상황이 정리된다.

일단 지금 정해진 팀 그대로 두 판을 하기로 한다. 공격과 수비를 한 번씩 해야 하니까. 원래 놀이에서는 이긴 팀이 계속 공격할 수 있지만, 오래전부터 두근에서는 한 번씩 번갈아가며 하기로 했다. 이기든 지든 누구나 공격을 해볼 수 있다는 규칙을 정한 뒤 많은 민원이 사그라들었다. 참 좋은 규칙이라 생각한다.

놀이가 시작된다.

선을 조금 밟은 것은 서로 봐주기로 약속하고 시작한다. 시작한 지 얼마 되지 않아 3차, 4차 민원이 속속들이 들어온다.

죽었는데 안 죽었다고 한다, 진짜 안 죽었다, 너무 세게 당겨서 다쳤다, 나는 그러려고 한 게 아니다, 재가 혼자 넘어져서 다친 거다, 잠깐 타임이라고 말했는데 왜 밀치냐, 타임이 어딨냐, 나는 못 들었다, 등등. 놀이에 임하는 아이들은 정말 죽기 살기다. 죽고 사는 문제에 대충은 없다. 교사도 정신 바짝 차리고 매의 눈으로 봐야 한다.

놀이가 후끈 달아오르는데 더 큰 아이가 슬금슬금 온다.

"우리도 껴줘요."

기존에 하고 있던 아이들이 극렬히 저항한다. 큰 아이도 쉽게 물러서지 않고 여러 안을 내놓는다.

"대신 너희 팀은 다섯 명하고 나는 한 명만 줘."

"싫어. 그래도 너무 세."

"그럼 너희 목숨 하나씩 더 줄게."

"그래도 금방 죽는다니까."

큰 아이도 최후의 카드를 쓴다.

"알겠어. 그럼 나는 왼손만 쓸게."

몇몇이 흔들린다. 그 낌새를 눈치챈 작은 아이 하나가

토라진다.

"그럼 난 안 할래."

그 한마디가 파장을 일으켜 너도나도 저 오빠가 들어오면 안 한다고 선언한다. 난감하다. 같이 놀고 싶어 하는 큰 아이의 마음도 이해하지만, 이제 막 놀이에 불붙기 시작한 작은 아이들의 판도 지켜줘야 한다.

하는 수 없이 큰 아이를 잡고 사정한다. 미안하다. 너는 저쪽 가서 다른 애들이랑 좀 놀아라. 얘네는 오징어달구지 한 지 얼마 안 되어서 아직은 너를 상대하기에 어려운 것 같다. 동생들이니 좀 이해해줘라.

큰 아이는 "제발요, 모아."라며 정말 애처롭게 사정하다가 그래도 계속 거절당하자 이제는 성을 낸다. 모아는 맨날 동생들 편만 들어준다, 우리가 놀 때는 동생들 막 끼워주라고 하면서 왜 차별하냐며 항의를 한다. 씩씩대는 아이를 보니 나도 좀 억울하다. 야, 이게 어떻게 차별이냐. 동생들 배려해주자는 거지. 솔직히 너는 4학년이고 재들은 1~2학년이다. 너는 남자고 재들은 여자고. 힘이 좀 비슷해야지 같이 하는 거지. 네가 들어가면 판이 다 깨지는데 왜 동생들이랑 같이하려고 그러냐. 너도 너보다 큰 형들이랑 할 때는 하기 싫어 하잖냐.

나랑 옥신각신하던 아이는 결국 운동장을 떠난다. 잔뜩 성을 내고 돌아가는 아이의 뒷모습을 보니 내 마음도 편치 않다. 뒤늦게 쫓아 내려가서 예전에 다른 아이가 내 주머니에 찔러줬던 아끼는 초코바 하나를 꺼내 주머니에 찔러 넣어준다.

"야, 네가 나 좀 한 번만 봐줘. 나라고 어떻게 매번 공평할 수 있겠냐. 내가 다음번에는 동생들에게 잘 말해줄게. 그러니까 오늘은 네가 좀 이해해줘."

아이가 나를 본다. 마음이 완전히 풀린 것은 아니지만 쌀쌀맞지는 않다.

"진짜죠?"

"그래, 내가 약속한다."

매일매일 공평함과 배려 사이에서 아슬아슬 줄타기를 한다. 공평함이 차별을 거부하는 인간의 본능이라면 배려는 대체 뭘까. 타인에 대한 배려는 가르치고 배울 수 있는 것일까?

각자 다른 입장과 다른 이유로 죽기 살기로 항변하는 아이들을 잠재울 한 방의 묘안은 없다. 세상에 완벽한 공평함은 없으니까. 나도 억울하고 재도 억울하면 누군가는 양보해야만 하는 엄연한 현실이 있다.

이따금 도저히 양보가 안 되는 아이에게 최후의 카드처럼 꺼내는 질문이 있다.

"너희 엄마 아빠가 왜 두근 보내게?"

돌봐줄 사람이 없어서, 놀라고, 내가 학원 가기 싫다 해서 등등 다양한 대답이 나온다. 다음 질문.

"너 두근두근방과후 로고 앞에 뭐라고 쓰여 있는 줄 알아?"

아이가 눈을 굴리며 생각한다.

"더불어 사는 법을 배우는. 집에 가면 두근 홈페이지 열어서 잘 봐봐, 알았지?"

씩씩대던 아이가 아리송한 표정을 지을 때를 놓치지 않는다.

"너희 엄마 아빠가 두근두근 보내는 건 같이 사는 법을 배우라고 하는 거야. 재미있게 놀다 보면 싸우고 속상할 때도 있지. 그런데 우리는 앞으로도 계속 같이 놀 거잖아, 그치? 오늘만 놀고 끝 아니지? 아무도 양보 안 하면 어떻게 같이 놀아? 오늘 한 명이 양보하고 다음에는 재도 양보하고. 그렇게 해야 계속 같이 놀 수 있는 거잖아."

아이들은 '계속 같이 놀려면 어떻게 해야 할까?'라는 질문 앞에서 양보를 받아들인다. 단순히 착하고 좋은 것이기 때문에 양보를 해야 한다고 말하는 것보다 그것이 우리의 생활에서 어떤 영향을 줄 것인지를 얘기하면 자신의 삶으로 받아들이게 된다.

내가 한 번 양보하면 다음 번엔 나도 양보 받을 수 있을 거라는 믿음. 이렇게 저렇게 입장이 달라지면서 억울한 마음이 뭔지, 배려 받는 게 뭔지 경험이 쌓이면 갈등상황에서도 유연한 태도를 가질 수 있다.

더불어 사는 법은 가르치는 것이 아니라 배우는 것이라고 믿는다. 글과 말이 아니라 경험으로 스스로 배워나가는 것이다. 놀이는 아이들에게 죽고 사는 문제로, 가장 치열한 경험을 쌓는 삶의 현장이 된다. 그러니 한판의 놀이가 일회성으로 끝나지 않도록 오늘도 내일도 계속해서 다 함께 노는 우리 아이들이어야 한다.

황정호는
왜 울었을까

코로나 때문에 망했다. 그를 마지막으로 떠나보내며, 정말로 묻고 싶었던 질문이 하나 있었는데….

끝내 묻지 못하고 그를 떠나보내고야 말았다.

'정말로 그때 왜 그렇게 울었어야 했냐고.' 묻고 싶었다.

터전 2층 한쪽 방이 오늘도 아이들의 신음과 비명소리로 시끌벅적하다. 바가지 혼자 대 17명쯤 되는 아이들과 레슬링 한판이 벌어졌다. 끊임없이 덤벼드는 아이들을 한 명씩 잡아서 가랑이 사이에 차곡차곡 쌓아놓고 위에서 지긋이 누르면 그때서야 살려달라고 간절하게 애걸복걸한다.

'다시는 안 그러겠노라고.'

'다시는 덤비지 않겠노라고.'

아이들은 다짐에 다짐을 한다.

오늘도 나의 승리다. 음하하하하하~. 항복하는 아이들을 뒤로하고 잠깐 땀도 시킬 겸, 교사방 컴퓨터에 앞에 앉아 시원한 선풍기 바람을 쐰다. 이렇게 많은 아이들과 한꺼번에 레슬링을 하자고, 서로 약속하는 경우는 없다. 장난기 많은 녀석이 어찌어찌하다가 바가지를 놀리고 도망가는 것이 일의 발단이 되곤 한다. 나도 놀림만 당하고는 있을 수 없는 일이다.

그 아이들을 응징하기 위해 이 방 저 방을 찾아다닌다. 애써서 찾아놓고 보면 벌써 그 아이 주변을 다른 아이들이 에워싸고는 그 아이를 내놓지 않겠다는 듯이, 이미 눈빛에서 전운이 감돈다. 어느덧 가상의 선을 사이에 두고 대치 상태가 된다.

"나는 나를 놀리고 도망간 녀석을 잡으러 왔을 뿐, 너희들에게는 악한 감정은 없다. 괜한 일에 나서서 다치는 일이 없도록, 다들 물렀거라~"

"무슨 소리?!, 그는 우리의 친구다. 우리를 물리치기 전까지는 절대로 안 된다. 우리를 밟고 지나가라!"

"참내~, 본 것은 있어서. 영화를 너무 많이 보셨나보군."

"사돈 남 말 하시네"

"뭐~? 사돈? 이 조카뻘도 안 되는 녀석이 감히 나한테 사돈?"

걸려들었다. 이 정도면 됐다. 이 정도면 다음 단계를 위한 충분한 명분을 얻은 셈이다.

아무리 떼로 덤비는 아이들을 상대로 방바닥에서 서로 얽히고설켜서, 쪼이고, 꺾고, 비틀고, 누르고 하는 마구잡이식 레슬링이라 할지라도 중요한 것이 하나 있다. 그것은 명분이다. 그래야 뒤탈이 없다.

무슨 말인고 하면, 어른인 나도 역으로 아이를 공격할 수 있을 만큼의 충분한 명분을 쌓아야 한다. 그 명분이 쌓일 때까지는 어느 정도 나도 고통을 참아내야 한다. 그래야 되갚아줄 것도 많이 생기고 그 되갚음을 아이들은 거부감 없이 스스로 받아들이며 이 놀이를 서로가 즐길 수 있다. 그것이 보이지 않는 이 놀이의 규칙이고 무언의 약속이다.

이렇게 어렵게 얻은 명분을 바탕으로 아이들과 결투를 시작한다. 그런데 꼭 이런 정신없는 틈을 타서 내 뒤를 노리는 아이들이 있다. 내 궁둥이를 발로 걷어차고는 얄밉게

요리조리 도망만 다니는 아이들 말이다. 그것도 한두 명이 아니다.

일부러 뒤를 돌아보지 않고 모르는 척, 계속 궁둥이를 차인다. 이것도 명분을 쌓아가는 과정이다. 그러다가 갑자기 휙 돌아서서 아이들을 잽싸게 잡아채고는 방바닥에 한 놈, 한 놈 차곡차곡 쌓아가기 시작한다. 무더기가 커질수록 제일 아래에 깔린 녀석부터 나 죽겠다고 곡소리가 나기 시작한다. 빠져나가려고 아무리 발버둥쳐도 소용없다. 아래쪽에서 어렵사리 빠져나와도 잡혀서 다시 제일 윗단에 놓이게 된다. 한 명, 한 명에게 항복을 받아낼 때까지는 절대로 멈추지 않는다.

아~ 그런데 이게 웬일인가? 왜 그 무더기 안에 다른 아이들과 함께 그가 같이 깔려 있단 말인가? 처음엔 분명히 이 놀이에 그가 없었는데, 언제 어느 때 이 놀이에 들어와서는 저렇게 밑에 깔려 있단 말인가? 두근두근의 최고 대표 악동, 황정호!

불길했다. 일단 차곡차곡 쌓아서 지긋이 누르고 있던 인간 무더기를 풀어주었다. 아이들은 이제야 살았노라고 편안한 숨을 쉬면서 일어난 뒤 벽 쪽으로 붙어서 더 이상 도망가지는 못하고 슬슬 눈치를 보기 시작한다. 그렇게 서로가 한참 숨고르기를 하고는 이제 다시 2라운드를 시작하려고 서로 다시 엉겨들 찰나, 이게 웬일인가?

"어~ 어~ 어~"

아이들의 시선이 하나하나 그 악동의 얼굴로 향하면서 걱정스런 소리를 내기 시작한다. 하나같이 자기의 얼굴로 향하는 심상치 않은 탄성과 눈빛을 본인도 인지했는지. 장난기와 웃음기 섞였던 얼굴이 굳어간다. 그의 한쪽 코에서 코피가 주루룩 흐르고 있었다.

그러더니 본인도 놀랐던지, 흐르는 코피를 한 손으로 막고는 그때서야 엉엉 울기 시작한다. 급한 마음에 휴지를 구해다가 콧구멍을 막아주고, 안정시키기 위해 소파에 일단 앉혔다. 그래도 여전히 울음을 그치지 않는다. 그런 와중에 이게 무슨 울음소린가 싶어서 다른 방에 있던 아이들까지 속속 모여들기 시작한다.

나와 그 악동은 소파에 앉아 서로 얼굴을 맞대고 있고, 다른 아이들은 그 주변을 빙 둘러서서 우리를 구경하고 있다. 이게 뭔 좋은 일이라고, 이게 무슨 좋은 구경거리라고, 자연스럽게 TV 쇼 프로, 생방송 분위기가 되어버렸다. 무슨 〈아침마당〉도 아니고.

이제 황정호는 코피도 멎은 듯하고, 울음소리도 서서히

잦아들기 시작했다. 그래도 아직 분은 남아 있어서 얼굴은 여전히 붉으락푸르락했다.

"근데, 정호야? 너 그렇게 아팠냐?"

"그럼, 아프지, 안 아파요? 바가지도 맞아봐요." 하면서 내 얼굴을 퍽 때린다.

"때리지 마, 그럼 나도 때릴 거다."

그래도 내 얼굴을 퍽 하고 또 때린다. 안 되겠다 싶어서 나도 이번에는 정호 얼굴을 똑같이 퍽 하고 때렸다.

"그만해라~"

"그만하긴 뭘 그만해요."

정호는 나를 또다시 퍽 하고 때린다. 나도 정호 얼굴을 한 대 똑같이 때려주었다. 그렇게 한 대씩 주거니 받거니 계속 번갈아 때렸다. 주변에 모인 방청객들도 그 모습이 웃겼던지, 여기저기서 피식피식 웃기 시작한다. 이렇게 엄중한 상황에서 대놓고 웃기가 미안했던지, 웃음을 참으려고 방청객들도 안간힘을 쓴다. 그래도 더 이상은 못 참겠는지 전체가 한꺼번에 박장대소를 터뜨린다.

그에 비해 황정호와 바가지의 얼굴은 계속해서 상기되어 나간다. 자기도 맞아가면서, 아픔을 참아가면서 나를 때리기가 더 이상은 안 되겠던지, 때리는 것을 멈추었다.

나도 멈추었다.

"야, 나는 맨 처음에 다른 아이랑 이 놀이 하고 있었는데, 네가 좋다고 이 놀이에 말도 없이 들어온 거잖아?"

"그래서요?"

"네가 나한테 맞은 것보다 내가 너희들한테 맞은 것이 훨씬 많을걸."

"바가지는 어른이잖아요?"

"어른 궁둥이는 안 아프냐? 나도 참고 하는 거야. 때릴 때는 좋다고 때려놓고, 무안하게, 결투하다가 코피 난다고 우냐? 물론 코피가 날 수는 있지, 그런데 상대방을 원망하면 안 되지?"

"코피가 나서 운 거 아니에요. 아파서 운 거예요."

"아파서 울었다고? 말도 안 돼, 아파서 울었으면 아까 아팠을 때 울었어야지. 가만히 있다가 왜 갑자기 코피가 날 때 우냐고?"

"코피가 나서 운 게 아니라니깐요, 아파서 울었다니깐요, 이해가 안 돼요?"

"아니~ 그니까, 아파서 우는 거였으면, 아까 아이들 밑에 깔려서 힘들었을 때 울어야지, 그때는 아무렇지도 않다가 코피가 나기 시작하니까 울면 어떡하냐고?"

"코피 나서 우는 거 아니라니까요, 아파서 우는 거라니까요. 이해가 안 돼요?"

이런 모습을 지켜보던 방청객들은 계속해서 피식피식, 웃음을 참아내느라 안간힘을 쓴다.

황정호는 더 이상은 나랑 말도 안 통하고, 분도 안 풀렸던지, 엉엉 울면서 집으로 가버렸다. 한쪽 콧구멍에 휴지를 끼고서는…. 아이를 보내고 나니 좀 허탈해졌다. 아이랑 레슬링 몸싸움을 하지 않나, 코피를 내지 않나, 말싸움하고 아이를 집으로 보내지를 않나, 교사가 정말 이래도 되나 싶은 생각도 들어, 한동안 소파에 멍하니 앉아 있었다.

정호는 며칠이 지나서야 두근에 다시 등원을 했다. 아무 일도 없었던 듯이 나타났다. 하지만 그전만큼 편안한 시선을 서로가 서로에게 보내지는 못했다. 서로 눈치만 보면서 시간이 흘러만 가고 있었다.

그러는 사이 고학년 아이들 중심으로 유행어가 돌기 시작했다. 유행어라기보다는 패러디가 돌고 있었다. 정호랑 나랑, 그날 소파에 앉아서 유치하게 말싸움했던 그 대사에 아이들이 각자 새로운 내용을 입혀서는 여기저기 상황에서 시도 때도 없이 내뱉고 돌아다니기 시작했다. 그 모습들을 보면서 속으로 너무도 웃겨서 화를 낼 수도 없었고, 잘한다고 부추길 수도 없었다.

터전 등원 시간을 한참 지나서 등원하는 아이에게 왜 그렇게 늦게 등원했냐고 나무라면, "제가 늦고 싶어서 늦은 게 아니고, 마을 버스가 늦게 와서 늦은 거예요, 이해가 안 돼요?"

안전모를 안 쓰고 자전거를 타고 등원하는 아이를 나무라면, "제가 안전모를 안 쓰려고 안 쓴 게 아니라, 머리가 커서 맞는 안전모가 없어서 안 쓴 거예요, 이해가 안 돼요?"

아이들이 다 모여 있는 자리에서 대놓고 방귀를 낀다고 나무라면, "내가 방귀를 끼고 싶어서 낀 것이 아니라, 트림을 참다보니까 방귀가 나온 거예요. 이해가 안 돼요?"

되도 않는 상황에서, 이런 되도 않는 말장난으로 얼렁뚱땅 그 상황을 모면하려는 아이들의 모습을 볼 때면 더 이상 말을 잇지 못하고 나도 그만 피식 웃음을 터뜨리고 만다. 정호가 코피 났던 그날, 소파에 마주 앉아 코피가 나서 울었든 아파서 울었든지 간에, 속상해서 울고 있는 아이를 어떻게든 이겨보려고 안간힘을 써가며 유치하게 말싸움을 했던 나의 모습이 자꾸 떠올라서, 아이들을 더 이상 나무랄 수 없었다.

시간이 흘렀다. 다시는 들추어내고 싶지 않았던 정호의 상처가 추억이 될 수 있을 만큼의 시간이 지났을 성싶다. 감추고 싶었던 내 유치함의 흑역사, 그날의 일을 후배 아이들에게 이야기 삼아 들려줄 수 있을 만큼의 시간이 지났다고 느꼈다.

그렇다고 해도 그날 이후 아직까지는 어느 누구도 정호에게 그날 왜 그렇게 울었는지 대놓고 물어보는 사람은 없었다. 그것은 물어봐서는 안 되는 불문율 같은 것이었다.

시간이 더 흘러 아이들이 두근을 졸업할 때가 되었다. 정호가 두근을 떠나가기 전에 마지막으로, 그동안 물어보지 못했던 그날의 일을 물어보고 싶었다. 졸업식 무대가 딱 좋을 것 같았다. 그렇게 혼자 결심하고 그날이 오기만을 준비하며 기다리고 있었다. 그런데 코로나 사태로 인해서 졸업식이 취소됐다. 물어보기는커녕, 얼굴도 못 보고 그를 떠나보내고 말았다.

졸업식 무대에서, 많은 사람이 보는 앞에서, 하이라이트 조명을 둘만 받으면서, 공식적으로, 조금은 짓궂게, 졸업장과 꽃다발을 건네기 전에 마지막으로 물어보고 싶었다.

"정호야, 너 그때 아파서 운 거니, 코피가 나서 운 거니?"

정호는 어떤 대답을 했을까? 내가 바라는 대로, 솔직하게 코피가 나서 울었다고 대답했을까? 그런 질문에 대답하기에는 아직 상처가 남아 있다고 대답했을까?

정호는 앞으로 살아가면서 그날을 어떻게 추억할까?

그날 그 무대에서 대답을 못 했다 하더라도, 먼 훗날 오늘을 떠올리며 흐뭇한 미소와 기억을 나눌 날이 반드시 다시 올 것이라고 믿는다.

잘 가라~ 황정호, 두근의 최고 악동.

둥글게 모여 앉아

갈등을 좋아하는 사람이 있을까, 거의 없을 것 같지만 혹시 모르겠다. 내가 확실히 아는 건 갈등을 한 번도 겪지 않은, 겪지 않을 사람은 없다는 거다. 누구도 원치 않았지만 사람과 사람이 만나 '관계'를 맺는 순간 이미 갈등의 씨앗 하나를 품은 것이다.

두근두근에도 크고 작은 싸움이 일상에 널려 있다. 일회성으로 끝나는 싸움도 있고 조금씩 쌓이고 쌓여 눈덩이처럼 불어나는 해묵은 갈등도 있다. 해맑고 순수한 아이들이 즐겁고 행복하게 노는 곳, 이라고 생각하다가 실망하는 부모도 있다.

두근에서 교사로 살며 무수히 많은 갈등을 만나고 중재

한다. 교사라는 입장에서 갈등의 중재자를 자처할 수밖에 없지만, 나라고 모든 갈등을 잠재울 묘안이 있는 것은 아니다. 과거의 갈등을 잘 풀었다고 해서 앞으로의 갈등도 그러할 것이라 장담할 수 없다.

1~2학년 여자아이들이 어떤 놀이를 할 것인가를 두고 다툼이 있었다. 두 그룹으로 나뉘어 이러쿵저러쿵하다가 결국 울기도 하고 속상한 아이도 여럿이었다. 한 아이는 그 일이 있고 며칠을 등원하지 않기도 했다.

시간이 지나면 자연스럽게 다시 놀고 풀릴 수도 있는 일이지만, 고민 끝에 아이들에게 그 일에 대해 다 함께 이야기하자며 한 자리에 모이자고 했다.

"우리 다 같이 둥글게 앉자. 무릎이 닿게, 모두가 서로의 얼굴을 볼 수 있도록."

처음에는 혼나는 게 아닐까, 아이들은 다소 경직된 표정이다. 아이들에게 이 자리는 잘못을 따지거나 서로의 증인이 되어 편을 가르려는 자리가 아님을 설명한다.

"우리 돌아가면서 그날 어땠는지 얘기해볼까? 어떤 것이 속상했는지, 내가 왜 그랬는지. 얘기해보자."

이제 여덟 살, 아홉 살 먹은 여자아이들은 조금 주춤하며 서로 눈치를 보다가도 하나씩 제 얘기를 꺼내놓는다.

"다같이 놀기로 약속했는데, 언니가 누구랑만 따로 놀자고 해서 속상했어."

"하고 싶은 놀이가 달라서 그랬어. 사람이 여러 명이니까 나눠서 놀 수도 있잖아."

"우리끼리 얘기할 수도 있는데 모아한테 이르러 가니까 화가 났어."

"도와달라고 그런 거였어. 그리고 나중에 사과하려고 가니까 네가 자꾸 피했잖아."

"그때는 얘기하고 싶지 않아서 그랬지."

누가 잘못하고, 누가 사과를 받아야 하는 그런 차원의 갈등이 아니다. 갈등은 엉킨 실타래 같다. 섬세하게 인내심을 가지고 풀어내야 한다. 실 하나를 잡고 따라가면서 이리 통과하고, 저리 빼내면서. 이걸 언제 다 풀고 있어, 라는 마음으로 가위를 휘두르면 당장에는 매끈한 실오라기 몇 개를 건져낼 수 있겠지만, 원하던 것이 정말 몇 토막의 실이었는지 찜찜한 의문만이 남을 것이다.

아이들의 얘기는 한 시간 넘도록 이어졌다. 나는 가만히 들으며, 말하는 사람이 독점되지 않도록 조율하고 표현하기 힘들어하는 부분을 보태어 잘 전달할 수 있도록 도와준다. 섣부른 판단이나 결론을 종용하지 않으려 말을 아긴다.

모두가 돌아가면서 자기 얘기를 하고 서로의 말을 들어 주고 나면 이런 생각 저런 마음 서로가 다른 부분을 알게 된다. 나와 생각은 다르지만 그럴 수도 있구나 서로 이해해볼 수 있는 여지가 생긴다.

참았던 말들이 터지고 난 후 다소 격앙됐던 분위기도 소강된다. 한참 말을 쏟아낸 아이들의 얼굴은 발그레하다.

"앞으로 같이 놀려면 약속이 필요할 것 같아. 이제, 우리 다른 친구들에게 나에게는 이렇게 하지 말아줘. 다음엔 이렇게 하면 좋겠어, 하는 바람을 얘기해볼까?"

나의 제안에 아이들은 진지하게 고민한다. 나는 충분히 기다려준다. 준비된 아이부터 말을 하고, 다른 아이들이 들어준다.

"화가 나면 왜 화가 나는 지 말해줘."

"내 앞에서 다른 애랑 귓속말하지 말아줘."

"내가 울고 있을 땐 잠시 혼자 있게 해줘."

갈등에 엉켜 있던 감정들을 거둬내고 나면, 각자가 어떻게 존중받기를 원하는지가 남는다. 이렇게 하면 나는 속상하니, 다음에는 다른 방식으로 나를 대해줘, 하고 말하는 것, 그 경험이 계속 쌓이길 바란다.

이런 자리를 한 번 가졌다고 해서 다시는 이런 일이 생기지 않을 리가 없다. 시간이 지나면 또 투닥거리며 상처받고 상처 주며 속상해지는 날이 온다. 그러면 나는 또다시 둥글게 모여 앉아 얘기를 나누자고 할 것이다. 당장에 효율성이 떨어지는 듯한 이 방법은 하나의 사건을 해결하기 위해서가 아니다. 갈등은 정답을 도출해야 하는 수학문제가 아니니까.

그럼에도 계속, 함께 이야기하자고 하는 것은 아이들이 갈등상황에 놓였을 때 자신의 불편한 마음을 잘 표현할 수 있길 바라기 때문이다. 나의 마음을 알고, 타인에게 잘 표현할 수 있는 것은 큰 힘이다.

나를 불편하게 하는 상대를 어쩌지 못하더라도 내 마음의 주인은 내가 될 수 있다. 이 상황을 통해 내가 무엇을 배우고 어떤 입장을 취할지는 오롯이 나의 몫이다. 갈등의 경험을 통해 개인의 성장을 이룰 수 있다면, 그러한 성장을 이룰 수 있게 지지해주는 집단이 필요하다.

갈등이 생길 때마다 다 함께 모여 앉아 서로 다른 생각, 다른 마음, 다른 불편함들을 들여다볼 수 있는 문화를 가진 건강한 집단. 불편함들을 외면하거나, 회피하지 않기 위해서는 서로에 대한 깊은 믿음이 필요하다.

두근두근에서 긴 시간 함께하며 수없이 많은 갈등을 맞닥뜨릴 아이들이 서로 믿을 수 있길 바란다. 우리들은 갈등을 잘 다룰 수 있다고, 갈등을 넘어설 힘이 우리 모두에게 있다고, 머리가 아닌 경험으로 알기를 바란다.

모두가 돌아가며 제 얘기를 쏟아낸 아이들은 말간 얼굴이 되어 이제 다 같이 놀자며 "우르르" 몰려나간다. 그 뒷모습을 보며 생각한다. 서로 다른 우리가 품게 된 갈등이라는 씨앗이 싹 틔웠을 때 그것을 잡초처럼 함부로 뽑아내고 외면하고 짓밟지 말자고. 우리 같이 이 갈등에 고운 이름을 붙여 함께 잘 가꿔보자, 먼저 손 내밀 수 있는 용기를 가진 우리가 되길 늘 소망한다.

비 오는 날의 달리기

두근두근의 아이들은 더울 때나 추울 때나 늘 나가서 논다. 미세먼지 많은 날과 비 오는 날만 빼고. 미세먼지 많은 날에는 아이들의 원성이 자자하다. 칠판에 시위성 글을 도배하고 – 미세먼지 물러나라, 밖에 나갈 자유를 달라, 등등 – 5분 간격으로 미세먼지의 추이를 물어본다. 비 예보는 그나마 낫다. 한여름 장마철이 아니라면 비는 오다 그치기도 하고, 온다 하고 늦게 오고 하니까.

그날은 하늘이 꾸물거렸다.

비 예보가 있지만 일단은 나가고 본다. 우르르 운동장으로 몰려가 한쪽에선 신나게 축구공이 굴러가고, 다른 한쪽에선 마당놀이판이 벌어진다. 그렇게 놀이가 한창 무르익어가던 시간, 갑자기 비가 쏟아진다. 서서히 오는 게 아니라 한꺼번에 후두둑 쏟아진다.

"건물 밑으로!"

다 같이 피신했다. 건물 밑으로 들어가 보니 저 멀리서 뒤늦게 달려오는 아이들의 얼굴이 보인다. 난생 처음 비를 맞는 꽃처럼, 환하게 웃으며 달려온다. 이 상황이 재밌나 보다.

"대머리 될 것 같아."

깔깔 웃는 아이들과 건물 밑에 모여 있다가 장난기가 발동하여 슬쩍 한 아이의 등을 밀었다. 조금 밀려나 비를 맞은 아이가 질세라 내 팔을 잡아당긴다. 나도 잡아당긴다. 그러자 근처에 있던 아이들이 합심해 나를 잡고 빗속으로 뛰어든다.

쏴아아, 쏟아지는 비를 흠뻑 맞으며 운동장을 달렸다. 몇 명이 빗속으로 뛰어들자 다른 아이들도 연달아 달려 나오고, 한바탕 술래잡기가 벌어진다. 빗속에서 서로 밀고 당기며 끊임없이 웃음을 터트렸다. 한여름의 물놀이와는 다른 쾌감이었다.

누구도 의도하지 않았던 그 순간은, 내 마음에 돌연 섬

광을 일으키며 사진처럼 박혔다. 돌연 달려온 그 순간이, 그 순간을 지나는 지금이, 벌써 그립고 아쉬운 그런 찰나. 아주 오래 기억하게 될 거라는 예감이 들었다. 정말 기억하고 싶은 순간을 담기엔, 카메라는 언제나 한 발짝 늦다.

센 빗줄기에 불현듯 걱정이 되어 아이들에게 감기에 걸릴 수 있으니 다시 건물 밑으로 가자고 말했다. 그렇게 5분이 채 되지 않았던 빗속의 달리기는 끝이 났고, 비는 곧 그쳤다.

그날은 그렇게 해프닝처럼 끝났지만, 나는 아이들에게 먼저 다시 들어가자고 한 말을 오래 후회했다. 다음이 다시 찾아온다면 그때는 먼저 들어가자, 고 말하는 바보 같은 짓은 하지 않으리라 생각했다.

매일 함께했던 우리의 일상을 돌아보면 언제나 예상하지 못했던 순간들이 가슴에 남아 이야기꽃을 피운다. 강풍에 뒤집혔던 우산을 들고 바람에 떠밀리듯 걸었던 날, 한겨울 얼어버린 양재천이 궁금해 발을 디뎠다가 빠져버렸던 날, 길 잃은 지렁이를 나뭇가지로 집어 구해줬던 비 온 다음 날의 하굣길. 그런 날들은 이야기가 되어 이따금 아이들이랑 함께 꺼내보는 특별한 추억으로 남았다.

잘 정돈된 일상의 편안함과 안정감도 물론 소중하지만,

우리는 돌발적으로 일어나는 상황에서 뜻밖의 설렘과 깨달음을 얻게 된다. 그런 것들은 애초에 계획했던 것으로는 얻을 수 없는 영역인지도 모른다.

너무 많은 계획과 너무 많은 규칙에 매어 우리에게 아무 일도 일어나지 않길 바라는 교사가 되고 싶지 않다. 예상치 못한 순간에도 반짝이는 순간을 포착하여 간직할 수 있는 열린 마음을 갖고 싶다.

맑은 날에도, 비 오는 날에도, 또 어떤 예기치 못한 순간에도 아이들의 손을 잡고 온전히 그 순간에 뛰어들며 더 많은 이야기를 함께 만들어가야겠다.

비폭력대화 실천 편

미세먼지 탓에 실내활동이 많아지다 보니, 아이들이 몸이 근질근질하나 보다. 간식을 먹자마자 놀이터에 나가서 피구를 하자고 졸라댄다. 간식 먹은 거 뒷정리 좀 하고 갈 테니, 가고 싶은 아이들 모아서 먼저 놀이터에 가 있으라 했다. 규현이와 태식이를 비롯한 열 명 남짓의 아이들이 마당에 있는 피구공을 챙겨서 놀이터로 먼저 나갔다.

얼추 간식 뒷정리가 끝나고 서둘러서 동네 놀이터로 향했다. 가는 길에 태식이를 만났다. 아까 피구 한다고 우르르 몰려나갔던 아이들 중 한 명으로 기억하는데, 어찌된 일인지 터전으로 다시 들어오고 있는 참이다. 얼굴도 제대로 마주치지 않으려고 하는 것으로 봐서는 놀이터에 나가자마자 무슨 일이 있었던 게 틀림없다.

"태식아, 왜 놀지도 않고 벌써 다시 들어와?"

"규현이가 막 밀치고 때려요. 공을 자기가 가져왔다고 자기만 가지고 논대요."

"그래? 그럼 안 되지, 아무튼 터전에 가 있어. 내가 규현이한테 가서 이야기해볼 테니까."

얼굴 표정도 시무룩하고 눈두덩이도 살짝 부어 있는 걸로 봐서 오면서 조금 울었나 보다. 태식이를 터전으로 보내고는 놀이터로 다시 향했다. 태식이와 규현이는 자주 부딪히는 편이다. 둘 다 승부욕도 강하고 자기 표현이 확실하다. 서로 기질이 비슷하다 보니 자주 부딪힌다. 그럴 때마다 서로가 가지고 있던 이전의 서운함을 섞어서 표현하니 중재가 쉽지는 않다.

아이들의 세상은 어른들의 세상만큼이나 치열하다. 조금이라도 불편한 관계가 생기면 등을 돌리고 팔로워(관계)를 끊어버리는 요즘의 어른들에 비해 아이들은 다르다. 다툼이 있는 것이 당연하다. 배움 속에서 관계를 맺듯이 아이들은 관계를 통해 또 배우고 성장한다. 관계 속에서 나와 다름을 배우고 내가 좋아하는 것과 싫어하는 것을 배운다. 서로 알아주기를 바라며 치열하게 다툰다. 사람과 사람으로 만나기 때문에 그렇다. 이러한 다툼에서 아이들을 믿고 기다려줄 때, 아이들은 꾸밈없이 자신을 표현하고 서로를 이해하며 살아가는 방법을 배우는 것이다.

우선 어떤 상황에서 실제로 일어난 일을 판단이나 평가를 하지 않고 그대로 관찰한다.

"규현아, 이리 와서 나랑 태식이한테 가보자."

규현 : 아니, 태식이가 피구 하려고 공 달랬더니 막 피구공을 내 얼굴에 던지잖아요!

태식 : 다 같이 노는 공인데, 터전에서 자기가 들고 왔다며 달래서 줬는데, 막 밀치고 때려요!

규현 : 네가 던져서 내 얼굴 맞췄잖아!

태식 : 그냥 준 건데 네가 못 받아서 얼굴에 맞은 거잖아.

규현 : 저거 봐요. 쟤는 맨날 저래요. 맨날 우겨요.

태식 : 그렇다고 밀치고 때리는 게 어디 있어?

규현 : 네가 먼저 내 얼굴에 공 맞추고도 사과를 안 하니까 그렇지?

태식 : 네가 때려놓고 내가 왜 사과를 해야 하는 건데? 난 그냥 준 거라니까, 네가 못 받은 거잖아.

어떤 일이 있었는지 대충 짐작이 갔다. 놀이터에 피구를 하기 위해서 규현이가 터전에 있던 피구공을 들고 나갔고, 여럿이서 그 공을 가지고 이래저래 놀다가 우연치 않게 태식이 손에 간 거다. 규현이가 피구를 시작하려고 태식이에게 공을 건네라고 했는데, 좀더 가지고 놀고 싶었던 태식이가 바로 건네지 않자, 규현이가 재촉을 했고, 태식이는 마지못해 공을 던져준다는 것이 규현이의 얼굴에 맞은 모양이다. 그래서 규현이가 순간 화가 나서 태식이를 밀쳤고 서로 몸싸움을 하던 도중 규현이가 태식이를 걷어찬 것 같다.

상황 파악이 되었으니 두 아이가 서로의 행동에 대해 어떻게 느꼈는지 솔직하게 들어볼 차례다.

바가지 : 내가 지금 이 자리에서 누가 잘했고, 잘못했고를 가리고 싶지는 않아. 내가 그 자리에 있었던 것도 아니고 그것은 불가능해. 설사 잘잘못을 가렸다고 해도, 너희들 모두 거기에 수긍할 수 있겠니? 자, 차분히 감정을 가라앉히고 생각해보자. 이제 너희 둘에게 어떤 일이 있었는지는 알았으니까, 다음으로 서로 왜 이렇게 화가 나고 기분이 나빠졌는지, 그 기분이 어느 정도였는지 알고 싶어.

태식 : 규현이한테 공을 준다는 것이 그만 규현이 얼굴에 맞아버려서 순간 너무 당황했어요. 바로 사과를 하려던 참이었는데, 규현이가 순간 밀치니까, 화가 나서 사과하고 싶은 마음이 싹 사라져버렸어요. 게다가 피구할 때마다 저를 잘 끼워주지 않았던 것도 생각났구요.

규현 : 근데, 바가지, 저는 얼굴에 공을 맞으니까 너무 화가 나서, 태식이가 일부러 얼굴에 맞췄다는 생각이 들었어요. 그래서 순간 저도 모르게 밀치며 걷어찬 거예요.

이제 각자 서로에게 왜 화가 났는지를 알았으니, 상대방에게 하고 싶은 말을 건네면서 스스로 자신의 마음을 풀 수 있게 도와주어야 한다.

바가지 : 태식아, 사실 얼굴에 공 맞으면 순간 엄청 기분이 나빠지거든. 그런데 규현아, 아무리 기분이 나쁘다고 상대방을 때리는 게 옳은 일일 수는 없지 않겠니? 서로에게 더 하고 싶은 말은 없어? 누가 먼저 해볼래?

규현 : 내가 얼굴에 공을 맞아서 순간 너무 화가 나서 밀치고 걷어찬 거 미안해. 그리고 그동안 피구 안 껴준다고 했던 것도 미안해. 그렇지만 공을 돌려달라는데 못 들은

척하고, 그렇게 얼굴에 던지는 행동은 하지 않았으면 좋겠어.

태식 : 네가 갑자기 나를 밀쳐서 사과할 시간이 없었어. 미안해. 나는 피구할 때 그동안 네가 나를 안 껴주는 게 서운했어. 다음부터는 같이 피구했으면 좋겠어.

아이들의 갈등을 조절할 때는 대화로 풀라고 사과를 독촉하고 직접 해법을 정리해서 가르치기보다는 어떻게 이야기를 풀어갈 수 있을지 방향을 잡아주는 안내자 역할을 하는 것이 중요하다. 이것이 반복 훈련이 된다면 먼저 서로에게 벌어졌던 상황을 객관적으로 바라보고, 스스럼없이 자신의 생각과 감정을 표현할 수 있을 것이다. 그 과정에서 서로의 입장을 이해하고, 서로의 감정을 공감하게 된다.

이 아이들이 훗날 사회에 나가서 불리한 상황과 조건들에 놓인다 하더라도, 스스로 자신의 삶을 풍요롭게 하는 방향으로 이해하고 선택할 수 있는 힘을 기르는 훈련을 하는 것이 중요하다.

갈등의 중재가 잘되는 날은 하루가 참 보람차게 느껴진다. 이런 날은 아이들과 운동장에서 땀을 실컷 흘리며 축구 한판을 마친 것 같은 개운한 기분이 든다. 나도 부부싸움을 할 때 누가 좀 도와줬으면 좋겠다. 옹졸함에 빠지려고 할 때 조용히 옆에서 경고음을 내주었으면 좋겠다. 그리고 싸움이 끝나고 나면 누군가가 나의 마음을 읽어주었으면 좋겠다. 사실은 그럴 마음이 아니었다고. (언급된 갈등 조정 방법은 마셜 B.로젠버그의 〈비폭력대화〉에 소개된 대화방법 중 하나입니다.)

털 빠지는 사람 VS. 털 나는 사람

오늘도 나는 마당놀이, 포로탈출 심판을 보고 있다. 멍하니 관악산을 바라보니 옛날 생각이 절로 났다. 두근두근에 처음 교사가 되겠다고 면접을 보러 온 때가 생각이 났다. 그때 내 나이는 31살이었다.

두근두근에 자녀를 보내는 부모들은 자녀들이 이미 초등생이다 보니 나이가 나보다 훨씬 많았다. 사회생활의 경험이나, 자녀를 키워본 경험이 교사인 나보다 훨씬 많았다. 그래서 부모들과 이야기할 때는 누가 뭐라고 하지 않았는데도 주눅이 들 수밖에 없었다. 어떤 부모는 이런 나의 긴장감을 풀어주기 위해서였는지, 동생처럼 편하게 대하기도 했다. 하지만 교사로서 그런 상황은 그리 편치는 않았다.

조합 일을 교사와 부모가 함께 꾸려나가다 보면 교육의 방향성과 같은 부분에서 교사와 부모가 논쟁을 해야 할 때도 있다. 원하든 원치 않든 교사가 목소리를 높이고 얼굴을 붉히며 불편한 감정을 드러내야 할 때도 있다. 그럴 때 나이가 많은 부모들이 내가 이야기하는 내용과 불편한 감정에 집중하기보다는 젊은 교사의 패기가 좋아 보인다며 웃으며 넘어가려는 것이 불편하기도 했다.

그런데 20년이 지난 요즘은 전세가 역전되어 가고 있다. 늦둥이나 셋째 자녀를 두근에 보내는 부모를 제외한 웬만한 부모들보다 이제 내 나이가 많다. 아이들 만나는 것도 편해졌고 부모를 만나는 것도 많이 편해졌다. 그런데 역시나 옛날처럼 교사와 부모 간에 교육의 방향성에 관한 논쟁은 여전하다. 왜 두근에서 아이들이 이런 모습으로 놀이하고, 이런 모습으로 활동을 하고, 이런 모습으로 살아가야 하는지 설명도 해야 하고 때론 설득도 해야 한다. 교사가 가지고 있는 교육철학대로 실제로 아이들과 부모들 앞에서 살아 보이는 것이 가장 확실한 방법이다. 하지만 시간이 많이 들고 품도 많이 들고 인내도 필요하고 기다림도 필요하다.

교사도 사람인지라 그런 기다림과 인내의 시간을 견디지 못하고 한 번씩 버럭 할 때가 있다. 20여 년 전에 나보다 나이가 많았던 그 당시 부모들은 그것을 젊음의 패기라 불렀고, 지금의 나보다 나이가 적은 부모들은 그것을 바가지 나이에 누구나 겪는 일반적인 갱년기 증상이라고 일컫는다. 그리고 그것으로 퉁치려 한다. 속상하다. 분명 내 문제가 아닌데 말이다.

그러나 요즘은 이상하게 드라마를 보다가 눈물이 나온다. 어디선가 크리스마스 캐럴이 흘러나와도 마음이 전혀 설레지 않는 것은 그전과 똑같다. 하지만 하루하루 계절이 바뀌어가는 것이 너무도 선명하게 눈에 들어오고 하루하루가 너무 아쉽다. 그렇다고 이것을 갱년기라고 부르고 싶진 않다.

"어~어~어~~~~~~~~~~~~~~~~~~~~~~~~~~~~~~"

갑자기 높아져 가는 아이들의 함성 때문에 오랜만에 젖어본 상념에서 눈을 번쩍 떴다. 최선욱이 이리저리 기회를 노리다가 수비가 느슨한 틈을 타 단숨에 적진을 향하여 쏜살같이 뛰어 내달린다. 이미 죽어서 적진에 포로가 되어 굴비 엮이듯 한 줄로 손을 늘여 잡고 있던 아이들은 최선욱이 자기들을 살리러 오는 모습을 보고 환호를 지른다.

최선욱이 감옥에 뛰어들어 '땡' 하고 기둥을 내리치는 순간 모든 아이들이 잡고 있던 동료 손을 풀고 자기 진영으로 도망쳐 달아난다. 그런데 심판을 보고 있던 내 눈에 안 보였어야 했는데, 한 장면이 줌인(zoom in)이 되어 정확히 보이고 말았다. 그리고 바로 크게 외쳤다.

"신종우! 부정 출발!, 감옥으로 다시 복귀!"

최선욱이 기둥을 땡치는 순간, 영점 몇 초 전에 신종우의 손을 잡고 있던 아이가 신종우의 손을 놓쳐버린 것이다. 땡칠 때까지 모든 아이들이 손을 붙잡고 연결되어 있어야 모든 아이들이 살아서 도망칠 수가 있다. 땡치기도 전에 손이 끊어졌으니 살아서 도망갈 수가 없는 것이고, 그것을 내가 심판의 자격으로 정확히 발견한 것이다.

그것을 자기도 스스로 인정했던지 신종우는 심판인 나에게 불만을 토로할 수는 없었나 보다. 그러나 대신 자기 손을 미리 놓아버린 아이를 원망이라도 하듯이 자기 신발을 벗어서 땅바닥에 내팽개치는 것이다. 혹여 불똥이 나에게까지 튈지 모르니 일단 모른 척하고 속으로만 고소해하며 킥킥대며 다른 곳을 보면서 딴청을 피웠다. 한 번 그러다 말겠지 했는데, 신발을 연거푸 땅바닥에 내팽개치는데, 한 번, 두 번, 세 번, 네 번, 다섯 번!

'아 저건 너무 과한데, 저건 나한테 화풀이하는 건데.'

속으로만 일단 생각하고 있었다. 일단 저 불똥이 나에게 튀면 큰일이다. 속으로 고소해하는 마음이 얼굴에 드러날까봐 얼굴 표정을 정리하고, 한번 헛기침을 하고는,

"신종우, 이제 그만하자."

무게감 있는 목소리로 지긋이 눌러주었다. 신발을 내팽개치는 것은 멈추었으나 눈빛은 여전히 상기되어 있었다. 금방이라도 나를 잡아먹을 듯했다. 그날 일은 그렇게 일단락됐다. 그리고 며칠이 지났다. 오전 교사회의 시간이 되어 교사들은 모여 앉았다.

오늘 회의는 고학년 아이들의 사춘기 모습을 어떻게 바라봐야 하는가 하는 주제를 놓고 토론을 하는 날이었다. 이런저런 이야기를 하다가 문득 그때 일이 생각났다. 며칠 전에 종우랑 이런 일이 있었다고 이야기했더니 동료교사 모아도 종우와 비슷한 일을 겪었다고 이야기했다. 그래서 종우를 많이 혼냈다고 한다. 그리고 종우도 반성하는 모습을 보였다고 한다. 그런 이야기를 듣고 나니 마음이 좀 좋지 않아, 회의를 끝내고 종우를 찾았다.

"종우야, 너 요즘 왜 그래? 선생님들이 종우를 어렸을 때부터 얼마나 예뻐하고 귀여워했는데, 그런 선생님들이 요

즘 달라진 종우의 모습을 보고 얼마나 걱정이 많은데."

"죄송합니다."

"종우야, 네 스스로 너를 볼 때 요즘 왜 그렇게 화를 많이 내는 것 같아?"

"어, 저도 잘 모르겠어요. 아마도 사춘기여서 그러는 것 같아요."

"어, 사춘기, 사춘기라, 그러면 너는 언제 내가 사춘기구나 하고 느껴?"

"어, 어, 어, 그냥, 뭐, 고추에, 어, 어, 자꾸 털이 나요."

잠시 대화를 이어나가지 못하고 속에서 웃음이 터져나왔지만 그래도 꾹 참았다.

'짜식, 아직 사춘기 아니구만, 아무리 어려서부터 봐온 사이지만, 선생님 앞에서 자기 고추에 털 난다고 아무렇지도 않게 이야기하는 놈이 도대체 무슨 놈의 사춘기, 아니야, 아니야. 괜한 자기 변명이지.'

분명히 달래주려 시작한 대화였는데 사춘기 이야기를 듣자마자 이상하게도 갑자기 얼굴이 빨개지며 이유 없이 화가 올라왔다.

"너 며칠 전에 포로탈출 마당놀이 하다가, 죽은 것이 억울해서 바가지 앞에서 보란 듯이 신발을 벗어서 땅바닥에 내팽개친 거 기억나? 안 나? 그것도 한두 번이 아니고 여러 번, 그것도 바가지 보란 듯이 말이야. 나를 그런 식으로 위협하는 거야?"

"아니오."

"물론 놀다 보면 화가 날 수 있지, 그렇다고 어린 동생들이 다 보는 앞에서, 교사 앞에서 그렇게 네 멋대로 화를 내도 되는 거야?

"아니오."

"한 번만 더 그렇게 화난다고 멋대로 분풀이하면 아주 혼날 줄 알아, 알았어?"

"예."

"뭐, 사춘기면 다야? 뭐, 사춘기면 뭐, 다 이해줘야 하고, 뭐, 사춘기면 뭐, 다 받아줘야 하는 거야?"

"아니오."

이쯤 하니 종우의 표정에서 반성하는 모습이 역력했다. 눈빛도 누그러들었다. 그런 종우의 모습을 보고 나니 나의 목소리 톤도 자연스럽게 누그러들 수밖에 없었다. 여기까지만 했어야 했는데.

"뭐, 사춘기 너만 성질 있어? 어, 나는, 나는, 갱년기야."

"갱년기요? 그게 뭔데요?"

"갱년기? 그니까, 그게, 아무튼, 어, 그래, 털이 빠지는 거다, 왜?"

"털이 빠져요? 어디?"

"그게 그렇게 중요해? 더 이상 물어보지 말고 갱년기인 나한테 아무튼 까불지 마, 알았어?"

"예."

아이 앞에서 순간 올라왔던 화를 참지 못하고 그 자리에서 다 풀고, 나중에 진정이 되고 돌아보면 후회스러울 때가 수도 없이 많다. 조금 전에 화냈던 나 스스로의 못난 모습이 부끄러워서이기도 하고 아이의 마음을 조금이라도 풀어주고 싶은 마음도 있고, 어색한 상황을 자연스럽게 반전시키고 싶은 마음도 있었을 것이다. 그런데 오늘은 꼬여도 너무 꼬였다. 요즘 내가 진짜 왜 이러냐….

상황에도 맞지 않는 엉뚱한 대답을 해놓고 나니 이 상황을 어떻게 수습해야 하나 걱정이 되었다. 그래도 아무렇지 않은 듯 떠듬떠듬 말을 이어갔다.

"털이 나는 게 좋아? 빠지는 게 좋아?"

"나는 거요."

"그러면 털 나는 사람이 스트레스가 많겠어? 빠지는 사람이 스트레스가 많겠어?"

"빠지는 사람이요."

"그러니까, 앞으로 나한테 까불지 말라고."

"예."

그날 모든 일은 그렇게 마무리됐다.

어린이집과 유치원을 졸업하고 처음 초등학교를 입학하면서부터 아이들은 두근 생활을 시작한다. 1학년 아이들은 얼마나 예쁜지 모른다. 어떤 이야기를 들려줘도 잘 웃고, 어떤 말을 해도 다 믿는다. 교사들의 부탁도 잘 들어주고 교사 옆에 와서 얼마나 재잘거리는지 모른다. 어떤 말을 해도 다 예쁘다. 울어도 예쁘고 떼를 써도 예쁘다. 교사들이 하자고 하는 놀이나 활동들을 마다하지 않고 동참한다.

그랬던 아이들이 두근에서 6년을 보내고 졸업할 때 즈음이면 많이 달라져 있다. 이미 덩치는 교사만큼이나 커져 있다. 잘 웃지도 않는다. 교사가 어쩌다 웃겨주려고 노력하면 그 성의를 봐서 마지못해 웃어줄 뿐이다. 교사가 하는 말이 모두 다 맞는 것이 아니라는 것도 알고 있다. 가끔 말을 많이 할 때가 있긴 한데, 들어줄 수 있는 말이 많지는 않다. 많은 인내가 필요하다.

그러다 두근을 졸업하고 중학생이 되면 길거리에서 교

사들을 마주치지 않으려고 부단히 노력한다. 멀리서 멀쩡히 오다가도 교사를 보면 뒤로 후진해서 다시 왔던 길을 아무 이유 없이 되돌아가거나 때론 다른 길로 돌아서 간다. 그것도 여의치 않으면 같은 교복을 입은 친구 무더기 속에 자기를 파묻고 걸어가며 위기를 모면한다.

자기 딴에는 들키지 않았다고 생각하겠지만 보인다. 뒤돌아가는 뒷모습만 봐도 누구인지 알아차릴 수 있다. 다른 길로 돌아가는 옆모습만 봐도 알아차릴 수 있다. 숨어서 옆을 지나는 모습만 봐도 다 알아차릴 수 있다. 6년을 함께 보냈던 교사들 눈에는 선명하게 다 보인다.

자기의 어린 시절의 모습을 모두 알고 있는 교사와 인사를 나누는 것이 중학교 가서 새로 사귄 친구들 앞에서 면이 서지 않는 모양이다. 그래도 괜찮다. 그러다가 시간이 지나 조금 더 커서 고등학생이 되면 상황이 달라진다. 길을 걷다가 낯선 사람이 뒤에서 내 어깨를 치면서 "바가지, 안녕하셨어요? 저 ○○예요. 기억 나세요?" 하고 먼저 와서 인사를 건넨다. 반갑다. 고맙다. 흐뭇하다.

고등학생이 된다는 것은 두근과 함께했던 초등 시절 6년이 자기 삶에서 어떤 의미인지 설명할 수 있는 나이가 되었나 보다. 두근 시절 어리고 미숙한 자기 모습을 인정하기도 하고 그리워하기도 한다. 중학교 때는 교사들의 눈을 피해 다녔다는 사실도 스스로 인정한다. 그때는 너무 죄송하다고, 그때는 철이 없어서 그랬다고, 그냥 왠지 그때는 모든 것이 쑥스러웠다고….

계절처럼 아이들은 그렇게 커간다. 나도 나이가 드나 보다.

4

조합살이 어떤가요?

우리는 알지 못합니다

두근두근방과후에서는 활동적인 놀이와 활동이 하루 일상의 대부분을 차지한다. 이러한 활동들로 아이들과 정신없이 지내다가 저녁이 되어서 아이들이 모두 집으로 돌아가고 나면 가끔 마음이 공허할 때가 있다. 이렇게 혼자 남아 뒷정리를 하다 보면 문득 난 내 스스로 무엇을 하는 사람인지 궁금할 때가 있다.

애 보는 사람 같기도 하고, 어떤 때는 아이들과 놀아주는 사람인 것 같기도 하다. 그리고 교육을 하는 사람 같기도 하다. 그렇다고 교육을 하는 사람이라고만 하기에는 몸에 맞지 않은 옷을 입은 것처럼, 스스로 부담스럽다. 그렇다고 교육이 아니라고 하기에는 너무도 공허하다.

나는 무엇을 하는 사람일까? 교육이라는 것은 도대체 무엇이기에 입기에는 부담스럽고 벗어 던지기에는 공허한 것일까?

한때 이러한 생각으로 머리가 복잡했을 때, '교육', 'education'의 어원을 알고 나서는 오히려 머리가 가벼워진 적이 있었다. 에듀케이션의 어원은 그리스어에서 출발했으며 뜻은 '밖으로 끌어낸다'라는 의미를 담고 있다. '교육'을 많은 지식을 가진 교사가 일방적으로 아이들에게 가르쳐주는 것이라고 말하기보다는, 오히려 거꾸로 아이들이 가지고 있는 잠재력을 스스로 꺼낼 수 있게 돕는 것이 교육이라고 한다. 이 의미가 너무도 신선했다. 그동안 가지고 살아왔던 마음의 짐을 한결 덜어내는 느낌이었다.

그 내용을 조금 더 들여다보면, 아이들은 백지상태로 태어나는 것이 아니라, 태어나면서부터 무엇인가를 이미 가지고 있기 때문에 그 무엇인가를 밖으로 잘 발현시킬 수 있도록 돕는 것이 교육의 본질이라는 말이다.

어느 한쪽만이 온전하게 교육이라고 말하기에는 부족함이 있겠지만, 두근두근에서 아이들과 살아가면서 '에듀케이션'이 가지고 있는 본래 어원의 의미를 실감나게 공감하며 살아가곤 한다. 어쨌든 교육이라는 것을 머릿속으로 스스로 정리할 수 있게 되자, 또 다른 고민이 올라왔다. 그렇다면 아이들은 무엇을 가지고 태어나는 것이며 그 무엇을 어떻게 끌어낼 수 있을까? 이 두 가지 질문에 사람마다 다른 의견이 있을 것이고, 나 또한 그 두 가지 질문에 뭐라 답하기가 쉽지만은 않다.

교사로서 아이들과 함께 살아가면서, 이 두 가지 질문에 명확히 답할 수는 없으나, 아이들이 어떤 상태에 놓여 있을 때 자기의 고유한 모습을 발견하고 잘 찾아가는지 알 수 있었다.

아이들은 어른들에 비해서 다소 비현실적이고, 비합리적이기도 하고, 주변의 상황을 자기중심적으로 해석하기도 하고, 때로는 무책임해 보이기도 한다. 하지만 대부분의 아이들은 어른들보다 사고가 유연하며, 솔직하며, 자기 잘못에 대한 인정을 잘하며, 너무 본능에 충실한 나머지 경쟁하기를 좋아하기도 하지만 화해를 통한 공존 또한 잘 한다.

이러한 아이들의 일반적인 성향도 있지만, 자기만의 개별적인 성향도 가지고 있다. 아이들마다 무엇인가에 반응하는 속도가 다르고, 반응하는 표현 방식도 다르다. 동기부여를 받은 대상도 다르고, 동기부여를 받는 시기도 다르며 그것을 실현시키는 방식과 속도도 저마다 다르다.

이러한 아이들의 일반적인 성향과 개별적인 성향들이 배려되지 않은 채 교육이라는 이름으로 일방적이고 획일적으로 접근할 때 아이들은 쉽게 집중력과 호기심을 잃어버리고 시들어버리고 만다.

자기가 가지고 있는 원래 고유한 모습이 자기 속도에 자기가 선택한 방식으로 잘 발현될 때 자기를 스스로 존중하고 주변의 아이도 존중할 수 있는 아이가 된다. 주위를 의식해서 착한 아이가 되기 위해서, 혹은 리더십을 가진 아이나 주체적인 아이가 되기 위해서 애쓰지 않아도 된다.

이러한 생각을 근간으로 하고 있기에 두근에서 이루어지는 놀이와 교육 활동은 서로 비슷비슷한 공통된 특징들을 가지고 있을 수밖에 없다.

시간이 걸리지만 교사들은 아이들의 목소리와 욕구에 귀 기울이려 노력하고, 놀이와 활동을 강요하기보다는, 스스로 선택하고 책임지게 한다. 놀이와 활동에 대한 동기부여를 받는 방식과 속도가 다름을 인정하기에 드나듦이 자유로운 열린 구조로 기획한다.

놀이와 활동에서 한 가지 목표와 방법론을 제시하고 아이들을 이끌어나가기보다는 여러 단계에서 아이들의 여러 의견과 욕구를 참여시켜서 그 결과물을 오롯이 아이들이 자기 것으로 가져가게 하려고 노력한다.

그렇게 되면 아이들은 주체적이고, 창의적으로 놀이와 활동에 참여한다. 주체적이고 창의적인, 선언적인 말로 놀이와 활동을 구성해나가다 보면 오히려 그 언어에 갇히고 만다.

두근두근은 놀이와 활동의 과정 안에 아이들의 참여를 기꺼이 받아들이려 노력할 뿐이지, 아이들을 주체적이고 창의적인 아이로 키우는 방법을 알고 있지는 않다.

무엇이 아이와
교사를 '몰입'하게
하는가

두근에서 아이들은 교사의 이름이나 선생님이라는 호칭을 부르지 않고 별칭으로 부른다. 학교를 마친 후 긴장감을 풀고 자유롭게 놀고 쉬면서 생활하는 공간에서 선생님이라는 호칭은 어울리지 않는 것 같다. 교사들의 별칭을 유심히 살펴보면 그들이 교사로서 지향하는 바가 무엇인지 알 수 있다.

희한 선생님은 피아노를 치며 아이들과 노래 부르기를 좋아한다. 카혼과 젬베도 잘 친다. 같이 노래 부를 아이가 없을 때는 피아노 방에서 혼자 피아노 치며 노래 부르는 것도 좋아한다. 또한 터전에서 아이들과 함께, 요리하는 것도 좋아한다. 터전에서 아이들과 분식집을 내서 대박이

난 적도 있다. 아이들과 함께하는 모래놀이, 물놀이도 좋아한다. 축구와 농구도 잘한다. 아이들과 재미나고 맛깔나게 이야기를 주고받는 것을 즐겨한다. 그래서 아이들과 함께하는 레크레이션 사회를 도맡고 있다.

작은눈 선생님은 뚝딱뚝딱방의 주인장이다. 아이들과 함께 목공활동을 즐긴다. 숟가락·젓가락 깎기, 칼림바 악기 만들기, 우드 버닝 등 생활에 필요한 다양한 것들을 아이들과 함께 만들어낸다. 아이들과 보드게임을 하는 것을 좋아하고 탁구 치는 것을 좋아한다. 병뚜껑 모으는 것이 취미여서 아이들이 탐내하는 병뚜껑을 많이 가지고 있다. 작은 장난감, 미니어처, 액세서리 등을 모으는 것을 즐겨, 가끔 이것들을 두근에 가지고 와서 작은 벼룩시장을 열어 보따리를 풀어놓기도 한다.

구름 선생님은 아이들과 텃밭 활동을 하는 것을 좋아한다. 옥상에다가 농작물뿐만 아니라 허브와 꽃을 심어서 가꾸었다. 감성적인 도시 농부라고나 할까. 사방치기, 긴줄넘기, 오징어달구지 등 아이들과 전래놀이를 즐긴다. 때로는 산에 가서 아이들과 풀과 나무, 벌레와 같은 생태 공부를 하는 것을 좋아한다. 아이들의 이야기를 섬세하게 들어주며 아이들의 마음도 잘 어루만져준다.

봄 선생님은 아이들과 태권도 활동을 한다. 공인 태권도 4단 보유자이다. 두근에서 제일 젊은 선생님이다. 여자, 남자 아이들 가릴 것 없이 봄 선생님에게 스스럼없이 말을 건네고 몸 놀이를 한다. 아이들과 같이 섞여 있는 봄 선생님을 보고 아마가 못 알아보고 반말을 한 적도 있다.

방구 선생님은 가장 최근에 두근에 왔다. 별명이 방구인데 방귀를 뀐 것을 들은 적이 없을 만큼 깔끔한 성격의 소유자다. 청소하는 것을 좋아하며, 특히 교재교구실 정리정돈의 달인이다. 성격도 꼼꼼하다. 겉으로 보기에는 빈틈이 없어 보이지만, 가끔 의외인 곳에서 구멍이 나기도 한다. 아이들과 동화책활동, 연극활동, 미술활동, 역사클럽활동, 바느질활동 등을 하면서 지낸다. 그 중에서 제일 잘하는 것은 머리가 긴 여아아이들의 머리를 매일같이 예쁘게 따주는 일이다. 정리 안 된 여자아이들의 머리를 다듬어주면서 감수성이 높은 고학년 여아들의 이야기를 언니처럼 잘 들어준다.

느티 선생님은 주방에서 아이들의 먹거리를 책임진다. 어떻게 하면 점심과 오후 간식을 맛있게 먹일 수 있을까 늘 고민하며 새로운 것을 시도한다. 아이들이 음식을 먹을 때는 항상 옆에서 앉아, 엄마처럼 말을 붙이기도 하고 재미난 이야기도 들려준다. 여유가 있을 때는 아이들과 쌀밥 보리밥 놀이를 하거나 작은 아이들을 업어주기도 한다.

아이들과 몇 달씩 프로젝트 활동을 집중하여 진행하다 보면 하루하루가 빨리 지나간다. 그러다가 활동이 끝나면 일상으로 돌아가는데, 며칠간 공허함에 빠질 때도 있다.

활동에 집중해 있는 동안, 그 활동에 참여하지 않았던 아이들은 나름대로의 놀이판을 짜놓은 지 오래다. 교사인 내가 끼어들 틈이 보이질 않는다. 그럴 때는 아이러니하게도 놀이에 끼지 못하는 아이처럼 교사도 서글플 때가 있다.

일상의 놀이와 활동을 잘 짜여진 상태로 아이들에게 제공하지 않듯, 교사도 정해진 커리큘럼이 있는 것은 아니다. 교사도 아이들처럼 하루하루를 누구와 무엇을 하며 어떻게 보낼 것인지 스스로 찾아다니고 스스로 선택하고 스스로 만든다.

그러기에 두근에 처음 온 교사는 처음에는 힘들긴 하지만, 나중에는 그러한 무수한 일상의 스토리들이 모여 다른 스토리로 이어지기도 하고 그 스토리가 놀이가 되고, 활동이 되기도 한다.

하지만 이 시점에서 무턱대고 학교 수업과 같은 방식으로 활동을 진행하려고 하면, 아이들은 이미 눈치채고 자리를 떠나버린다. 어렵게 마련된 활동의 싹을 아쉽게 놓치는 순간이다.

무엇이 아이와 교사의 몰입을 이끌어낼 수 있을까?

두근두근이 처음부터 현재의 자율발생적 놀이 시스템을 도입한 것은 아니었다. 많은 실험과 도전한 경험을 바탕으로 아이들이 어떠한 환경에 놓여 있을 때 스스로 동기부여와 자발성과 책임성이 극대화되는지를 고민한다. 이렇게 해서 회복되고 늘어난 성취감과 자존감이 아이의 성장동력의 밑거름이 될 것이라는 믿음의 토대가 있었기에 가능한 일이었다.

다른 방과후나 사설학원에서 좋다고 여겨지는 활동이었는데 막상 두근두근에 도입하면 제 빛을 발휘하지 못했다. 그것이 학습과 연관이 되면 더더욱 그러했다. 아이들에게 동기를 불어넣어 참여를 이끌어내고, 아이들과 함께 살린 불씨를 키워나갈 수 있는 활동이 필요하다. 그것은 아이들이 자유놀이를 포기하고 기꺼이 참여할 수 있을 만큼 매력적이어야 하고, 그 활동을 진행하는 방식도 달라야 하는 것이다.

하지만 그것보다 먼저 선행되어야 할 중요한 점은 평상시 교사가 아이들과 얼마나 좋은 신뢰관계를 형성하는 것이다. 아무리 좋은 커리큘럼과 활동이 준비되어 있다 하더라도, 그것을 진행하는 교사가 아이들과 상호 신뢰가 형성되어 있지 않으면, 아이들을 활동에 끌어들이는 데 한계를 느끼고, 끌어들였다 하더라도 오래 진행시켜 나가기가 어렵다.

그러기에 교사 자신은 자신 스스로에게 매일 질문을 하게 된다. 오늘 아이들과 좋은 관계를 형성했는지, 아이들에게 무조건 교사의 생각을 강요하지 않았는지, 얼마나 아이들과 공감하고 소통하려 했는지에 대한 질문이다. 이러한 질문을 통해 아이들이 교사에게 편하게 말을 건넬 수 있는 관계여야 한다.

또 하나의 중요한 포인트는 교사 스스로의 삶에 대한 의미부여이다. 교육활동이 교사의 삶에 의미부여가 되어야만 교사 스스로 몰입과 배움과 성장이 이루어진다. 이러한 부분이 부족하다면 교육의 효과는 한계성을 가질 수밖에 없고, 바쁘고 반복된 생활 속에서 지칠 수밖에 없다.

교사도 아이들과 마찬가지로 자신만의 속도가 있다. 하지만 아이들과 매일 치열하게 지내고 반복적인 아마들의 걱정을 듣고 있노라면 어느 순간 자존감이 한풀 꺾일 때가 있다. 그럴 때면 '이렇게 감정적인데 나는 과연 교사로서 좋은 사람인가?' 하며 자신감이 한없이 바닥으로 떨어질 때도 있다. 알면서도 그런 순간은 매번 새롭고 힘들다.

하지만 그러한 감정을 주는 이도, 그 감정에서 꺼내어 주는 이도 아이들과 동료교사, 아마들이다. 서로가 지지해주고 기다려주는 관계이기 때문에 가능하다. 이들에게는 내 마음을 바닥까지 다 열어보여도 된다. 두근두근은 교사와 부모, 아이들이 더불어 함께 성장하는 공간이기 때문이다.

지난 20여 년간 두근두근방과후가 추구해온 교육의 방향과 틀을 만드는 과정이 꽃길만은 아니었던 것을 인정한다. 새롭게 변화하고 싶어도 교사 한 사람 한 사람의 한계, 교사회 전체의 한계를 인정해야 할 때가 많았다. 어떤 방향을 갖고 활동을 한 뒤에 그 방향이 온전하게 맞았는지 함께 검토해줄 동료가 없을 때도 있었다. 그럴 때마다 틀과 공식을 더욱 견고히 만들어내고는 그 틀 때문에 스스로 지쳐 힘이 다 빠질 때까지 시간을 허비해야 할 때도 있었다.

두근두근 교사회의 교육 내용과 틀거리가 교사 개인의 잠재되어 있는 능력을 끌어내 아이들과 함께 배워나간다는 교감을 이끌어낸다고 자신 있게 말할 수는 없을 것 같다. 아이들과 지내다 보면 물리적인 시간도 부족하지만 교사 자체의 몰입과 성장을 이끌어낼 하드웨어적인 시스템이 마련되기는 요원한 현실임을 인정한다.

다만, 두근두근 교사로서 중요한 것은 좋은 활동을 수도 없이 만들어내기보다는 한 가지 활동을 하더라도 아이와 교사 모두 몰입의 경험을 가져야 한다는 것이다. 몰입만 일어난다면 가치와 성과는 자연스레 얻어진다는 것을 우리는 경험을 통해 학습했고, 이러한 불씨를 살리기 위해 오늘도 교사회는 머리를 맞대고 의견을 교환한다.

함께 성장하는, 더불어 사는 법을 배우는 두근두근 방과후. 이전에도 그랬듯이 앞으로도 두근두근 교사회는 부모와 아이, 교사가 함께 성장하는 공동체를 만들기 위해 더 노력할 것이다.

친밀감보다 신뢰감

두근에는 많은 사람이 살아간다. 사람이 많으니 말이 많다. 공식적인 회의나 간담회도 많고, 비공식적인 모의와 뒷담화도 많다.

정확한 사실과 정보가 공지 글이나 회의록 형태로 유통된다. 반대로 '내가 여기까지는 말 안 하려고 했는데'로 시작하는 말들도 유통된다. '말이 나온김에 말인데'로 시작하는 말들도 유통된다. '너만 알고 있어'로 시작하는 말들이 가끔은 너 빼고 다 아는 경우도 있다.

말은 정보의 유통 기능도 있지만 사교의 기능도 있다. 정확한 정보와 사실만 유통될 수 있도록 어느 누가 통제할 수도 없고 통제해서도 안 된다.

한번 던져진 말은, 말을 한 사람이 아닌, 듣는 사람의 것이 되고 만다. 그 말을 유통할지 말지는 듣는 사람이 결정하게 된다. 그것을 유통시킬 때에는, 말한 사람, 듣는 사람, 모두에게 책임감이 부여된다.

부모들 간에 사적으로 모인 자리에서 나눈 말 중에 부정적인 말은 유통을 안 시키는 것이 좋다. 부정적인 말은 너무도 매혹적이고 달콤하며 전염성이 강하고 치명적이다. 그런 말은 듣고 그 자리에서 잊는 것이 상책이다. 자체 백신을 통해서 중간중간 감염의 연결고리를 끊어낸다. 부모들 간에 사적인 자리에서 나온 말 중에 유통시킬 필요가 있을 때에는 분명한 출처가 필요하다. 그래야 그 말에 책임감이 부여된다.

부모와 교사간에 사적인 모임이 있을 수 있다. 평소에 표현하지 못하는 감사의 마음을 전하기도 하고, 서로가 가지고 있는 고민과 속마음을 들어주고 공감해주기도 한다. 그것을 통해 부모와 교사간에 상호 동질감과 유대감이 형성되기도 한다.

하지만 부모와 교사간의 사적인 모임도 공적인 영역 안으로 끌어들여서 교사나 부모 중에 소통에서 소외되는 사람이 없도록 한다. 그래야 그 소통이 객관성과 책임성을 가질 수 있다. 일부 부모나 일부 교사만의 잦은 사적 모임은 공식적인 경로가 있는데도 불구하고, 부정확하고 책임성 없는 정보들이 유통되는 통로로 활용된다.

교사가 부모로부터 정제되지 않은 정보를 많이 얻는다고 해서 좋은 판단을 할 수 있는 것은 아니다. 필요 이상의 정제되지 않은 정보는 교사에게는 부담감과 무력감으로 작용한다.

교사는 부모가 될 수 없듯이 부모는 교사가 될 수 없다. 서로의 입장을 머리로 이해할 수는 있어도 실제로 공감하기는 쉽지 않다. 교사는 부모가 되려고, 부모는 교사가 되려고 노력하지 않아도 된다. 서로의 입장을 이해하고 거기에 맞는 합의점을 찾으면 되는 것이다.

교사와 부모 사이에는 친밀감보다는 신뢰감만 있으면 된다. 너무 친밀해지려고 노력하다 보면 신뢰감마저 금이 갈 수 있다. 적절한 사회적 거리가 건강한 관계를 오래 지속하게 만든다.

두근에는 많은 사람이 있다. 사람이 많으니 말이 많다. 말이 많으니 그만큼 재미있다. 하지만 말이 많아 재미가 있어도, 탈은 없어야 한다.

정성스럽게 경청해 주세요

두근의 매일은 아이들의 생동감으로 넘쳐난다. 보는 이에 따라서 이렇게 살아가는 우리의 모습을 정신없어 할지도 모른다. 현관에 들어서면 벗어 던진 신발들이 한가득, 방바닥에는 모래가 꺼끌꺼끌, 손 씻는 세면대 앞 방바닥에는 언제나 물기가 가득하다. 옷걸이에 걸어놓은 옷들도 줄줄 흘러내린다.

아이들의 이런 모습을 교사들이 방치하는 것처럼 보이지만, 그렇지 않다. 교사들도 아이들이 자기 신발을 잘 정리했으면 좋겠고, 바닥에는 모래 하나 없도록 깨끗이 밖에서 털고 왔으면 좋겠고, 옷도 가지런히 옷걸이에 걸었으면 좋겠다.

다만, 그러한 물리적인 질서를 너무 강조한 나머지, 교사와 아이의 관계적인 질서가 깨질까 우려할 뿐이다. 두근에서는 신발 정리를 잘하는 아이로 키우려는 것이 아니라, 정리 안 된 다른 아이의 신발을 같이 정리하자고 누군가 제안했을 때, 기꺼이 마음을 낼 수 있는, 관계적인 질서가 살아 있는 아이로 키우고 싶다.

물론 아이들 간에 관계적인 질서가 일시적으로 깨져서 다시 질서를 바로잡아야 할 때도 있다. 아이들 사이에 다툼이 있거나, 또래나 형이나 언니들로부터 소외당하는 경우에 교사가 개입한다. 두근에서는 아이들의 이러한 다툼을 장려하지는 않지만, 그렇다고 문제가 원천적으로 발생하지 않도록 거기에 걸맞은 물리적인 질서를 세우려고 하지 않는다.

오히려 사람과 사람 간에 일어나는 자연스러운 삶의 형태로 받아들인다. 이번 일을 통해 무엇을 배울지 아이들과 고민한다. 같은 일이 반복되지 않도록 아이들 스스로 힘을 기르게 하고 스스로 관계를 회복해나갈 수 있도록 교사는 아이들을 돕는 것에 집중한다.

그러기 위해서는 몇 가지 원칙과 과정과 절차가 필요하다. 아이들이 방과후에서 다른 아이로부터 부당한 대우를 받았다고 집에 가서 부모에게 이야기할 때가 있다. 그럴 때 부모는 어떤 태도를 취해야 할까? 답은 '정성스럽게 경청해주어야 한다.'이다.

하지만 경청은 해주되 공감해주기는 아직 이르다. 아이의 이야기를 다 듣고 나면, 부모의 마음은 아프지만 조금 참아야 한다. 그 대신 "내가 어떻게 된 일인지 선생님께 물어보고, 선생님과 상의해서 문제를 해결할 수 있도록 할게."라고 말해줘야 한다. 아이는 부모 앞에서 자기중심적으로 이야기하기도 한다. 본인이 어떻게 한 것보다는 상대방이 나에게 어떻게 한 것에만 집중하는 경향이 있다.

아이가 지금 부모에게 하고 있는 말이 교사에게 다시 한 번 팩트체크 된다는 것을 인지할 수 있게 해준다. 그것은 아이가 부모에게 자기상황을 객관화해서 말할 수 있도록 도울 뿐 아니라, 부모 자신도 객관성을 유지할 수 있게 해준다.

아이가 하는 말을 있는 그대로 받아들이고, 여기에 부모 본인의 감정까지 이입시켜서, 필요 이상으로 부모의 감정이 흔들리는 모습을 아이에게 보일 수 있다. 그러면 아이는 다음에도 비슷한 상황에서 비슷한 방식으로 부모의 감정선을 자극하는 습관을 갖는다. 그러한 부모의 모습을 바라보면서 아이는 부모로부터 관심과 위로를 받고 있다고 판단할 수 있다.

부모가 교사에게 연락해서 아이가 어떠한 상황에 놓여 있었는지 확인하는 것이 제일 우선이다. 본인의 아이에게 나름의 대처방식을 지도하거나, 상대방의 부모에게 연락해서 사실관계를 확인하려 한다든가 하는 것은 섣부르다. 또한 친한 부모에게 연락해서 정보를 수집하거나 위로를 받으려거나 공감대를 형성해가려는 모습도 일을 그르칠 수 있다.

부모로부터 이야기를 들은 교사는 교사회 회의를 통해서 아이들의 관계회복에 필요한 '아이들과의 소통계획'을 수립한다. '아이들과의 소통계획'에 포함되어야 할 내용은 '아이들과의 소통의 주체', '소통의 대상과 범위', '소통의 방식과 절차'가 포함된다.

이렇게 마련된 '소통계획'을 아이들에게 실행하기 전에 해야 하는 것이 있다. 관계에 놓인 아이의 부모들에게 '소통계획'을 공유해서 부모들의 의사를 반영한다. 그래야 '소통계획'이 실행된 이후의 결과와 차후 계획들에 대해서 부모 본인 스스로가 책임감을 가지게 된다.

이러한 '소통계획'을 아이들에게 적용하면서 교사는 아

이들에게나 부모들에게 중립적이고 객관적인 태도를 취한다. 아이들이 하는 말에 교사 본인의 감정을 싣거나, 섣부른 짐작이나 판단을 하는 것은 '소통계획'을 실행하는 주체로서, 아이나 부모로부터 신뢰감을 얻기가 어렵다.

교사와 아이들간에 소통할 때에 나왔던 내용을 부모에게 전달할 때는 교사의 감정이나 판단이 첨가되지 않도록 한다. 필요하다면 아이들이 서로 주고받은 말을 있는 그대로 옮김으로써, 부모 스스로가 상황을 이해하고 파악할 수 있게 한다.

부모는 이러한 상황에서 대개 긴장하고 예민해져 있는 상태이기에 교사의 부적절한 단어 선택이 오히려 일을 더욱 크게 키울 수 있다. 교사와 아이의 소통을 통해 부모 자신도 몰랐던 자녀의 새로운 모습이 드러날 수 있다. 부모로서 받아들이기 어려워 부정할 수도 있다. 그렇다고 교사나 상대방의 부모가 그것을 인정하라고 종용하는 것은 해당 부모에게 부담감을 준다.

부모의 그러한 모습은 너무도 당연한 일이다. 자녀에 관한 문제는 부모 누구나 처음 겪는 감정이고, 대부분 이러한 상황에 서툴다. 그렇다고 많이 겪는다고 해서 내공이 쌓이는 영역도 아니다. 그러한 모습 또한 서로가 공감해주고 위로해주면 된다.

부모는 자녀에 대해 그동안 모르고 있었던, 부정적인 새로운 모습과 마주하게 되면 당황스러워할 수밖에 없다. 특히나 그것을 부모 자신이 아닌 다른 주변 사람으로부터 이야기를 듣게 되면 더욱 그렇다.

사실, 본인 자녀에 대해서만큼은 부모 자신이 누구보다도 더 잘 안다. 어떠한 성향과 기질을 가졌고, 현재 아이가 어떤 감정을 느끼고 있는지조차 제일 잘 안다. 다른 사람이 아무리 노력해도 보이지 않는 것들을 부모는 볼 수 있다.

그와 반대로 부모이기에 볼 수 없는 것들이 있음을 인정해야 한다. 다른 사람에게는 훤히 보이는데도, 부모는 아무리 노력해도 볼 수 없는 영역이 분명히 존재한다. 그것을 인정하고 받아들이는 것이 중요하다. 부모들 간에 정확한 소통은 아이들의 관계회복을 위한 가장 큰 밑바탕이 된다.

그러기 위해서는 교사와 부모가 한데 모여, 평소에 아이들이 성장해서 변화해가는 모습에 대해 이야기 나누는 시간을 자주 가질 필요가 있다. 그런 자리를 통해 본인 자녀에 대한 객관성을 유지하기도 하고, 불필요하고 막연한 불안감도 떨쳐낼 수 있다. 때론 서로가 격려하고, 서로가 보듬어 안아주기도 한다.

"안녕, 너는 누구 아빠니?"

"안녕, 너는 누구 아빠니?"

아마도 10여 년 전에 당신이 두근두근방과후에 처음 신발을 벗고 들어오고 있다면, 호기심에 가득찬 아이들이 당신에게 건네는 인사말이었을 것이다.

두근두근은 6년제다. 1학년 때 엄마 뒤춤에 숨어서, 조심히 주변을 두리번거리며 두근 현관에 들어왔던 아이들이, 6학년이 되어 졸업할 때가 되면 덩치가 아빠만큼 커져 있다. 처음엔 재미있을 것 같아서 시작했다가 얼마 못 가서 흥미가 떨어지면 언제고 끊을 수 있는 사교육이 넘쳐나는 세상에서 한곳을 6년 동안 꾸준히 다닌다는 것은 그리 쉬운 일이 아니다. 아이에게나 부모에게나.

처음부터 두근이 6년제는 아니었다. 처음에는 1~3학년 아이들이 다니는 저학년 방과후와 4~6학년 아이들이 다니는 고학년 방과후가 따로 있었다. 그렇게 각기 10년이 넘게 살아오다가, 10년 전쯤 두 개의 방과후가 하나로 합해지면서 오늘의 6년제 두근두근방과후가 되었다.

내가 2003년 처음으로 아이들 만나는 일을 시작한 곳은 1~3학년이 다니는 저학년 방과후였다. 그렇게 저학년 아이들과 10년 가까이 생활하다 보니, 조금씩 어떠한 목마름 같은 것이 느껴졌다.

그때 당시에는 공동육아나 대안학교 교육기관에서 일반적으로 설정된 교육의 목표와 방식이 있었다. 아이들을 본디 자율적이고, 자발적이며, 주체적이며, 창의적인 존재로 바라보았고, 그러한 것들이 훼손되지 않고, 잘 발현될 수 있게 돕는 일이 교사의 여러 역할 중에 하나라고 여겼다.

다시 말하면 아이들은 제각기 가지고 태어난 능력으로 스스로 깨우치고 스스로 배움을 이루어나갈 수 있다고 믿었다. 교사들의 적절한 개입을 통해 아이들 사이에서 일어나는 문제를 아이들 스스로 해결해나갈 수 있는 존재로 보았다. 그렇게 할 수 있도록 돕는 것이 교사의 역할이라고 여겼다.

그러기에 터전에서 이루어지는 교육활동 내용과 진행 방식은 토론, 자치, 협업, 공동체와 같은 말에 집중했다.

그러한 아이들이 스스로 만들어가는 자치생활문화 안에 교사는 그냥 아이들의 일부였다. 아이들보다 위에 있는 사람이 아니기에 아이들을 혼낸다거나 훈육한다거나 하는 말은 하지 않았다. 교사들 사이에서 '훈육'이라는 말은 입에 올려서는 안 되는 '금기어' 같은 것이었다.

그러한 말 대신 '아이들과 소통한다'라는 말이 더 잘 어울렸고 더 많이 쓰였다. '아이들을 가르친다'라는 말보다는 '교사가 아이들과 함께 배우면서 성장해나간다'는 말이 더 어울렸고 더 많이 쓰였다. 교사가 아이와 '놀아준다'라는 말보다 교사와 아이가 '함께 논다'라는 말이 더 잘 어울렸고 더 많이 쓰였다.

그러기에 아이들은 어른이나 다를 바 없는 존재로 여겨졌고, 그런 아이와 교사가 평등하기에, 서로 반말로 대화하는 것은 하나도 이상한 일이 아니었다. 하지만 그러한 이상을 실현하기에는 현실은 너무 달랐다.

코 흘리고, 밥 흘리고, 제 물건 줄줄 흘리고 다니는 1~3학년들을 교사들은 따라다니며 하루 종일 잔소리와 푸념을 늘어놓기 바쁜 일상의 나날이었다. '아이들이 너무 어려서 그럴 거야. 4~6학년 고학년 아이들은 조금 다를지도 몰라.' 하고 맘속으로 생각하면서, 막연하게 고학년 아이들에 대한 동경심을 품었다.

그때 당시 저학년 방과후와 고학년 방과후가 통합을 해야만 했던 이유가 여럿 있었다. 하지만 나에게는 저학년 아이들과 생활하면서 채워지지 않은 목마름을 고학년 아이들과의 생활에서는 어느 정도 채워질 거라고 생각했다. 그래서 통합을 적극적으로 지지했다.

저학년 때 흘리던 코만 좀 떨어지고 나면, 번듯한 고학년이 되면, 이제는 좀 달라질 줄 알았다. 고학년 아이들은 교사가 기대했던 모습대로 삶을 구성하며 자치 문화를 만들면서 살아갈 거라 생각했다. 하지만 그런 일은 일어나지 않았다. 오히려 코 흘리는 저학년이 더 나았다. 코 흘리면서 땡깡을 부리는 저학년 아이들은 교사에게 반말을 해도 귀여우면서 들어줄 만하다. 사춘기에 접어든 고학년 아이들이 교사에게 정제되지 않은 언어로 던지는 반말은 정말이지 들어줄 수가 없었다.

교사와 아이의 관계를 평등관계로 설정해놓고, 평등관계에서 자연스럽게 연동되어 아이들로부터 나오는 부정적인 말과 행동을 또다시 정제하느라 엄청난 에너지를 쓰며 살고 있었던 것이다.

평등관계에서 아이들로부터 충분히 나올 수 있는 인사말은 "안녕, 너는 누구 아빠니?"를 아이들에게 허용해놓고는, 그래도 어른에게 '너'라는 표현을 쓰면 안 된다는 것을 아이들에게 다시 설명하느라 많은 에너지를 쏟았다.

그렇게 어른과 설정된 관계가 익숙하지 않아서 혼란스러움을 느끼는 아이들, 관계를 수줍어하는 아이들은 교사나 어른을 마주치면 당연히 반갑게 인사를 하기보다는 그 자리를 적절히 피해가는 방식으로 대처했다.

머리가 굵어진 고학년은 교사와 이러한 평등한 관계 설정을 최대한 자기의 욕구실현을 위해서 부정적인 방식으로 쓰고 있었다. 아이들은 문제를 일으켜도 교사와의 그 문제로 마주앉아 소통할 때, 말만 잘하면 그 위기를 모면할 수 있다는 것을 알고 있는 듯했다.

그런 아이들의 부정적인 모습이 나올 때마다 교사와 부모는 또다시 모여서 '우리 아이들이 왜 버릇이 없을까'라는 주제를 놓고 밤을 새가며 오늘도 뻔히 결론을 내지 못할 토론과 논의를 이어나가야만 했다.

아이들이 머리만 커져가고 있다는 것을 직감할 수 있었

다. 그리고 저학년 아이들이든 고학년 아이들이든 교사들이 교육의 목적과 방식으로 설정해놓은 자율, 자발, 주체, 창의, 토론, 자치, 협업, 공동체와 같은 언어들에 그다지 관심이 없어 보였다. 그냥 아이들은 매일매일 놀고 싶어 했다. 교사가 원하는 것을 하기 위해서 자기가 하고 있던 활동을 멈추고 싶지 않아 했다. 그냥 놔두기를 바랐다.

그동안 신앙처럼 믿어왔던 이러한 언어들을 누가, 어떤 목적으로, 어떤 경험적 합의를 통해서 만들었는지, 나는 하나하나 의심하기 시작했다.

아이들은 교사와 평등한 관계를 꿈꾸지도 않았고, 자신들의 문제를 자기들이 혼자 해결하겠다고 교사들을 밀어낸 적도 없었다. 또한 아이들은 스스로 배우고 성장할 수 있다고 고집을 부리지도 않았다.

아이들은 어른들에 비해서 무엇이든 빨리 배운다든지, 어릴수록 창의적이라든지 하는 말들에 대해서도 나는 의심이 들었다. 이런 말들도 누가 어떤 목적으로 만들어냈는지 회의감이 들었다.

최소한 내가 만난 아이들은 무언가를 그리 빨리 배우지도 않고 매우 창의적이어서 놀란 적이 그다지 많지 않다. 아이들에게 어제 했던 이야기를 오늘도 또 하고, 오늘했던 이야기를 내일도 또 해야 하는 것이 교사의 일상이다. 우리 아이들이 잘못된 것일까? 그렇다고 교사가 잘못된 것일까?

아이들이든 어른들이든 무언가를 얼마나 이루고 싶은 욕구가 있는지가 배움의 속도를 결정한다. 아이들이든 어른들이든 자기가 원해서 선택한 일에 대해서만 창의력이 가장 잘 발휘될 뿐이다.

아이들이 어떠한 존재라고 몇 가지 단어로 과하게 설정해놓으면 그들이 감당하기에 힘든 것들을 어른이 기대할 수밖에 없다. 물론 그 기대는 아이들에게 긍정적 믿음으로 작용할 때도 있지만, 때론 그들에게 실망과 노여움을 갖게 할 수도 있다.

그렇다고 아직 신체적으로, 정신적으로 성장이 끝나지도 않은 아이들을 과소평가하려는 것은 아니다. 다만, 있는 그대로를 바라보고 싶을 뿐이다. 있는 그대로 바라볼 수 있어야 아이들과의 관계를 오래 잘할 수 있다. 너무 부족하지도, 너무 과하지도 않게.

요즘 두근두근에 다니는 아이들은 10년 전 두근두근을 다니던 아이들보다 얼마나 예쁜지 모르겠다. 저학년은 말은 잘 듣긴 한데, 말귀를 못 알아듣는 모습조차 예쁘다. 고학년은 말귀는 잘 알아듣긴 한데, 말을 안 듣는 모습 또한 예쁘다.

저학년은 저학년대로, 고학년은 고학년대로 예쁘다. 그렇다고 이 아이들이 10년 전 두근을 다니던 아이들보다 정말로 크게 달라져서 그런 걸까? 아닐 것이다. 세월이 지난다고 아이들이 크게 바뀌는 것은 아니다. 그들을 바라보는 주변의 시각과 환경이 어떤 목적이나 필요에 따라 바뀔 뿐이다.

예나 지금이나 아이들은 많이 놀고 싶어 한다. 어른들과도 놀고 싶어 한다. 그리고 어른들에게 의지하고 싶어 하고 어른들을 통해서 여전히 배우고 싶어 한다. 다만 자기가 원하는 방식으로, 원하는 속도로 배우고 싶어 한다. 그 방식과 속도를 맞추어주려고 두근두근방과후는 노력할 뿐이다.

대안학교,
방과후 돌봄 공동체,
공교육

1990년대 말과 2000년대 초반 사이에 대안학교라는 이름의 초등학교가 하나둘 등장하기 시작했다. 국가가 주관하는 공교육과는 달리, 생각을 같이하는 부모들과 교육활동가들이 모여서, 작게나마 초등학교를 만들고 그에 필요한 재정과 인력을 모아 운영을 하는 형태이다.

국가가 주관하는 기존 공교육의 한계를 극복하고, 더 나아가 새로운 교육과 학교 모델을 스스로 만들려고 노력했던 시기였다. 일반적으로는 이러한 학교들을 '대안학교'라고 불렀다.

2003년에 내가 두근두근방과후에 처음 발을 들여놓은

때는 방과후가 문을 연 지 1년이 막 지날 때였고, 과천에서도 초등 대안학교들이 처음으로 형태를 갖추어나가기 시작한 시기였다. 2003년 처음 들어온 신입교사에게 두근두근은 어떤 모습으로 비추어졌을까? 저잣거리 주막처럼, 가는 사람 오는 사람들로 늘 시끌벅적했다.

초등 대안학교를 선택하는 것보다는 조금 덜 부담스러우면서 공교육에서 부족한 부분을 채워줄 거라고 기대하는 부모들, 중고등 대안학교를 보내기 위한 준비과정의 일환으로 두근두근을 보내는 부모들, 두근두근이 지금 당장은 방과후이지만 머지않아 초등 대안학교로 변모해갈 거라는 기대를 가지고 두근두근에 몸을 담아왔던 사람들, 그냥 좀 아이들은 놀면서 커야 한다는 명쾌한 생각으로 아이를 보내는 부모들, 매일매일이 생동감으로 넘쳐났다.

두근두근은 처음부터 대안학교를 만들어가는 부모와 교사들간에 얽히고설킨 과정에서 파생되어 만들어진 공간일 수밖에 없었다. 그리고 대안교육이 일반적으로 추구하는 생태교육, 평화교육, 공동체교육, 실천교육이라는 4가지 방향성을 교육의 목표와 삶의 모습으로 받아들이는 것은 너무도 자연스러운 일이었다.

2003년 7월, 두근두근방과후에서 신입교사로 처음 일하던 때가 생각난다. 낮에는 아이들을 만나고 저녁이 되면 이런저런 회의에 참석하곤 했다. 과천 지역에 소외된 아동들을 위해 고민하는 회의에 참여하기도 하고, 지역공동체를 위한 행사를 직접 기획하기도 했다. 아이들이 다니는 초등학교 행사나 학교 운영위 회의에 마을주민 자격으로 참여하기도 했다. 때론 지역과 사회에 이슈가 되는 사회문제와 교육문제에 아이들을 대동하고 시위에 참여했다.

신선했다. 내가 지금까지 살아온 세상과는 전혀 다른 세상이었다. 내가 한 번도 고민해본 적이 없는 것들을 그들은 고민하고 실천하고 있었다. 나도 그들처럼 생태적이며 평화적이며 공동체적이며, 실천적인 삶을 사는 교사로 성장하고 싶었다. 그렇게 되려고 치열하게 탐구하고, 치열하게 고민하고, 치열하게 논쟁했다. 머리로 배운 것을 실천하지 않으면 그것은 배움이 아니라고 믿었다. 그 실천이 곧 교육의 핵심이라고 믿었다.

몇 해를 그렇게 살았다. 나름대로 교육에 대한 내 생각을 남 앞에서 자신 있게 이야기할 수 있을 정도의 내공도 생겼다. 그런데 자꾸자꾸 불편한 것들이 생겨나기 시작했다. 나와 다른 삶을 사는 사람들을 너그럽게 바라보기가 힘들었다. 주변의 아이들, 부모, 동료교사, 가족에게 내가 가진 생각을 강요하기 시작했다. 흔히들 말하는 '꼰대병'에 걸린 것이다.

그들이 나와 다른 생각과 다른 삶을 살아가면서 느끼는 달콤함을 사실, 나도 잊지 않고 그리워하고 있었던 것 같다. 그 달콤함에 대한 욕구를 여태껏 용케 잘 감추고 살아왔던 것 같다. 하지만 그 욕구가 올라올 때마다 나의 치부가 드러나기라도 한 듯 부끄럼을 느끼며, 오히려 그것을 숨기기 위해 주변의 사람들을 힘들게 하며 살았던 것 같다. 사람들을 많이 떠나보내야만 했다. 그리고 이제는 더 이상 이상과 현실이 분리된 채 살아갈 수 없는 시점에 도달했다는 것을 알았다. 성을 쌓는 것보다 성을 허무는 데 걸리는 시간과 노력이 더 들었다.

'교육'을 세상 사람들 모두 상식적으로 알고 있는 선을 넘어서, 어떠한 근사한 언어로 표현하지 않으려 노력한다. 한 번도 그렇게 살아보지 못한 부모가 내 자녀만이라도 그렇게 살기를 바라는 인간 본연의 욕구가 '교육'의 다른 이름이라는 것도 인정하며 살고 싶다. 그것을 전 세대가 다음 세대에 실천해서 보여야 하는 어려운 것이 아님을 말이다.

어치, 청솔모, 참나무, 도토리, 풀벌레 등의 별명을 가지고 오랫동안 함께 두근두근방과후를 꾸려 나갔던 그 많던 선생님들은 다 어디로 갔을까? 함께 지내면서 서로가 서로에게 보내는 지지의 눈빛이 생태적·평화적·공동체적·실천적이라는 근사한 말보다 더 중요했던 것은 아닐까.

오늘이라도 숲에 나가서 그 친구들을 다시 만날 수만 있다면, 그러한 근사한 말 대신, 아이들과 일상에서 일어나는 작고 재미난 이야기를 나누며 편안히 숲을 거닐고 싶다.

돌봄을 상상하라

친구들의 집을 전전하며 놀던 어린 시절에 항상 꿈꾸던 것이 있었다.

'아지트'

이따금 만화책에서 아지트를 가진 주인공 무리들이 그 안에서 재미있는 일을 벌이는 것을 볼 때면 그게 그렇게 부러울 수가 없었다.

"언젠가 우리도 그런 아지트를 갖자."

동네 친구들과 놀다가 주인이 없어 보이는 건물이나 땅이 보이면 저긴 어떠냐며, 안 쓰는 공책에 후보지로 올리고 나름 진지하게 물건 배치도 등을 그리며 그 안에서 어떤 일이 벌어질지 함께 상상하는 것만으로 하루가 훌쩍 지나가던 시절이었다. 그때는 정말 언젠가는 우리만의 아지트를 가질 수 있을 거라고 굳게 믿었다. 반지하, 컨테이너 박스, 숲속의 나무집도 상관없다고 생각했다. 어른이 되어 그런 꿈은 차츰 잊어갔고, 공간을 갖는 것에는 정말 많은 돈이 필요하다는 것도 알게 되었다.

두근두근방과후에 교사로 함께하면서 그 어린 시절의 꿈을 종종 떠올렸다. 어른이 되어서야 어린 시절의 꿈을 반쯤 이룬 것인지도 모르겠다.

우리와 비슷한 협동조합형 방과후의 가장 큰 어려움이자 숙원사업을 꼽으라면, 당연히 '영구 터전' 일 것이다. 소수 부모들만의 힘으로 아이들의 학교에서 가깝고, 안전하며, 넉넉한 공간을 찾는 일은 정말 힘들다.

두근두근방과후도 어린이집의 방 한 칸에서 출발하여, 반지하를 거쳐, 어렵게 단독주택 반월세에서 자리를 잡을 수 있었다. 초등 1학년에서 6학년까지, 60여 명의 아이들이 모일 수 있는 공간. 일반 주택가에 쪼개져 있지 않은 단독주택을 임대했다는 자체가 사실 큰 행운이었을 것이다.

안정된 공간은 많은 것을 가능케 한다. 그 다음의 것을 고민할 수 있게 해준다. 비록 반월세지만, 아이들이 매일 매일 오기에 부족함이 없던 그 하얀 벽돌 2층집에서 많은 이야기를 쌓았다. 평일 낮에는 아이들이 뒹굴거리며 놀고, 새로운 일을 도모하고, 밤에는 부모들이 모여서 담소를 나누고 회의도 했다. 그곳에서 두근두근은 다양한 교육적인 실험도 해보았고, 조합 차원에서도 더 내실을 갖출 수 있었다.

그러나 곧 위기는 찾아왔다. 집주인이 집을 팔려고 내놨고, 더 이상 계약 연장을 하고 싶지 않다는 의견을 전해왔기 때문이다.

부모들은 '영구터전특위'를 만들었고, 과천시 내에서 적절한 공간을 찾기 위해 발로 뛰었다. 또 한편으로는 건물을 매입하기 위한 재정을 마련하기 위해 여러 가지 방안을 검토하고 시뮬레이션을 했다.

공간을 찾는 일도, 재정을 마련하는 일도 쉽지 않았다. 과천내 네 학교에서 도보로 이동 가능한 거리, 60여 명의 아이들이 자유롭게 이용할 수 있는 안정적으로 열린 구성의 단독건물이라는 조건을 갖춘 후보지는 잘 나오지 않았다.

많은 부모들의 노력으로 특위가 구성된 지 6개월 즈음, 체육공원과 가까운 2층 단독주택 매입에 성공했다. 2월 총회에서 그 소식을 듣고 모두가 박수를 치며 기뻐했다.

두근두근의 새로운 역사가 쓰인다며 흥분했다.

계약 이후 입주 전 우리 생활에 맞는 리모델링을 하기 위해 교사들과 모여 공간을 둘러봤다. 완전한 우리들의 공간이 생긴다는 생각에 가슴이 벅찼다. 이 공간을 어떻게 구성하면 아이들과 더 잘 지낼 수 있을까? 교사와 조합원들이 즐거운 상상으로 이사 후의 계획을 하나씩 세워나가던 때였다.

리모델링 공사를 시작하기로 한 첫날. 간단한 고사를 지내고자 저녁 시간에 교사들과 운영위가 모였다. 모두 들뜬 마음으로 모형 돼지머리에 지폐 몇 장 놓고, 축문도 읊었다. 그런데 이웃집에 수박을 돌리러 갔던 조합원들의 손에 수박이 모두 그대로 들려져 왔다. 당혹스러움과 침울한 얼굴이었다.

그날부터였다. 반대하는 주변 이웃들의 입장을 담은 현수막이 내걸렸고, 우리가 매입한 주택 앞에는 작은 천막이 세워졌으며, 우리의 입주를 반대하는 서명운동이 진행되었다.

소음과 주차 문제 때문이라고 했다. 처음엔 대화를 잘 해보면 타협점을 찾을 수 있을 것이라고 생각했지만, 그분들이 원하는 것은 입주 철회뿐이었다. 시청으로 민원이

들어갔고, 매스컴에서 취재를 나왔고, 시의원들이 이쪽과 저쪽으로 나뉘어 공방을 했다. 조합원들은 사방으로 흩어져 법적 검토를 했고, 시장 면담을 요청했고, 서명운동을 받으러 다니고, 돌아가며 1인 시위도 했다.

계약만료 시기는 점점 다가왔다. 우리에게 선택지는 없었다. 이대로 아이들과 길에 나앉을 수는 없다는 생각에 리모델링을 강행하여 어떻게든 입주하고, 이후에 살면서 이웃들과 잘 풀어보자는 방향으로 의견을 모았다. 그렇지만 시에서는 우리의 입주를 불허했다. 이 과정에서 우리는 불법적 존재라는 공격을 받아야 했다. '두근두근방과후협동조합'이라는 이름을 사용하고 있다는 것을 문제 삼은 것이다.

두근두근방과후는 협동조합의 형태로 시작하여 이미 10년이 넘도록 그대로 유지했다. 그런데 2012년도에 협동조합법이 생겼다. 당장에 협동조합법에 따라 인가를 받으나 안 받으나 차이가 없다고 생각하여 대수롭지 않게 생각하던 우리는 졸지에 '법외 조직'으로 찍혀 '불법'적 존재로 거론되는 지경에 이른 것이다.

우리를 설명할 수 있는 공적인 이름이 없었다. 대안학교도 아니고, 학원도 아니고, 교습소는 더더욱 아니었다. 지역아동센터와 가장 흡사했지만 운영적인 면에서는 또 맞지 않았다.

우리는 무엇이었을까?

뒤늦게 사회적협동조합 인가를 받기 위해 고군분투했지만, 우리의 긴박한 상황과 달리 신청서류는 교육부와 여성가족부 사이를 오가며 진행되지 않았다. 지역아동센터도, 어린이집도 아니기 때문이란다. 이름을 얻기 위해, 이름을 얻어야 하는, 도대체 어디서부터 풀어야 할지 알 수 없는 엉킨 실타래를 껴안은 것 같았다. 그 와중에도 시간은 계속 흘렀다. 기존 계약이 되어 있던 터전에서는 집을 보러 온다며 사람들이 드나들기 시작했고 우리의 불안은 걷잡을 수 없었다.

당장에 대안을 찾기 위해, 또 임시 거처를 구하기 위해 뛰어다녔다. 시에서는 주민센터 안의 빈 방 하나, 청소년수련관의 활동실 두 개 정도를 선심 쓰듯 제안했다. 그곳에 들어가기 위해서는 조합을 쪼개야 하는 판이었다. 어떻게든 다 함께 있을 수 있는 공간을 찾으려 했지만, 상가 건물의 반지하가 최선인 상황이었다.

부모들의 고군분투를 지켜보며, 교사들은 아이들과 변함없이 우리의 일상에 최선을 다하자고 다짐했지만, 아이들도 이미 느끼고 있었다.

"근데 우리가 왜 싫대요?"

"두근두근 없어져요?"

"그럼 우린 어떻게 돼요?"

툭툭 던지는 아이들의 질문 앞에 그저 웃으며, '다 잘될 거야. 엄마 아빠들이 엄청 노력하고 계셔.'라고 답하는 수밖에 없었다. 서러운 날들이었다.

세상에 이런 어려움은 우리뿐만이 아닐 것이다. 언제나 법은 한발짝 늦게 생겨난다. 모든 법과 제도는 필요한 사람들의 기나긴 투쟁으로 생겨난 것이다. 그 사이 스러져간 것들이 많을 것이다. 이름을 얻지 못하고, 법적 테두리로 들어가지 못하여, 제 몸을 틀에 맞게 깎아내야 했거나 혹은 사라져버린 것들 말이다.

우리는 어떻게 될까, 모두가 불안한 마음으로 하루하루 피 말라가던 그때 기적 같은 일이 일어났다.

기존 터전의 집주인이 월세 상향을 조건으로 2년 연장하기로 마음을 바꾼 것이다. (사실 이 과정도 한 조합원이 집주인의 대리인을 만나 구구절절 사정하여 어렵게 얻은 결과였다.)

가까스로 시간을 벌었다. 월세 부담이 확 늘었지만, 당장에 해체를 안 하는 게 어디냐며 부모들은 기꺼이 교육비

인상에 동의했다. 반 년 넘게, 불안에 시달리며 싸워야 했던 우리는 잠시 쉬었다. 그 반 년의 시간은 많은 상처로 남았기에 치유의 시간이 필요했다. 빠르게 시간은 흘렀고, 그 사이 집주인이 바뀌어서 다시 계약서를 쓰며 조금 더 시간 여유가 생겼다. 그 사이 우리는 사회적협동조합 인가를 어렵게 받을 수 있었다.

그 사이 정권이 바뀌면서 '온종일 돌봄' 정책이 추진되며 서울에는 지자체별로 우리동네 키움센터가 생겨났고, 과천에도 마을돌봄나눔터가 생겼다.

우리와 비슷한 협동조합 방과후들은 이러한 정책변화에 어떻게 대응해야 하는지 혼란을 느꼈다. 재정위기를 겪던 서울의 한 방과후는 위탁사업에 선정되었고, 정책의 가이드라인에 맞추기 위해 많은 변화를 겪어야 했다. 그 과정을 지켜보며 아쉬움이 남았다.

국가가 돌봄에 관심을 갖고 정책을 고민하는 것은 올바른 방향이다. 하지만 국가의 돌봄정책에는 부모들의 필요성만 담아냈을 뿐, 학교가 끝난 후 아이들의 삶과 그 아이들을 돌봐야 하는 돌봄 종사자들의 삶을 고민한 흔적은 느껴지지 않았다.

'돌봄'이라는 최소한의 기준 위에 다양한 프로그램을 양

념처럼 얹은 센터. 이것은 하나의 형태일 뿐, 그 자체를 기준으로 들이미는 것에는 많은 부분이 간과되어 있었다.

시대의 흐름과 보편화라는 이름으로, 문턱을 낮춘다는 명분으로 다양성은 사라지고 획일화된 편리함이 남는다. 기존에 제 나름의 방식으로 존재하며 꽃피운 소중한 결실들이, 이리저리 치이며 제 개성을 잃고 사라지는 일이 허다했다.

국가는 더 다양한 돌봄의 공간을 상상해보길 바란다. 학교가 끝난 후 아이들의 삶이 각 지역에 따라, 운영하는 주체에 따라, 더 다양한 방식으로 더 다채롭게 존재할 수 있도록 인정해주길 바란다.

획일적인 센터 운영지침 대신 많은 부모들이, 돌봄 종사자들이, 또 아이들이 다양한 실험을 하며 새롭고 다양한 모델을 스스로 만들어나갈 수 있게 지지해준다면 우리 아이들의 삶은 더 다채롭고 풍요로워질 것이라 믿는다.

우리는 '두근두근방과후사회적협동조합'이라는 이름과 함께 우리다운 방식을 고수하며 존재하기를 선택했다. 그러기 위해 또다시 영구터전이 간절히 필요했다.

2015년도 함께 싸웠던 조합원들은 대부분 졸업하여 떠났지만, 그때의 아픈 기억이 없는 새로운 조합원들의 새로운 에너지가 활기를 넣어주었다. 모두가 물밑에서 적당한 공간을 탐색하던 시기에 두 번째 기적처럼 적당한 매물이 나왔다.

인근 초등 대안학교에서 중등 대안학교와 통합하면서, 초등건물을 매각 추진한다는 소식이었다. 더욱이 이왕이면 비슷한 뜻을 가진 교육공간인 우리와 가장 먼저 거래할 뜻을 전해들었다.

몇 번의 임시총회가 진행되었고, 몇몇 찬성과 반대 의견이 오갔고, 재정을 마련하기 위해 대출을 받고, 조합원 투자금을 모집하는 등 그 과정은 고되었지만 2015년도에 비하면 탄탄대로나 마찬가지였다.

그리고 경기도에서는 '경기도형 아동돌봄체 조성 공모사업'이 공고되었다. 서울형과는 또 다른 새로운 모델이었고, 우리 같은 조합에는 꼭 맞는 사업이었다.

시간이 흐르면, 또 조금씩 변화가 다가온다는 것을 새삼 진하게 느낀다. 포기하지 않고, 묵묵히 우리의 길을 가다 보면, 그렇게 우리가 걸어간 길이 새로운 모델이 될 수 있지 않을까?

2020년 3월 넷째 주 토요일, 햇살이 참 좋은 이삿날이었다.

아침 일찍부터 팔을 걷어붙이고 나선 부모들이 곳곳에서 짐을 나르고, 정리하며 함께했다. 한쪽에서는 전을 부치며 간식을 챙겼고, 바로 옆 놀이터에서는 아이들이 옹기종기 모여 부모들이 일하는 모습을 구경했다.

참으로 두근두근다운 이삿날이었다.

일상의 리듬으로

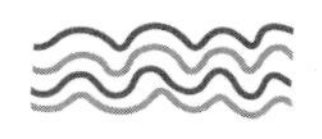

2020년 1월, 코로나가 터졌다.

교사들은 뉴스에서 나오는 정보를 바탕으로 터전 내에서 어떻게 생활해야 될지 의견이 분분했다. 아직 행정적으로 방침이 내려온 것은 아니었지만, 당장 60여 명의 아이들을 만나야 하는 교사로서는 선제적인 대응이 필요했기 때문이다.

"실내에서도 마스크를 써야 한다."

이 한 가지가 합의가 되지 않아 침을 튀겨가며 싸웠다. 나는 반대의견에 힘을 실었다. 반나절 이상 마스크를 쓰고 생활해야 한다니, 상상이 되지 않았다. 가능할 것 같지도 않았다. 우리가 가만히 앉아서 수업을 듣고 있는 것도 아닌데 말이다.

30여 분 정도 격한 논쟁 끝에 가까스로 실내에서 마스크를 착용하기로 결론을 내렸다. 흔쾌한 합의는 아니었지만, 이런 불확실한 상황 속에서는 안전을 담보할 수 있는 의견을 선택하는 것이 최선이라는 교사회의 판단이었다.

그때는 막연히 생각했다. 곧 지나가겠지. 길어야 한 달일 것이라고. 아무리 상황이 안 좋더라도 그해 겨울까지는 코로나 상황이 끝날 줄 알았다. 날씨가 따뜻해지면 다 괜찮아질 줄 알았다.

그런데 실내에서 아이들을 쫓아다니며 마스크를 쓰라고 잔소리하는 것이 일상이 되었다. 식사시간에 같이 모여 앉아 침 튀겨가며 밥을 먹고, 서로의 남은 반찬을 대신 먹어주기도 하던 모습은 사라졌다. 띄엄띄엄 한 책상에 한 명씩 앉아 서로의 등을 보며, 아무 말 없이 밥만 먹어야 하는 날들이 이렇게 길어질 줄은 몰랐다.

개학은 연기되었고, 터전도 긴급 돌봄으로 전환되었다. 모두가 처음 겪는 상황에 혼란스러워했고, 많은 회의를 하고 의견을 모아봤지만, 누구도 무엇이 정답이라 확신할 수 없었던 때였다. 가정돌봄이 어려운 소수의 아이들만 띄엄띄엄 터전에 왔다. 늘 복작복작하던 터전에 적막함이 쌓여

갔다.

그 와중에 우리는 새로운 터전으로 이사했다. 오랜 숙원 사업이었던 영구터전을 드디어 갖게 된 것이다. 단독 3층 건물. 필로티 구조의 넓은, 여러 개의 방으로 구성된 우리만의 공간. 길을 건너지 않아도 몇 걸음이면 나갈 수 있는 놀이터. 완만한 청계산. 조금 더 나가면 드넓은 체육공원까지.

조합원들이 마스크를 쓰고 나와 이삿짐을 함께 옮기고, 정리하며, 새로운 생활을 꿈꿨다. 3월이 지나고, 꽃이 피고 질 때까지도 코로나는 사라지지 않았다. 이제는 모두가 알았다. 금방 끝날 일이 아니라는 것을 받아들여야 했다. 세상이 멈춘 것처럼 떠들썩해도, 하루는 시작된다. 우왕좌왕하더라도 해는 뜨고, 또다시 하루를 살아가야 한다.

가정돌봄으로 흩어져 있던 아이들이 하나둘 터전으로 돌아왔다. 각 가정의 여력으로 해결하던 돌봄도 한계에 달한 것이다. 그동안 시골에 맡겨졌던 아이도 있고, 부모들이 돌아가며 연차를 썼던 가정도 있고, 하루 종일 형제끼리 집에만 머무는 경우도 있었다.

오랜만에 터전에 온 아이들은 대략 두 가지 유형으로 나눠볼 수 있었다. 하나는 고삐 풀린 망아지 같은 타입이다.

그동안 억눌려 있던 감정을 터트리며 우당탕 쿵쾅 뛰어다니거나, 쉴 새 없이 자기 이야기를 그야말로 '퍼붓는' 경우다. 학교에 드문드문 나가고는 있지만, 쉬는 시간에도 친구랑 얘기를 나눌 수 없는 경우가 대부분이라 했다. 그러니 이 망아지 같은 아이들이 다소 과해 보이더라도 이해 못 할 바는 아니다.

정작 걱정이 되는 아이들은 두 번째 타입인데, 그 아이들은 전반적으로 살이 좀 통통하게 오른 얼굴로 흐느적거리며 나타났다. 그 아이들은 일주일에 두세 번 가는 학교도 귀찮다 했고, 학교에 갔다 오는 날은 피곤하고 힘든 날이라며 종일 누워 있고 싶어 했다.

굳이 몸을 움직이며 땀 흘리는 것을 피하는 아이들, 뭐든 직접 해보기보다 남들이 하는 것을 보는 일이 더 쉽고 편하다는 걸 알게 된 아이들이다. 계속되는 실내생활에서 한정된 관계, 한정된 놀이의 제약을 받으며 손쉽게 접할 수 있는 미디어를 통해 간접경험에 눈을 뜬 것이다.

아침에 일어나면 학교에 가고, 정해진 시간에 밥을 먹고, 친구를 만나고, 함께 놀고 하던 평범한 일상이 이렇게 쉽게 사라질 수 있는 것일까?

꼬박 1~2주일 정도의 적응기간을 거치며 예전의 모습

을 되찾기도 했지만, 어떤 아이들은 등원 자체를 거부하며 다시 집으로 돌아가고 싶어 하기도 했다. 집에 혼자 있으면 간식도 마음대로 먹고, 컴퓨터나 휴대폰도 실컷 하며 더 재미있게 보낼 수 있는데 왜 여기 와야 하는지 불만을 드러내는 것이다.

"우리 애가 두근에 가기 싫어해요."

오랜만에 오는 아이일수록 그 강도는 심했다. 부모가 아이의 고집에 밀려서 또 며칠은 집에 혼자 두다가, 도저히 안 되겠다 싶어서 다시 두근에 아이를 보냈다. 그런데 아이가 두근에 가서도 영 활력을 찾지 못하니 부모들의 근심이 깊어졌다.

그럴 때면 간곡히 부탁드렸다.

"매일매일, 그게 힘들면 규칙적으로 정해진 요일이나 시간만이라도 보내주세요."

당장에 아이랑 실랑이를 해야 하는 부모들의 노고를 모르는 것은 아니다. 한 시사 주간지에서 "코로나 19로 아이들이 가장 많이 잃어버린 것은 다양한 놀이와 문화를 경험할 기회"라는 기사를 읽었다. 또래집단과 교류하지 못하면서 잃어버린 사회성 발달 기회, 장기간 고립으로 인한 스트레스와 심리적 불안, 신체활동 부족과 부실한 식단이 초

래한 건강위협 등이다. 몇 페이지에 달하는 기사를 읽으면서 오랜만에 만난 아이들의 달라진 눈빛, 무력한 태도가 선명히 떠올랐다.

코로나 이후 많은 사람들이 '잃어버린 일상'에 대해 이야기한다. 당연하고 사소하여 의식하지 않았던 것들이 사라진 후에야, 그것이 모든 것의 '기본'이었음을 깨닫는 것이다.

이제 막 가정의 품을 벗어난 초등 시기의 아이들에게는 일상의 회복이 더욱 절실하다. 무기력함, 미디어 중독, 단절과 고립된 일상을, 자신의 기본 바탕으로 깔게 해서는 안 된다. 일상은 단발성의 이벤트가 아니다. 코로나가 끝나서 하루아침에 찾아오는 것도 아니다. 당장에 맞이하는 하루하루를 아이가 잘 지낼 수 있도록 관심을 기울여야 한다.

매일매일 햇빛을 쬐는 일, 사람을 만나고, 친구와 함께 놀고 웃고 마음을 나누는 일, 또한 오늘 할 일을 오늘 해내면서 하루를 잘 마무리하는 일. 그렇게 사소한 일상의 감각을 놓지 않아야 건강하게 자랄 수 있다. 오늘 이 하루가 쌓여서 미래를 만들 테니까. 모든 것을 코로나 이후로 미룰 수는 없다.

몇 달 만에 터전에 등원하여 축 늘어진 채 무심한 눈으로 책만 보는 아이를 불렀다.

“바가지가 산으로 곤충 잡으러 간대. 너도 같이 가라.”

“산에 가면 힘들어요.”

“그럼 놀이터에서 한발뛰기 할 건데, 같이 할래?”

“땀나는 거 싫어요. 그냥 다 안 할래요.”

“아냐. 하나는 해야 돼. 너 이번 주에 터전 와서 한 번도 바깥에 안 나갔잖아. 30분이라도 나갔다 와.”

아이는 왜 강요하냐며 투덜투덜거리다가, 마지못해 그럼 산에 다녀오겠다고, 조금만 갔다가 금방 올 거라고 했다. 다른 아이들과 놀이터에서 뛰어놀고 있는데, 한참이 지나서야 산에서 아이가 돌아왔다. 두 볼이 붉게 상기된 채 눈빛이 반짝거린다.

“모아, 이거 봐요.”

아이가 조심스러운 손길로 내민 것은 조그만 청개구리였다. 자신이 그 개구리를 어떻게 잡을 수 있었는지 신이 나서 모험담을 들려주던 아이가 돌연 다짐하듯 말했다.

“내일은 집에서 통을 가져올 거예요.”

청개구리를 구경하겠다며 몰려든 다른 아이들이 너도 나도 내일은 같이 가자며 예약을 한다. 아이의 얼굴에 의

기양양한 웃음이 가득하다.

내일은 아이의 등을 떠밀지 않아도 되겠구나, 생각하며 나도 웃었다.

참여형 공동육아라는 선택지

두근두근은 사회적협동조합 방식으로 운영되는 방과후다. 영리를 위한 목적이나 개인의 교육 철학을 실현하기 위해서 개인이 공간을 얻어서 시설을 갖추고, 교사를 고용하고, 시설 운영에 필요한 대부분의 의사결정을 원장 혼자 도맡는 일반적인 방과후나 학원과는 다르다.

교사는 교사조합원으로, 부모는 소비자조합원으로, 지역사회와 졸업조합원은 후원자조합원으로 참여한다. 서로 최소한의 견제와 신뢰를 통해 옛날 우리가 아이들을 함께 키웠던 품앗이를 하는 축소된 작은 마을 형태를 취하고 있다.

매년 전체 부모들 중에서 6~7명의 부모 대표를 선출하여 교사회와 함께 '운영위원회'를 구성해 한 해 동안 운영 주체를 세운다. 이 운영위원회는 방과후에서 진행되는 교육활동과 부모들의 조합활동이 원활히 진행될 수 있도록 이에 필요한 의사결정과 집행을 동시에 하는 가장 기본이 되는 단위이다. 교사들은 다른 운영위원들과 마찬가지로 이 운영위원회 회의에 한 달에 한 번꼴로 참석한다.

그뿐만 아니라 교사가 담임을 맡고 있는 학년 아이들의 부모들과 '방모임'을 만들어 한 달에 한 번꼴로 모여서 부모와 교사간 소통의 시간을 갖는다. 이 방모임에서는 한 달 동안 터전에서 그 학년 아이들이 어떻게 지냈는지 교사가 부모에게 이야기를 들려주기도 하고, 그와 반대로 각 가정에서는 아이들이 어떻게 지내는지 교사가 듣는 시간이기도 하다. 때로는 터전과 각 가정의 범위를 넘어서 아이들 교육에 관한 생각을 공유하기도 하고, 토론하기도 하며, 때에 따라서는 같이 공부를 하기도 한다.

이것 이외에도 교사들은 예기치 않은 상황에서 수시로 발생되는 여러 회의와 면담, 면접에 참여한다. 그렇다 보니 교사는 일과 중에 아이들의 놀이와 활동을 어떻게 하면 잘 이끌어나갈지 고민하고 노력하는 것 이외에, 저녁 시간과 가끔은 주말에도 터전과 관련된 일을 하게 된다.

어떨 때는 아이들과 지내며 쏟는 에너지보다 부모들과의 의사소통과 조합운영에 쏟는 에너지가 많아서 부담감과 회의감이 들기도 한다. 특히나 부모들과 이렇게 많은 의사소통과 회의를 했음에도 소통의 결과가 만족스럽지 않을 때는 더욱더 그러하다.

이렇게 많은 사람들이 모여서 함께 회의하고 운영하면서 하나의 결정 안을 도출하기까지, 그 과정이 복잡하고 번거롭고 고된 것이 사실이다. 하지만 교사로서 이 과정을 포기할 수 없는 이유가 있다. 이렇게 결정되기까지의 과정이 복잡하고 시간이 많이 걸려서 그렇지, 어떤 방향으로든 결정이 나면 일이 진행되는 속도는 매우 빠르다. 어쩌면 의사 조율 과정이 길면 길수록 이후 일의 진행 속도는 훨씬 빠르다 할 수 있다.

이러한 일의 진행 속도뿐 아니라 그러한 의사소통에 참여했던 부모들이 교육활동과 조합활동에 적극적인 지원군으로 변모한다. 교육활동 측면에서만 보더라도 교사회의 역량만으로는 도저히 상상할 수 없는 활동과 그에 따른 책임을 부모와 함께 기획하고 실행할 수 있다.

그래서 교사는 아이들을 자꾸만 통제하고 보호하기 위

한 활동을 소극적으로 계획하기보다는 아이들과 새로운 것을 계속해서 꿈꾸고 실행하고 도전할 수 있게 된다. 그 중에서 가장 중요하다고 생각하는 것은 교육활동에 관한 의사결정에 많은 부모들이 참여하기 때문에, 오늘 하루 우리 아이가 어떤 놀이를 하며, 어떤 활동을 하며, 무엇을 먹고, 어떤 아이와, 어떤 교사와 어떻게 지내는지를 훤히 들여다볼 수 있다는 점이다.

이러한 투명성 앞에 교사들은 매일같이 놓이기 때문에, 오히려 무언가를 애써서, 없는 것을 있는 척하고, 있는 것을 없는 척하며 살지 않아도 된다. 같은 조합원인 부모를 의식하기보다 아이에게만, 교육활동에만 집중할 수 있다. 그러한 교사의 삶의 모습은 애써 내보이려 하지 않아도, 애써 숨기려 하지 않아도, 스스로, 있는 그대로, 밖으로 드러나기 마련이다. 그래서 오히려 머리가 가벼워지는 측면이 있다. 그것은 교사의 입장에서 봤을 때, 교사가 교사로서 최소한의 자존감을 잃지 않고 살아가게 해주는 것이 조합의 가장 큰 장점이라고 할 수 있다.

부모들은 어떠한가? 이전에는 한정된 공간에서 아이를 홀로 키워야 하는 독박육아를 할 수밖에 없었다. 협동조합 형태의 공동육아를 진행하며 부모들은 운영진에 참여하거나 소위 활동, 동호회 활동에 참여하고, 지역사회와도 소통하면서 자연스레 사회적 참여도 하게 된다. 또한 마을과 함께 아이들을 키워가며 친구나 이웃의 형태로 사회적 네트워크가 끈끈해진다는 장점이 있다. 아이와 함께 부모도 함께 더불어 성장하는 것이다.

어느덧 협동조합 안에서 교사로 살아온 지 어언 20여 년이 되어간다. 지난 세월을 되돌아보면 정말 열심히 살아온 것 같다. 그리고 운 좋게 아이들과 함께해서 행복한 삶이라고 생각한다.

조합이 부모들에게나 교사들에게나 힘들고 어렵다는 것을 누구보다도 잘 안다. 그래서 교사들은 그들의 자존감을 지키며, 아이들도 행복하고 부모도 행복한 방식이 조합 이외에 어떤 방식이 있을지 많은 고민을 하고 산다. 지금까지는 지금의 형태가 가장 바람직하다고 생각한다. 단순히 우리 아이들만 잘 키우기 위해 조합의 형태로 운영되는 것이 아니라 지역사회와 소통하며 교사와 부모, 지역사회의 3주체가 서로 긍정적 영향력을 주고받으며 성장하는 시스템인 것이다.

우리가 어렸을 때 온 마을이 동네 아이를 키웠던 것처럼 넉넉한 품으로 우리 아이들이 마음의 부자로 성장했으면 한다. 아낌없이 받은 그 이상으로 마음이 더 큰 아이로 성장하기를 희망한다.

두근두근에는 진짜 '두근두근'이 있다

가끔 터전으로 문의 전화가 온다.

"거긴 무슨 프로그램이 있어요?"

이런 질문은 난감하다. 우리는 프로그램이 없다고 말한다. 수화기 너머 짧은 침묵이 흐른다. 어떤 교육기관에 전화해서 프로그램 설명을 듣는 일이 익숙한 부모들에게 두근을 처음부터 설명하는 일은 쉽지 않다. 어떤 요일엔 무엇을 한다는 주간계획과 월별·연간 일정. 한눈에 보기 좋게 정리된 표가 우리에겐 없다.

한때에는 그러한 표로 설명되던 시기가 있었다. 그 시절에 대한 이야기는 이제 신입 조합원 교육의 한 꼭지가 되어 그땐 그랬지, 하는 과거가 되었다. 내가 교사로 들어오기 전의 일이다. 월요일엔 자치회의, 화요일엔 전체놀이, 수요일엔 선택활동, 한 달에 한 번은 요리활동 등 교사들은 일 년치 계획을 연 계획표에 정리하고, 그 표를 지표 삼아 활동을 준비했다. 월요일이 되면, 화요일이 되면, 수요일이 되면… 시간은 흐르고 아이들도 익숙하게 모여 교사가 준비한 것을 함께한다. 잘 정리된 그 시간은 방황하는 아이도, 당황하는 교사도 없이 순조롭게 흘러간다.

그 무난한 시스템에 모두가 익숙하게 살아가던 중, 어느 날 전체놀이 시간이 끝나고 던진 아이들의 한마디가 파문을 일으킨다.

"이제 놀아도 돼요?"

아니, 우리가 지금까지 같이 논 거 아니었어? 뒤통수를 얻어맞은 듯했다. 충격받은 교사를 두고 아이들은 자유롭게 흩어져 저희들의 놀이를 한다. 그때 바가지는 깨달았다고 한다. 교사에게, 아이에게, 기대도 감흥도 없이 채워지던 그 시간은 뭐였을까? 지금까지 두근두근에 '두근두근'이 없었구나, 하고.

그래서 아무것도 안 해보자, 시간표를 전부 없애보자, 그러고 나면 정말 뭐가 남는지 보자, 하던 그 시절에 내가 두근의 교사로 들어온 것이다.

설레던 첫 출근 날, 터전을 한 바퀴 안내 받고 하교지도랑 간식시간에 대한 주의사항 정도를 들었다.

"나머지 시간은 애들이랑 하고 싶은 거 하시면 돼요."

이렇다 할 직무교육, 인수인계 같은 것은 없었다. 학교가 끝난 아이들이 우르르 몰려왔고, 나는 자유롭게 제자리를 찾아가는 아이들을 기웃거리거나 내게 관심을 갖고 손 내밀어주는 아이들을 따라다니며 두근에 적응해갔다. 7년이 다 돼가는 지금, 그때를 돌아보면 매일매일 우왕좌왕이었던 것 같은데 웃음이 난다. 매일매일이 신이 났다. 와, 내가 이런 곳에 있다니! 이전에는 느낄 수 없던 해방감에 가슴이 '두근두근'했다.

시간이 흐르면서 시간표가 존재하지 않는 이곳에서 교사란 무엇인지, 내가 뭘 할 수 있는지, 많은 물음 속에 마음이 무거워지기도 했지만 여전히 두근두근은 나를 설레게 한다. 여전히, 왜, 어떻게 설렐 수 있는가. 그 질문의 답을 나는 알고 있다.

두근두근방과후의 교육설명집 첫 장은 '더 비움'에 대한 이야기로 시작한다. 이 설명집을 만들 당시에 두근두근의 정체성과 교육지향점에 대한 치열한 고민과 논쟁의 과정이 있었다.

우리를 설명할 수 있는 대표적인 단어를 찾는 그 과정에서 관계, 성장, 공동체 등등의 많은 말이 나왔다. 하지만 그 좋은 말들을 어떻게 두근두근방과후라는 그릇에 담을 것인가 할 때에 교사들이 모두 합의한 것이 바로 '비움'이었다.

더 좋은 것들을 골라 아이들에게 손쉽게 제공하며 채워주는 방식이 아니라, 더 많이 비움으로써 각각의 아이들이 가진 욕구와 개성을 바라보는 것, 우리가 지향하는 교육의 출발은 모두 비움으로써 시작하는 것이다.

내가 여전히 두근에 설렐 수 있는 것은 그 여백을 함께 채워나가는 과정을 사랑하기 때문이다. 각기 다른 욕구와 개성으로 무장한 아이들과 변화무쌍한 일상을 함께 만들어나가는 재미. 시작은 아주 사소할 수도 있다. 반짝이는 돌, 줄 지어가는 개미, 재미있는 이야기 한 토막, 흥얼거리는 노래 한 소절 등, 그것들이 어떻게 놀이가 되고, 활동이 될 수 있는지 몸소 부딪히며 알아가는 재미.

'늘 해야 할 일'과 '하면 좋은 일'들 사이에 허우적거릴 때 두근에서의 '비움'은 숨통을 열어준다. 비로소 내가 하고 싶은 것, 내가 원하던 것들을 들여다보게 하며, 비로소 아무런 장벽 없이 아이들을 그 자체로 보게 한다. 기계처럼 프로그램을 수행하는 교사와 아이가 아니라, 서로 다른 욕구를 가진 흥미로운 존재로서의 사람과 사람으로 만날 수 있다는 기대.

두근두근에서 교사는 목표점을 찍고 아이들을 줄 세워 안내하는 가이드의 역할을 하지 않아도 좋다. 함께 눈을 빛내며 나도 모르고 너도 모르는 세계로 호기롭게 나아가는 탐험가가 될 수 있다. 우리가 가는 길이 막다른 길일지라도 스스로 길을 내어갈 수 있다면, 그 과정에 설레어 흠뻑 빠져들 수 있다면, 그것으로 이미 충분하다고 믿는다.

두근두근에는 프로그램이 없다. 두근두근에는 진짜 '두근두근'이 있다.

놀고 싸우다 얻는 것, 인생 친구

두근두근 12기의 졸업식 날.

유난히 함께 모여 노는 것을 좋아했던 12기 조합원들이 마지막 졸업공연 무대를 준비했다.

뮤지컬 〈빨래〉에 나오는 '서울살이 몇 핸가요'라는 노래를 '두근살이 어떤가요'로 개사한 공연이었다.

두근살이 좋았나요?
아님 완전 꽝이었나요?
어떤 다짐을 또 어떤 바람을 마음에 안고 살아왔나요?
방모임 총회교육 주말청소 아마활동 이것도 힘든데
날벼락 터전사태 게다가 신천지 누명

두근살이 6년 두 번째 마이너스 통장
출자금 교육비 연말엔 엔빵.
영어교육, 커리큘럼 그런 것들은 없어요.
놀고 싸우다 얻은 것 인생 친구 그리고 추억.

그 가사 한마디, 한마디에 지난 6년간의 희로애락이 담겨져 있어서 그 자리에 있는 모두가 손뼉을 치며 웃었던 기억이 난다. 다사다난했던 조합살이를 마무리하며 무대에서 노래하는 열한 가구를 보면서 가슴 한 켠으로 몽글몽글한 따뜻함이 퍼져나갔다.

두근두근에 아이를 보낸다는 것은, 부모 또한 이곳에 '조합원'이라는 구성원이 되어 함께한다는 것을 의미한다. 아이를 보내고자 할 때는 면접신청서를 아빠, 엄마 각각 작성하고 주말에 따로 시간을 내어 운영위원회와 한 시간 가량의 면접을 본다. 이때는 아이보다도 부모들이 두근의 한 구성원으로서 잘 참여할 수 있는지, 두근의 교육방향을 잘 이해하고 있는지를 중점적으로 살핀다.

면접에 참여하는 부모들의 여러 걱정 중 하나는 바로 '조합살이'다. 특히나 두 분 다 맞벌이일 경우 많은 부담을 느낄 수밖에 없다. 공동육아 어린이집을 졸업하여 '조합살이'를 경험해본 부모들 역시 부담을 갖는다. 모를 때야 그냥 닥치는 대로 하며 살았지만, 졸업하고 나니 이 짓(?)을 또 6년이나 한다고? 지레 겁먹는 경우도 많이 봤다.

두근두근은 어린이집에 비해 규모가 있는 편이라 부모들의 품이 덜 드는 편이라고 하지만, 일반적인 학원처럼 월 교육비만 내면 알아서 되는 거라고 생각했다면 좀 당황스러울 수 있다. 월마다 갖는 방모임, 세 번의 정기총회, 각종 소위 모임, 가족 들살이, 운동회 등등. 교사 연차를 대신하는 일일 교사가 한 번씩(때에 따라 더 늘어남), 주말 터전 청소가 일 년에 두세 번, 대청소 참여 등등. 큰 이슈가 생기면 더 자주 모여야 하고, 아주 가끔이지만 새벽까지 오랜 회의를 하는 경우도 있다.

그뿐 아니다. 교사들이 시시때때로 교육활동에 필요한 도움을 청하기도 한다. 아이들 자전거여행 때 짐을 옮기는 차량을 부탁드리거나, 공연할 때 아이들 머리 매만지기나 소품 정리, 필요한 물건을 빌리기도 하고, 전문 직종에 일하는 부모들의 조언을 구하기도 한다.

교사들에게 부모는 협력 대상이고, 때로는 견제관계이며, 한편으로는 믿는 구석이기도 하다. 부모들이 나눠서 들어주는 짐 덕분에 교사는 아이들에게 더욱 집중할 수 있고, 교사의 역량만으로 할 수 없는 것들을 상상하고 실행해볼 수 있는 용기가 난다.

두근두근의 동력은 교사, 아이, 그리고 부모. 세 주체가 함께 맞물려 돌아갈 때 가장 큰 힘이 발휘된다.

쉬운 일은 아니다. 월교육비를 내면서 한 달에 두세 번씩 시간을 내어 품을 내는 일. 몸이 고단할 수도 있고, 개인의 성향에 따라 마음이 고단할 수도 있다. 너무 걱정이 앞서는 신입조합원 부모들에게 으레 하는 말이 있다.

"두근은 가구 수가 많아서요. 처음엔 살짝 빠져 계셔도 잘 몰라요. 천천히 시간이 지나면서 자연스레 기회는 생기니까, 너무 무리하지 않으셔도 돼요."

공동체, 라는 말이 함께하는 구성원들을 옭아매지 않길 바란다. 내 아이의 행복한 유년생활을 위해 어떻게 하면 더 좋은 환경을 만들 수 있을까 싶어서 고민하던 부모들이 모여서 선택한 삶의 방식이 조합이었고, 공동체였을 뿐이다.

그러니 긴 호흡으로 함께하길 바란다. 처음부터 대문을 활짝 열고 모두를 들이는 것이 아니라, 창문을 열고 불어오는 바람부터 느끼면 좋겠다.

창밖으로 뛰어노는 내 아이와 내 아이의 친구를 바라보

고, 그 친구의 부모와 눈을 마주치는 것부터 시작하면 된다. 조합일은 내가 더 열심히 할 때도 있고, 다른 이가 더 열심히 할 때도 있다. 내가 짐을 들어줄 때가 있는가 하면 내가 짐이 될 때도 있다.

여러 사람이 모이면 갈등도 생긴다. 아이들만 싸우는 것이 아니라 부모들도 싸운다. 싸우고, 화해하고, 합의점을 찾고, 만남이 있고, 이별이 찾아온다.

그렇게 함께 이웃으로 살아가는 6년의 시간은 당시에는 참 길고, 돌아보면 터무니없이 짧다.

"어휴, 이제 심심해질 것 같아요."

웃으며 말하는 졸업 조합원들과 따뜻한 포옹을 나눴다. 함께 울고 웃었던 그 복작복작한 날들이 그리워질 것 같다.

두근두근방과후에는 '두근두근'이 있다

초판 1쇄 인쇄 2022년 1월 25일
초판 1쇄 발행 2022년 2월 2일

지은이 바가지, 모아

펴낸이 김명숙
교정 · 교열 정경임
펴낸곳 나무발전소

주소 03900 서울시 마포구 독막로 8길 31, 701호
이메일 tpowerstation@hanmail.net
전화 02)333-1967
팩스 02)6499-1967

ISBN 979-11-86536-84-1 03810

※책값은 뒷표지에 있습니다.